我和我哥，以及我們的男神

Our
Prince Charming

喜歡一個人，
就是要讓對方的眼睛裡只有你一個人，
不管手段有多荒謬愚蠢。

牛牛阿南 著

第一章

流鼻血了。

先說好，我不是色女，但一大清早看見不該看的東西，多多少少還是會有反應。當我鼻子來月經的時候，我正頂著簡丹那道比平常還要鄙夷萬倍的視線，沒辦法，誰叫我親愛的男神一大清早就光著美好的上半身，開門來迎接我。

「寧甯，早。」男神笑著說。

然後沒幾秒，盯著他胸膛看的我，就流鼻血了。

不是有首歌的歌詞是這樣嗎？那畫面太美，我不敢看。哈哈哈，我不但看了，還有反應。總之，男神轉過身繼續穿他的衣服，而簡丹走過來瞪我，用唇語罵了句「死變態」，我才發現自己肝火過旺了。

我懶得搭理簡丹，只朝他比中指，並狼狽地用另一隻手遮住鼻子，笑笑地對房裡的男神說：「學長，早餐準備好了，是法式土司喔。」

男神轉頭看我，迷人笑容釋放出十萬伏特的電力，我感覺另一道鼻血蓄勢待發。

「好，我待會就下樓，謝謝妳。」

男神的溫柔嗓音立刻讓我心、花、怒、放！

「不客……」話沒能說完，簡丹便用力把門甩上，門板正好擊中我的鼻梁。

「去死！」我小聲罵。

「死很多遍了。」簡丹在門板後低聲回答。

「缺德鬼，靈骨塔也不收你！」我繼續罵。

「去擦鼻血，肉球。」簡丹又說。

我使勁踹了下門板，負氣離開。

下樓走進廁所，我趁媽媽發現前迅速洗掉鼻血，怕鼻血又跑出來見人，更乾脆往鼻孔塞了兩團衛生紙。

「夏寧甯，快出來吃早餐！」還沒等我忙完，媽已經在廁所外吼我，一如往常。

「我便祕。」唉，這種時候還要扯這種謊，真是讓人心情不悅。

「妳便祕是全世界都知道的事，不用特別解釋。叫哥哥他們下樓用餐了沒？」

「簡丹吃不吃都無所謂啦，學長有吃到早餐就好。」

可能有人會覺得我很沒良心，但我說的是事實。簡丹這傢伙就算不吃東西也不會餓死，他吸收邪惡的日月精華長大，放他到荒野自生自滅都可以！可是男神，我美麗的男神，一餐不吃就要傷身體了，那美麗有型的Body啊！

媽又說了一些話，我沒聽得很仔細，只聽見一句「我出門上班」。我應了她一聲，她才走出家門。

接著我聽到簡丹下樓的聲音。我不用看都知道是他，走路超大聲。

「別霸占著廁所，出來。」他走到廁所門口狂敲門。

「幹什麼？姊正忙著呢。」我回應。

「怎樣？忙著生小孩啊！都忙幾年了，肚子還是那麼大，妳胎死腹中啊？」簡丹繼續搥門，「出來，臭三八。」

「你到底要幹麼！」煩，超煩，到底爲什麼他會是我哥？

沒有血緣關係還得住在同一屋簷下，眞的讓人覺得心好累。

尤其他又不是少女漫畫或言情小說裡的那種原廠好哥哥，他是副廠品來著，雖然外觀百分之百沒問題，然而內在瑕疵一堆，所以我從來就沒把他當作哥哥。

簡丹，就是個嘴巴超賤的爛人。

「六師弟！快出來踢足球！」簡丹在門外喊著。

看吧，他又開始嘴砲了。六師弟是周星馳電影《少林足球》中出現的角色，體型胖得驚人，簡丹總愛以此揶揄我。

我猛然拉開廁所門，在簡丹猝不及防，差點把手往我臉上招呼的同時，用力踩了他一腳，還「深情地」碾了四下。

「喔——」他哀號，帥氣的臉龐猙獰起來。我太愛那表情，證明我讓他吃鱉了，很大的一隻鱉。

「ㄘ……早、安！」原本想撂句髒話，瞥見男神正笑看著我們，逼得我硬是把快到嘴邊的話改成朝氣十足的問候語，僅獻給我最愛最愛最愛的簡丹哥哥。

簡丹大概是被我的霸氣攻擊荼毒到說不出半句話，我也懶得搭理，逕自繞過他，走向我的男神，「學長，我們來吃早餐吧！」

笑，我笑，男神也笑。花兒綻放、陽光燦爛、鳥兒啾啾叫，春天到了。

「你們兄妹的感情眞好。」男神說。

嗯，冬天來得眞快。鬼才跟他感情好！

「喂，怎麼只有一份早餐，我的呢？」簡丹一拐一拐地走到餐桌旁，雙手撐在桌面。在男神面前，他會收斂一點，辱罵我的次數大大減低。

唉，用「收斂」這詞還抬舉他了，應該說他虛僞、做作。

男神，我的男神夏瑾琛，任何東西都無法玷汙他，除了簡丹……嘖嘖嘖，男神挑朋友的品味眞的有待商榷。

「不知道耶，被宇宙黑洞吸走了吧？」我讓自己笑得好甜好甜，對著簡丹，對著男神。百分百好妹妹課程，**All Pass**。

「簡小丹，我的早餐給你吃吧！不然住你們家又吃你們家的，有點不好意思。我等一下去學校的路上再買就好。」

糟糕，男神開始讓梨了。

「不用啦！」簡丹橫了我一眼，「夏寧甯大概忘記做我的份了，她就是這樣，蠢蠢的。」隨後又用唇語再加一句：「還有暴食症。」

「還望兄台包涵。」我朝他拱手作揖，笑得超開心。早在上樓叫他們吃早餐前，我便已經把簡丹的土司吃掉了，過癮，超級過癮。我胖得開心，他氣得開心，皆大歡喜。

簡丹朝我比中指，我立刻翻白眼回敬他，這就是我們日常的相處模式。

但其實在最初的時候，我們也曾是一對以禮相待的兄妹。

吃完早餐後，我們三個人一起騎機車上學。

「究竟是從什麼時候開始，你和寧甯一見面就恨不得掐死對方？」停紅燈時，男神好奇地問了簡丹這個問題。

簡丹很快回答：「我不記得了。」

我在一旁聽了不禁冷笑，簡丹轉頭瞪我，我裝作沒看到。

不記得了？這種事怎麼可能忘得了呢？

看著男神一貫的和煦笑臉，我突然覺得簡丹怪可憐的……喜歡一個永遠不可能會喜歡上自己的人，還要在他面前裝沒事，而且情敵眾多，連自家妹妹也是其中之一。

仔細想想，簡丹暗戀男神至少七年了，眞的怪可憐的。

＊

簡丹的爸爸再娶我媽那年，我十一歲，簡丹十二歲。我們爸媽都不是注重細節的人，決定共組家庭的那天，他們只簡單介紹彼此的家人，讓兩個孩子握握手，這件事就這麼過了。

小時候的簡丹，身材跟現在的我一樣，圓圓肥肥，讓人看了就想捏一把。兩人的差別在於，簡丹小時候雖然肥，但其實他的五官很好看，大大的眼睛、直挺的鼻子，笑起來還有酒窩，一看就是支帥哥潛力股。

「夏寧甯？是疊字嗎？」當年的簡丹很和善，笑得跟個好哥哥一樣。

「不是。」我搖頭，「寧靜的『寧』，另一個『甯』……」大腦中的字彙有限，我突然不知道該怎麼解釋，媽媽遞給我紙跟筆，我立刻一筆一畫地寫下來。

「寧甯，」簡丹接過字條，和他爸爸一起笑了，「請多指教。」

這句禮貌萬分的話，讓我一記就是七年。

那時我和簡丹的相處方式，眞是相敬如賓到我如今回想起來都覺得那是場幻覺。

我們習慣直呼對方姓名，兩個本就沒有血緣關係的人，若是喊哥哥、妹妹的，多彆扭。

基本上簡丹待我滿友善的，我們之間的互動就像普通同學，我很高興家裡多了個玩伴。

這樣平淡的日子過了一年，男神出現了。也就是在那年，我發現了簡丹的祕密。

直到現在，我仍清楚記得當時的情景。

那一天，男神來我們家玩，簡丹的房門沒關好，身爲重度美男控的我便趁機從門縫偷看男神，卻意外看到驚世駭俗的畫面。

躺在床上的男神很明顯睡著了，而我家哥哥……彼時我還心懷景仰的哥哥，正趴在男神正上方，用一種極爲複雜的表情緩緩湊近他，只差幾毫米就要親上他的嘴唇。

「啊！」我忍不住倒抽一口氣。

一聽見聲響，簡丹頓時嚇得跳下床鋪，尷尬地瞪向門口，察覺來人是我，他皺起眉頭，朝我走來。

「妳……」他壓低聲音。

「嗚啊！簡丹，你、你，你想對他幹、幹、幹麼！」我截斷他的話，吃驚得不斷口吃。

簡丹伸手摀住我的嘴巴，把我拖進隔壁房間，關上房門，指著我一字一句地問：「妳看到什麼？」

「什、什麼都看到了。」我的大腦一片混沌，「你是不是想親他？」

簡丹沉默幾秒，從牙縫裡迸出一句：「不干妳的事。」

「你是同性戀嗎？」我急忙又問。

簡丹沒有回答，只是瞇著眼看我。

「你是嗎？」我放慢速度再問一次。

「我不知道。」簡丹閉上眼，「我真的不知道，我只知道一件事，」再度睜開那雙漂亮的眼睛時，他似乎下定了決心，「我喜歡他這個人，喜歡夏瑾琛。」

那是簡丹第一次，也是最後一次，對我坦白他的心意。

「……你會跟他說嗎？」我愣愣地問。

「不會。」他沒好氣地說，「又不是傻子。」

「真的？那很好，因為我也喜歡他。」不過我對男神的喜歡是純淨的崇拜，非關愛情。

話音剛落，他忽然對我惡言相向：「憑什麼！死胖子！」

「幹麼罵我！你才是死胖子！」我不甘示弱地罵回去，「憑什麼喜歡他？就憑我是女生，而且我沒有偷親人家！」我朝簡丹吐舌頭。

「我也沒有！」他愈來愈激動。

「這次沒得逞，下次呢？下下次呢？你們是好朋友，他對你又沒有半點防備，誰知道你哪天會不會再偷襲他。」我說得趾高氣揚，把別人的真心踩在腳底下踐踏，極盡揶揄。

現在回想起來，我倆會處處針鋒相對，好像就是從那時候開始的。從我發現簡丹的祕密之後，一切就不一樣了。

他怕我跑去向男神大爆料，在學校看見男神跟我打招呼總是緊張兮兮，可即使這麼提心吊膽，他還是沒停過對我的惡言惡語，見到我總要酸上幾句，「胖子」、「肉圓」、「大笨象」等，什麼惡毒的中文語詞我統統聽過。

某天晚上，我經過簡丹的房外，剛好瞥見他落寞地盯著手機，手機啓用擴音模式，男神變聲期中的低啞嗓音自另一頭傳來：「……不夠，我覺得你要再凶一點。」

簡丹沒給予任何回應。他剛洗好澡，神清氣爽的外表跟那副失魂落魄的神情形成強烈對比，看得我一陣出神。

「簡小丹，你有在聽嗎？」男神喚他。

簡丹回過神來，尷尬地笑了笑，「我有點累了，明天再聊。」

「好，明天見。」電話那頭的男神聲音聽來開朗依舊。

結束通話，簡丹深深嘆了口氣，雙手耙耙頭髮，目光不經意地飄向房門口。

他看見我站在門外，立即起身往我這裡走來，我在他關門前俐落地衝進他的房裡。

「六師弟，胖歸胖，身手倒挺敏捷啊。」簡丹挑眉，低頭看我。

簡丹正逢青春期，不過短短幾個月，個頭就抽高了二十幾公分，活生生從漂亮的小肉球長成漂亮的小王子，駐足在他身上的目光以倍數增長，還有女孩寫情書給他，甚至直接把信投進家裡信箱。

但廣受女生喜愛的他，雙眼始終望著固定方向：他的夏瑾琛，我的男神。

「我跟你說幾句話，說完馬上走。」我抬頭看他。他長高了，我的身高卻仍是一場悲劇。

簡丹沒有應聲，只雙手環胸看著我，溼答答的劉海流淌下一滴水，看起來有幾分性感。嘖嘖，要是現在偷拍他一張照片，起碼可以在學校賣個一、兩千塊。

「妳又在想什麼亂七八糟的東西？警告妳，不要以爲我不知道妳拿我的照片去幹麼，我不瞎也不笨，只是懶得跟妳計較。」他用手指戳我的臉頰，每說一個字就戳一次。

奇怪，他怎麼知道我高價賣他的照片賺取暴利？

我拍掉他的手，鼓起勇氣，一不做二不休地說：「你……你應該很討厭我吧？每天都必須防著我抖出你的祕密。」

聞言，他頓了一下，似乎沒料到我會來上這麼一筆。

我深吸一口氣，把這幾個月來的心情一股腦兒倒出：「我以我的人格及尊嚴發誓，我絕對絕對不會跟任何人說你喜歡我的男神，所以你儘管放心。」

簡丹嘴巴微張，一時之間不知道該回我什麼，再開口時，還很明顯放錯重點：「……什麼男神？」

「夏瑾琛是我的男神！」我朝他吐舌頭，接著掉頭就走，沒再看他一眼。

我可以明白簡丹爲何處處針對我，畢竟我知道他的祕密，對他而言就像顆不定時炸彈，隨時有可能炸毀他的世界。可他不知道的是，我從來沒想過要傷害他，相反的，我其實非常、非常同情他。

*

人是膚淺的生物，雙眼容易被美麗的東西所蒙蔽，因此很多罪過到了簡丹這裡，都變得不算什麼。

比如一個一百八十幾公分的男生，把長腿跨在一百六十幾公分的女生肩上，那個男生可能會被大家唾棄，覺得他欺負人，但若是那個男生長了一張人見人愛的臉……情況就將截然不同。

「肉球，水。」現在那個人就把腳跨在我的肩上，懶洋洋地發號施令。

「憑什麼使喚我？」我揮開簡丹的腳，他又跨了另一隻上來。

「因爲妳胖！」他特別強調最後那個字，口水噴了我一臉。

我抹去噁心的口水，橫了他一眼：「我不胖，這是水腫！」

「那妳應該去非洲一趟，把妳身上的水擠下來救濟小孩。」簡丹歪著頭，汗溼的劉海垂在額前，看上去有些迷人。可惜他是簡丹，畫面再美都沒用，任何說他好看的人，肯定是不清楚他的眞面目。

「去死、去死、去死吧！」我用力往他的腿揍了幾拳洩恨！

「妳又在虐待學長了。」隊上男同學下場休息，邊用毛巾擦汗，邊推了把我的頭。

夏瑾琛和簡丹，一個是籃球隊副隊長，一個是籃球隊隊長，隊員們都超尊敬他們。我可以理解景仰男神的心態，但簡丹這部分……我萬分無法理解。

「誰虐待他啊！是他自己把腳——」

我話還沒說完，簡丹立刻搶話：「你誤會了，是我的腿有點抽筋，所以她幫我按摩。」

天啊，那淡定的謊話，還有那裝溫和的笑臉，太令人髮指了！

「學長，夏寧甯出手那麼重哪叫按摩，根本是家暴，你怎麼不反擊！」隊上男同學再接再厲。

「靠，你屁啦！他——」

簡丹摀住我的嘴，動作極其自然，「寧甯，不是跟妳說過講話要收斂一點嗎？」

收你媽媽！

簡丹何來的不還手？他都挑在家裡動手好不好！不是在我洗澡的時候關燈，就是抓蟑螂到我房裡，再不然便是直接……直接……

唉，這部分實在太難以啓齒了。

上次和簡丹大戰，我故意溜進他的房間摸走所有色情刊物，他當然發現了，趁我去洗澡的時候跑來我房間，抱著那堆髒東西在我床上打X槍！

無法忍受！完全無法忍受！我把被玷汙的被單和色情刊物丟回他房間，精神大崩潰，他卻笑得跟個猥瑣老頭一樣，我哭得多大聲，他就笑得多大聲。可惡，想到就氣！

「六師弟，妳聾啦？我要喝水，還不快拿水給我。」簡丹捏住我的臉頰，左右拉扯。

「要是我也有哥哥就好了，若能是夏瑾琛學長和簡丹學長的綜合體，更好！」男同學走到簡丹身旁的台階坐下，邊說邊扭開瓶蓋喝水。

我趁機往他的後腦勺巴下去，他一個前傾，嘴裡那口水立刻全數朝簡丹的臉上噴！

簡丹當場愣住，嘴角抽搐著上揚，表情有些僵硬。

「師兄，水來了！哈哈哈！」我笑到整個人往簡丹的腿上趴去，他甚至沒能反應過來，任我又拍又打，這要是平常，他老早就把我踹下台階，讓我一路滾去地獄了。

「學長對不起、對不起！齁，夏寧甯妳幹麼啦！」男同學差點沒嚇死，連忙掏出面紙替簡丹擦拭。

「沒關係，我自己來。」簡丹接過面紙，神色陰晴不定，起身走向廁所。

我拍拍男同學的肩膀，笑著說：「簡丹如果真的是你哥哥，你不到一個禮拜就會被氣死！除非你的心臟跟我一樣大顆，懂得以毒攻毒，不然相信我，這是條不歸路，你絕對不會想走的。就算真要走，我勸你還是買本攻略，以免到時候迷路卡關。」

簡丹洗把臉後，默默坐回台階上，猛地把我抓進懷裡用四肢鎖著，「我要送妳去屠宰場，再抱一隻真的豬回來假裝是妳，爸媽肯定不會察覺妳被調包了。」

我伸手想捏他一把，他往後一縮，卻沒鬆手。

一旁的男同學感嘆：「但是不得不說，鬧歸鬧，你們兄妹的感情還眞好呢！」

我正想吐槽回去，突然傳來一陣鼓噪聲：「夏、瑾、琛！」

只見一群女孩站在體育館門口，齊聲吶喊，我無法不去注意其中那位氣質脫俗的女孩，聽說她是大四的學姊。

球場所有人都停下動作，剛投進一顆三分球的男神聞聲回頭。

「女、朋、友、外、找！」那群女孩非常有默契地集體大叫。

球場上立即響起此起彼落的調侃聲。我聽見大家一人一句「唉唷，不錯嘛」、「夏瑾琛放閃不要太過分嘍」、「這麼甜蜜」、「我需要墨鏡」，而男神便在這一片聲浪中被隊友往前推，一步步朝學姊走近。

「哇，男神的新女友耶！」我發覺整座體育館的人，情緒都因這對情侶而沸騰，更意識到身後的簡丹低下頭，忽然沒了半點聲音。

「欸。」我抬起手肘撞撞他，他馬上放開我，走到一旁喝水。

後來練習賽繼續進行，簡丹卻藉口身體不適，再也沒上場。身為球隊經理與簡丹的妹妹，我自然有義務關心他，可此時此刻，我腦海裡裝的不是安慰字句，反倒像是衝動言論。

「你為什麼不試試跟學長坦白心意呢？」我陪簡丹窩在階梯角落，看著他黑髮濃密的後腦勺，心裡莫名覺得難受。

雖然這個傢伙老是欺負我，我卻狠不下心去眞正討厭他，因為我知道他那不能言說的悲哀，而這場悲哀彷彿沒有盡頭，歹戲拖棚，一拖就是許多年。在我還沒遇見簡丹之前，簡丹就在為夏瑾琛難受了。

算一算，那麼長的時間一定足夠簡丹遇見別人，可他卻偏偏選擇在一棵樹上吊死。

「如果你想輕鬆一點，最好的做法就是捅破這層繭，飛出一片海闊天空。」我繼續說。

簡丹轉過頭來，面無表情地捏住我的下巴，「妳懂什麼？妳以為談戀愛這麼簡單，告白完兩個人就在一起，結局皆大歡喜？」

我不如以往反抗，甚至沒反駁，只是默默盯著他那雙漂亮無比的眼睛。

簡丹被我這麼看著，似乎反而失去欺負我的欲望。他垮下臉，彈了下我的額頭，「跟妳這個萬年處女解釋是在浪費時間。」

「你自己也是萬年處男。」我忍不住嘟噥。那麼多人跟他表白，他卻和尚似的拒絕每一次能夠忘記夏瑾琛的機會，該說他是痴情還是傻？

簡丹喜歡夏瑾琛……知道這個祕密的人，就只有我而已，如果哪天我不在他身邊了，簡丹該找誰訴苦去？

「欸，我可以幫你。」我坐到簡丹的旁邊。

「幫我什麼？」簡丹把劉海往後撥，閉上眼。

「幫你跟他告白啊。」我一臉認真。

簡丹沒應聲，只是大笑。

「如果他不願意跟你交往，你就徹底死了這條心，看看森林裡的其他棵樹，好不好？」

我又說：「戀愛不簡單，可是我可以讓它變簡單。」

「爲什麼幫我？」第一次，他沒對我口出惡言，語氣平靜，側臉看過去很帥氣。

「因爲你是我哥，我罩你啊！好不好嘛？」

我給了他一個最官方的回答，簡丹聽著，忽然笑了。

關於我的提議，簡丹一直沒給我正面答覆。

上個禮拜他最後的那抹笑讓我當機好久，那樣的笑容究竟是什麼意思？要說無奈也不無奈，要說釋懷也不釋懷，要說打哈哈也不算打哈哈……他到底是需要我幫忙還是不需要？

本來我想偷偷幫簡丹一把，直接跑去男神面前攤牌，但經過這幾天的觀察，我承認，我把事情想得太簡單了。

男神和他的新女友如膠似漆，二十四小時有十二個小時黏在一起，而且很不幸地，作爲男神的死忠兼換帖兄弟，簡丹必須經常目睹這對情侶的各種膩歪，比如現在。

「瑾琛，你不吃蝦子嗎？」學姊指著男神盤子裡尙未剝殼的蝦，「還是我幫你剝？」

男神笑看著她，「好啊，謝謝。」

坐在我身邊的簡丹話很少，只偶爾微笑、點頭應聲，或是在學姊突然吻上夏瑾琛的臉時，露出莫可奈何的神情。簡丹就連面前那盤青醬蛤蠣義大利麵都沒吃半口，裡頭的蛤蠣妃子可憐兮兮地躺在盤子上等著皇上臨幸，無奈皇上卻一直盯著餐桌另一頭的夏王爺。

夏王爺愛吃蝦，不過他不喜歡剝蝦殼，偏偏他點的餐點時常離不開蝦子。

一開始他向簡丹求救，說他不會剝蝦，簡丹會罵他「除了顏値，你一無是處」、「不會剝蝦，幹麼點蝦」，然後整盤接過去，把蝦肉剝出來再餵食男神。後來男神連求救都免了，簡丹已經養成習慣，在菜上桌的那一刻就幫男神把蝦剝好再還回去。

男神總說：「簡小丹，沒有你，我會死的！」

但今天男神的主餐送上桌時，簡丹卻是伸指敲著桌面，另一手擱在腿上，沒有任何動作，我身爲餐桌上唯一的知情旁觀者，只感到如坐針氈。

「寶貝，嘴巴張開。」學姊捏著剝好的蝦子，準備送進男神嘴裡。

「啊……」男神立刻張嘴，露出非常幸福的表情。

此時簡丹換了個姿勢，雙手環胸，慵懶地靠向椅背，揚起下巴看男神。他可能根本沒意識到自己的行徑有多引人注目，事實上，從我們進餐廳開始，簡丹那道直勾勾的視線就沒離開過男神。

卿卿我我的小情侶莫名被一隻蝦子點燃慾火，開始妨礙風化地親來親去，我看得瞠目結舌又覺得好笑，偷偷拿手機拍了幾張照片。

一旁的簡丹眉心微皺，似乎有些生氣，我在桌子底下碰了碰他的手，他轉頭看我，揚起一邊眉毛，像是才注意到身邊還坐著一個我。

「你都沒吃欸。」我用唇語問，指著他面前那盤義大利麵。

他微微一笑，用唇語反問我：「想吃嗎？」

想啊！我拚命點頭。開玩笑，我可是覬覦那些蛤蠣很久了！

「那外帶吧。」簡丹說完，逕自招手請服務生過來。

一頓晚餐倉促結束，儘管男神試圖留下我們，簡丹卻搖頭說有事要先走。

有事？能有什麼事？

自從得知簡丹暗戀夏瑾琛後，我便經常悄悄觀察這對男男，發覺男神本人對簡丹的情意特別遲鈍，像個天然絕緣體，毫不扭捏的肢體碰觸時不時就能折磨簡丹一把，更別提那些兩人通宵打電動直到雙雙睡去的夜晚。

要是哪天男神發現簡丹對他的想法，大概就不敢再跑來我們家，跟簡丹擠一張床了吧？男神不只常常跳上簡丹的背耍賴，要求簡丹背他回家，我甚至透過門縫目睹過他趴在打電動的簡丹腿上睡覺。當時簡丹的心裡在想什麼呢？肯定無法靜下心吧。

這麼多年了，男神一聲「簡小丹」，輕易就把心甘情願的簡丹鎖進暗無天日的牢籠裡。而當我打開牢籠的門，鼓勵他奔向自由的懷抱時，他卻轉過身龜縮在角落，不願離去。

這樣的簡丹能有什麼事必須提早離開？屁大點的事！不過是有人不敢坦誠面對自己的情感，又不願意看著心上人擁著別人而已。

簡丹提著外帶餐盒走在我的身後，腳步意興闌珊，神情悶悶不樂。

我面向他，倒退著走，邊注意他的表情，邊問：「想看我倒立嗎？」

簡丹只簡單回了個字：「滾。」

「不好吧，這種路很難翻滾。」我停下腳步，煞有介事地觀察起人行道。

簡丹側頭看我，冷冷地說了句：「好好走路，否則等一下跌倒，我直接踩過去。」

「就算我沒跌倒，你也會這麼踩我好嗎！你有前科！」我忍不住大叫。還記得那是一個風和日麗的高中開學日早晨，簡丹叫不醒我，乾脆直接站上床，像泰式按摩般地痛踩我……想到這裡，我眼眶都溼了。

簡丹似乎也想起那一天的情景，輕笑出聲。

哎，終於笑了。我拍拍他的手，「好啦簡丹，我幫你，就這麼決定了。」

「幫我什麼？」簡丹在花圃邊坐下，打開那盒外帶的義大利麵，招手要我過去。

「幫你追男神啊！」我坐到他的身旁，似小狗等開飯一樣望著那盒麵。

簡丹拿塑膠叉子的手突然頓了下，一副不可思議地看著我，「再說一遍。」

「我要幫你追、男、神！」說兩百遍都行。

「還沒放棄？」他愣愣地瞪著我，「妳別鬧了。」

「才沒有鬧。你告訴我，男神到目前爲止交過幾任女朋友了？」

「沒數過。」簡丹的語氣森冷，同時用叉子捲起大量麵條往我嘴裡塞，試圖堵住我的話。

可惜他太小瞧我了，我嚼著麵，口齒清晰地說：「應該是第七個了，你都不著急嗎？難道你不想做點什麼來改變現況？我可以幫你爭取你要的——」

「那不是我要的。」簡丹打斷我，抿抿唇，望向夜空，「夏寧甯，妳很單純，這是好事，也是壞事。妳要知道，事情有時候不是妳表面看到的那個樣子，我要的東西……」

「怎樣？」我又塞了滿嘴的麵，鼓著腮幫子問。

「我要的東西……」簡丹垂下頭凝視著我，忽地伸手。

我一度以爲他要打我還是捏我，連防禦姿勢都已擺好，但他只是用食指點了我的鼻頭一下，見我沒什麼反應，便以食指關節摩娑我的臉頰，彷彿在摸隻小狗。

氣氛霎時有點微妙，我困惑地眨眨眼，「幹麼？我臉上有東西嗎？」

簡丹大概是被我鼓脹的腮幫子給逗笑了，他嘴角上揚，表情有些過分好看。「不，我只是沒看過豬邊吃義大利麵邊講話。」

不過他說出來的話讓我差點氣胸，我只好順勢低頭，把嘴裡的麵統統吐在他身上。

俗話說得好，冤冤相報何時了。

就在我以爲我和簡丹要互相傷害對方到天荒地老時，他做了一件讓我出乎意料的事。

「愛吃鬼，你竟然偷吃我的餅乾！」我氣撲撲地找上簡丹。

簡丹沒有鎖房門的習慣，我衝進他的房間時，他剛洗好澡，正拿著浴巾擦頭髮。

他斜睨了我一眼，「搞清楚誰才是愛吃鬼，肉球。」他伸腳絆了我一下，我故意往他身上跌去，他立刻將我扔到床上。

這個男人完全不懂何謂憐香惜玉。

撲倒在床上、面朝下的我，瞬間感到千絲萬縷的負面情緒湧上心頭。靠，我昨天到底是發什麼失心瘋，眞是狗絆呂洞賓，呂洞賓跌死！

「起來，小豬，別裝死。」簡丹坐上床，拍拍我的背。

「那是學長從紐西蘭帶回來的餅乾，很貴。」我把臉埋在床單裡悶悶地說，存心把口水抹在上頭。

男神特地帶給我的名產，就這樣毀在這個人的嘴裡，這個人還用那張嘴侮辱過我無數次！重點是我已經刻意把餅乾藏起來，他到底怎麼翻到的！

「別趴在我的床上，我知道妳在偷抹口水，妳要是再繼續，明天妳的床單會發生什麼事，我就不知道了。」

想起上次慘痛的經驗，我立刻收起唾沫，但依然趴著不動。

簡丹沒再說話，我感覺到床的另一邊深陷，他似乎也跟著躺下了。

我偏頭看他，他雙手交疊枕在後腦勺，浴巾隨意擱在腹部，看上去就很養眼。嘖嘖嘖，如果能趁現在照張相……啊嘶，有腹肌起碼可以再多賣個三千塊！

「想都別想。」

眞邪門，他好像聽得見我心裡話。我撇撇嘴，「你吃光我的寶貝餅乾，總要有東西賠償我。」

「我沒霸凌妳就是一種賠償。」簡丹勾起嘴角。

「靠，什麼理論！你根本天天都在霸凌我，你是慣犯！」我怒。簡丹的厚臉皮眞是無限上綱，一個「肉球」二字不離口的人，居然有臉說沒霸凌我！家裡所有可以當凶器的東西，他幾乎都拿來打過我，我會這麼胖，有一半原因是他害的，我必須吃胖才能保護自己，我生活得多辛苦啊！

「夏胖，對哥哥講話要有禮貌，知道嗎？」他笑了笑，捏著我的臉頰用力拉扯，「妳看看妳，長這麼肥怎麼沒被物競天擇啊，妳的存在感低到連達爾文都忘記歸類妳了。」

……我承認，比嘴砲我確實贏不了他。

算了，就當我沒提過幫他追男神的這件事。爛人一枚，不用太在意他是否能得到真愛。

「喂，萬年處女，最近有沒有物色男朋友啊？」簡丹大力地捏了我一下。

我疼得生理性的淚水都流出來，連忙揮開他的手，「有也不告訴你，對方的條件好到你望塵莫及啦！」

他點點頭，好笑地看著我，彷彿我是某種被踩到尾巴的動物，「有空帶回來給哥瞧瞧，哥幫妳鑑定一下。雖然哥可能看不到那人……是靈界的朋友對嗎？妳人脈眞廣，這點哥的確是望塵莫及。」

「『哥』怎麼不去死一死！」我順勢推了他一把，他俐落躲開。

之後簡丹提議晚餐吃路邊攤，我們點了肉燥飯、魚丸湯，還有幾盤小菜。

吃飯時，簡丹一反往常的嘴砲性格，講了很多冷笑話給我聽，我笑得東倒西歪，惹得一旁經過的路人都在看我們。

簡丹吃飯總是比我快，在等我解決肉燥飯的期間，他隻手撐頭，安靜凝視著我，幾綹垂下的劉海微微遮住他那雙漂亮的鳳眼，使得他看起來少了好幾歲，像個高中生。憑良心說，他不開口的時候眞的很帥，有一種莫名的氣質。

可惜的是，這個人安靜不了多久。

「六師弟，輕功水上飄最近練得怎樣？」

果然。

我嚥下最後一口飯，「簡丹，其實你長得還不錯，要是沒有那張嘴巴就更帥了！你覺得我們有沒有可能把那張嘴巴摘掉咧？」我拿著筷子，作勢夾他的嘴。

他揚起眉毛，「可是我想幫妳唱生日快樂歌，沒了嘴巴要怎麼唱？」

我頓時愣住。

下一秒，他拉開背包拉鍊，拿出一大包紐西蘭餅乾放到桌上：「妳原本的那包應該是捨不得吃吧？都放到過期了。這包是新的，給妳。」

我舉著筷子的手停在半空中，瞪大了眼。

眼前這位是簡丹嗎？是真的簡丹嗎？真正的簡丹被外星人綁架了嗎？

「祝妳生日快樂——」他似是料到我會有這種反應，也沒理會我，逕自唱起生日快樂歌。

不過只有一句，而且還是最後一句。靠，真沒誠意。

「你……怎麼買到的？」我呆愣了許久才想到要問他。

「託紐西蘭的朋友代購的。怎麼，很重要嗎？」簡丹有些彆扭地撓著臉，「妳如果想要回原本那包也是可以啦，我沒丟，只是偷吃了一塊，順便拍外包裝給朋友，請她代購。但是那包已經過期了，妳真的要喔？」

我很想吐槽他，吐槽他沒有包裝禮物、吐槽他我生日根本不是今天、吐槽他餅乾是不是有毒，然而到頭來，我沒能說出任何一句話，只傻傻盯著他看。

「十八歲的生日很重要，代表妳成年了。反正爸媽都在上班，無法替妳慶生，就我陪妳吧！兩個屁孩一起慶祝。」他的眼神飄向別處，乾咳了一下，顯得有些不自在。「我知道妳的生日是下禮拜啦！但那天我剛好有事，所以幫妳提前慶生。」

我頭一次看到簡丹這副模樣，感覺有點新奇。

想起他去年十八歲生日那天，我好像只買了一塊小蛋糕給他，上面插著一支小旗子，寫著「給全世界最糟糕的嘴砲哥哥簡丹」，然後附上一張生日小卡，內容大致是以「我恨你」、「你去死」爲開場白，用「生日快樂」做爲結尾。

對比今天他特別爲我做的這些，說不感動是騙人的。

「不要跟我說謝謝。」他在我開口前一秒攔截我的話，「妳對我太有禮貌會讓我起雞皮疙瘩。」

……你才是吧！

他這樣一鬧，我反而不知道該說些什麼了。

「既然妳已成年……」他轉身朝老闆娘吆喝，點了六罐啤酒，之後朝我笑道：「慶祝夏寧甯十八歲生日。」

「我不能喝酒。」我皺眉。

「可以，妳成年了。」他回得理直氣壯。

「我下禮拜才成年，況且我們之中還得有個騎車回家的人。」

「摩托車先暫時停在這附近，我們走路回去。」他說。「不要在那邊糾結細節，反正妳今天就是得喝，至少一罐以上，就這樣。」

我爲難地看著簡丹，不知道自己喝醉會變成什麼怪物，而我也不想知道。

老闆娘把啤酒送來後，簡丹開了一罐放到我面前，「三個生日願望妳自己留兩個許願，剩下一個願望我幫妳許。」

我訝然瞪著他。這傢伙又想說什麼亂七八糟的話？

「我希望妳永遠幸福快樂。」他笑了，很溫和的笑，就像當初他對我露出的那種好哥哥笑容，「願妳永遠都是這個夏寧甯，很失控、很有趣、很樂觀，生氣的時候像隻河豚，戳一下就膨脹，氣鼓鼓的樣子眞的很可愛。」

好嚇人！這傢伙從來沒稱讚過我，他的DNA並不內建這樣的設定，現在是跟我演哪齣鬧劇？

我驚恐地將椅子往後拉一公尺，「你是不是最近遇到什麼困難，急需資金周轉？我告訴你，我沒錢喔！你把我扒光了都沒錢喔！眞的沒錢，我窮得只剩體脂肪，你要就拿去吧，統統拿去！」

簡丹聽了，放聲大笑。

與簡丹相處這七年，我老是從他身上收到三種「驚」：驚奇、驚悚、驚嚇，今天好像加進了第四種——驚喜。

我拆開那包餅乾，吃了一塊，思索片刻後，抬頭對他說：「我決定許下第一個生日願望。」我頓了下，「簡丹，我希望你喜歡的人也能喜歡你，希望你能得到屬於自己的幸福。別氣餒，我會幫你一起完成這個願望。」

簡丹捏扁手中的啤酒罐，撐著紅彤彤的臉頰看我，沒回應，倒是挑起一邊眉毛，淡淡地笑了。

簡丹喝醉了。非常誇張的那種醉，醉得六親不認，醉到他開始背唐詩三百首。

天理何在？信用何在？不是說壽星最大嗎，簡丹，你不是說幫我慶生嗎？一個人喝掛也太沒義氣了吧！雖然你在我心中的形象就是個廢渣，但也用不著連醉了都這麼死命執行你的渣程式吧？

為何我會淪落到要扶一個酒醉的男人回家？這個男人還非常不安分，總是掙脫我，跑去騷擾路人。

「我……覺得……妳很漂……漂……」

簡丹第十三次掙脫我，跑去搭訕路邊的檳榔西施時，我已經累到說不出話，只面露尷尬微笑，然後機械式地重複那句「不好意思」，再用最快的速度把人拉走。

「我也覺得你很帥。」西施姊姊似乎感到有趣，她阻止我拉走爛醉的簡丹，半開玩笑地伸手捏捏簡丹的下巴，想看他有什麼反應。

「那我們……嗝……」他打了個酒嗝，好像隨時會吐出來。

我跟西施姊姊道歉，二度想把人拉走，沒想到姊姊又將我攔下。

「跟妳男朋友鬧著玩的！妹妹，妳等我一下。」她說完就跑進店後頭的隔間，留下我以及趴在櫃台上的簡丹。

我非常想跟她解釋這個丟人現眼的傢伙其實是我哥，但她顯然不在乎這些細節。

「妳……妳當我女朋友……好不……嗝……」簡丹仍在努力完成那句沒人當真的話，他舉起雙手揮舞，還撲過來抱住我，場面超失控。

「沒人想當嘴砲酒鬼的女朋友，你給我安分點。」我抓住他的雙手按在櫃台上，而他竟開始扭動身軀。

「妳誰啊，走開！大爺想尿尿！」然後鬼吼鬼叫。

「大爺不想回家！大爺要Disco Babe！」然後當街跳舞。

「大爺今天爽！大爺想睡覺！」然後一個勁傻笑。

Ok，我發覺自己僅存的最後一點良心跟耐性都快要磨沒了。

說眞的，就算我拋下他也是可行的吧？我可以跟爸媽說哥哥不知道跑去哪兒了，沒人會發現的。等他們意識到是我拋下簡丹，應該也不會再追究，沒事的，對吧？

就在我計畫要如何把簡丹扔在夜深人靜的大街上時，西施姊姊回來了，身後還跟著一個人高馬大的男孩，年紀看起來跟我們差不多。

「妹妹，我幫你們叫了計程車，妳身上有錢吧？」她問，見我點頭後，她指了指一旁的男孩，「這是我堂弟，他等等會騎車跟在你們後頭，好幫妳扶男朋友回家。」

男孩朝我禮貌點頭，卻在看見簡丹時，表情有些訝異，「簡丹？」

「你認識他？」我身體微微顫抖，就快撐不住簡丹的重量了。

見狀，男孩一個箭步過來幫我扛住簡丹，簡丹順勢趴在他的身上，喃喃自語。

「我是夏瑾琛的朋友，」男孩說，「回台灣都會找他們一起打球。」

「哇，你在國外讀書啊？」我驚奇地看向他。

「嗯。」男孩話不多，也不太笑，個性似乎有點冷淡。

「妹妹，你們回家小心啊！」西施姊姊向我們揮手道別。

天啊，我感動得熱淚盈眶，世上真的有好人。我不斷跟姊姊道謝。

計程車將我們送到家門口，男孩幫忙把簡丹扶回房間躺下，簡丹悶哼一聲，嘴裡還背誦著九九乘法表。

「真是謝謝你幫了大忙。」我雙手合十，對男孩表達感激之情。

「我沒看過他喝醉。」他趁機巴了簡丹的頭兩下，又抬頭看我，「我姊剛剛說你們是情侶？什麼時候的事？瑾……簡丹沒提過。」

「不是，你姊誤會了。」這誤會可大了，「簡丹是我哥，我是……」

「夏寧甯。」他不假思索地接話。

他居然知道我的名字？我震驚不已，直盯著他瞧。

男孩伸出手，「我是歐世文。久仰大名，一直沒機會認識妳。」

久仰大名？我握住他的手，而他充滿力道地回握。

歐世文見我驚呆了的模樣，嘴角微勾，伸手摸摸我的頭。

有些人的臉孔天生適合笑，歐世文就是其中之一。他先前一副拒人於千里之外的樣子，像個冰山帥哥，但一笑起來，我感覺自己就像從冬天進入了春天，甚至聽見蟲鳴鳥叫。

「妳跟我想像的不太一樣。」歐世文說。

「嗄？」簡丹到底跟他講了什麼？

「比我想像的傻。」歐世文收起笑容，直言不諱。

我瞬間無語，被一個剛認識不久的人淡淡地婊了，內心如遭雷擊。

歐世文似乎沒想繼續這個話題，他別開頭，逕自走出房外。

送歐世文離開的途中，我們聊了幾句，得知他是男神媽媽的大學朋友的兒子，跟男神可以說是從小一起長大的玩伴，兩人相識的時間比簡丹和男神還久。

看著歐世文戴上安全帽，跨上那台小綿羊摩托車，動作俐落又帥氣，我不禁感嘆這就是所謂的物以類聚。帥哥的朋友還是帥哥，這群高顏值的人類究竟想逼死誰啊？

歐世文走後，我回到簡丹的房間看看他，順便替他把棉被蓋上。

聽說酒後行爲通常是人們內心最眞實的映照。剛剛，我目睹簡丹流利地背誦出唐詩三百首、說什麼大爺想尿尿、大爺要Disco Babe……嗯，內心最眞實的映照。

老天，這傢伙的智商到底多少？

一躺上床，簡丹就變乖了，他露出幸福的表情，抱著自己的枕頭不住傻笑，等背完九九乘法表後，他叫了我的名字：「夏寧甯。」

「幹麼？」我坐到床邊，拍了他臉頰一下。

他抓住我的手，笑得好開心：「豬蹄。」

……醉成這樣還能這麼討人厭，還眞是貫徹始終。

見我不說話，他又傻呵呵地笑，把我的「豬蹄」放到嘴邊親吻，隨即緊皺眉頭，「夏瑾琛，我好難受。」

我沒有把手抽回來，還有股衝動，想把眼前這狼狽的簡丹錄下來給男神看。

沉默幾秒，我說：「簡丹，我幫你追夏瑾琛。」

簡丹清醒時不肯給我答案，也許能在他酒醉時得到。

「對，夏瑾琛還欠我一千塊。」他鬆開我的手，抱著枕頭嘟囔。

「讓我幫你，好嗎？」雖然你老是嘴砲我，雖然你醒了之後可能會繼續欺負我，雖然我也許會後悔說要幫你，但是看你這副模樣，我莫名難過。所以讓我幫你，好嗎，簡丹？

「夏瑾琛，我好難受，你騙我……」簡丹喃喃低語。

原來，男神交新女友這件事帶給他的打擊如此深，深到他假借慶生之名，行買醉之實，企圖用大量的酒精來麻痺自己。

我頓時感到心口一陣酸楚。若非簡丹醉得不省人事，我又何嘗有機會聽見他的眞心話？嘆了口氣，我關上他房間的燈，在走出房前對他說：「我們可以試著努力看看，不管結果怎樣，我都會陪你一起面對，因爲我們是兄妹，我罩你。」

我知道他清醒後不會記得我說過的這些話，可我還是想說。

裡頭傳來簡丹的醉言醉語，他重複我的話，用一種很畸形的理解方式：「奶罩你、奶罩你。」

……對啦，奶罩你，簡丹。

隔天一早，我call了人體祕密武器出來見面。要想成功，做就對了！

「夏瑾琛，十九歲，身高一百八十二公分、體重七十五公斤，天蠍座，個性溫和，善解人意。」我朝對面的盼盼微笑道。

盼盼愣了幾秒，接著把椅子往後一退，整個人離我遠了一點。我保持笑容，傾身向前，又再離她更近。

「喜歡吃辣，沒有特定喜歡的類型，不過根據我的觀察，他交往對象的年齡都比自己大。」我繼續說：「夏瑾琛有個妹妹叫夏瑾盼，兄妹倆差一歲，而且，夏瑾盼是個超、級、大、好、人。」

盼盼垮下臉，把椅子退得更遠，怪叫：「不要亂發我好人卡！妳到底想幹麼，我知道妳肖想我哥很久，但妳也不用這樣發癲吧！」

「No！No！No！妳哥是我的男神，我對他只有無窮無盡的崇拜，無關愛情。」我朝她搖著手指頭，「今天來，主要是希望妳幫忙解救一隻迷途羔羊，這隻羊在愛情的路上迷了路，需要知道final answer。」

盼盼像是看瘋子一樣看著我，「妳喜歡我哥，想追他。」

「不是我！跟妳說過多少遍，他是男神！我只想膜拜他，不想褻瀆他。」我激動到拍桌。

「可是妳每次看他的表情都很猥褻又淫蕩。」盼盼的話讓我覺得地球彷彿瞬間裂成兩半，北半球是我，南半球是盼盼。

「胡說八道，是妳不懂我的心。」我爲自己找台階下。

「我這裡都有證據。」盼盼在我下樓到一半時，把剩下的台階拆了。她拿出手機，點開相簿，滑過我盯著男神看的照片，一張又一張，全是痴呆樣。

「手機沒收。」我搶過她的手機，將那些照片一張張刪掉。

「我有備份。」盼盼慢條斯理地喝了口水。

「交出來！」我又激動了，才剛要起身，手機鈴聲響起，是簡丹打來的。

我一接通，便聽見他剛睡醒的聲音從另一頭傳來：「妳在哪？」

知道嗎，簡丹，我赴湯蹈火，把自己送進了地獄，守門人誰都不是，就是你心上人的妹妹，她正無所不用其極地挑戰我的下限，但是沒關係……奶罩你。

＊

俗話說得好，不怕神一樣的隊友，就怕豬一樣的哥哥。嗯……不對，話好像不是這樣說的。

無所謂，反正靠著盼盼這一層關係，我有如神助，男神房間，Get！

「學長早！」盼盼帶我進夏家大門時，院子裡的那條大狗對著我狂吠，像是不祥預兆，但我只當那隻狗是簡丹，吠過就算。

「寧甯早。」男神穿得很居家，幾撮亂翹的頭髮，配上他那張剛睡醒的高顏值面容，頗有幾分傻白甜的感覺。「怎麼會想到來我們家做作業？」

「撞到頭。」盼盼打了個哈欠。

妳才撞到頭，妳全家除了男神以外都撞到頭，哼！

「我房間沒什麼好看的。」男神笑著推開房門，裡頭乾淨整齊，跟簡丹的房間相比簡直天差地遠。「你們系上的作業也太奇怪了吧，設計男大生的房間？哪個教授出的作業啊？」

我一陣乾笑：「新來的，我也忘記他的名字了，哈哈！」哈哈哈哈哈，其實根本沒有這個教授。

盼盼監督般地一起踏入男神房間，我左看右看，留意到書架上擺了些相框，大部分是簡丹跟男神的合照；牆上則大多是漫畫《灌籃高手》裡的櫻木花道，以及國外籃球明星的海報。我在男神的房裡轉了一圈，一無所獲，只見男神趴在床上望著我。

我吞了口口水，瞄了眼一旁的盼盼，最後豁出去地問：「學長，你跟你女朋友……感情好嗎？」

男神似乎被我的問題噎住，頓了下才回：「怎麼突然問我這個？」沒等我回應，他笑了下，「是簡丹叫妳問的嗎？」

我趕忙應道：「不是、不是！不是他。」想了想，說是自己想問的也很怪，只好隨便扯了個剛認識的人，「是歐世文啦！哈哈，昨晚我遇到他，他問了幾句關於你的事。」

男神本來懶洋洋地趴著，一聽見「歐世文」三個字，瞬間驚恐得像是看見怪獸哥吉拉躺在他房裡睡覺一樣。

他翻身坐起，連珠炮似的問：「妳認識他？妳怎麼認識他的？他回國了？」

我第一次看到男神這副模樣，吶吶地回答：「昨晚我跟簡丹出去喝酒，剛好遇到歐世文的堂姊。因爲簡丹當時醉得不省人事，堂姊就請歐世文幫我扶簡丹回家，後來我們聊了一下，才知道他是你的朋友。」

男神側過頭，扯出一抹微笑：「他不是我朋友。」

「不是嗎？」我呆愣住。

「他想得美。」男神語出驚人。

慘了，這兩人是不是有什麼過節？我怎麼偏偏提了個不該提起的人。

爲了化解尷尬，我搔搔鼻子，蹲下來摸男神的床板，煞有介事地問：「對了，學長，你這張床的材質是什麼啊？」

「木頭。」男神愣了幾秒才回，好像我問了個白痴問題。

「喔，是好木頭呢！」我邊摸邊笑，惹得盼盼大翻白眼，還不斷踹我。唉，有盼盼在，實在不好辦事。

我正準備支開她，打算向男神坦白簡丹的心事時，忽地，口袋裡的手機響起〈命運交響曲〉……是簡丹的專屬來電鈴聲。在這麼一個重要時刻打過來，果然一切都是命啊！

「三八，開擴音。」一接起手機他就譙我，還命令我。

「我不要。」我試圖反抗。

「妳知道妳現在在幹麼嗎？別幹蠢事，快按擴音。」簡丹沒有大吼，可是他的嗓音愈來愈冷，聽得我有點怕。

反抗失敗，於是我按下擴音鍵。

「夏瑾琛，開門。」他說，背景吵雜聲不斷。

「你在樓下？」男神有些詫異，「你們兄妹今天是怎麼了，好好一個週末怎麼都跑來我家？」

說完，男神指示我切掉電話，跟他下樓。

「你哥的聲音聽起來心情不太好耶。」盼盼跟在我身後，擔憂地說。

盼盼對簡丹向來有好感，因爲簡丹不會言語霸凌她，甚至待她很好。依據我的觀察，簡丹是在人情賄賂她。

一打開鐵門，簡丹就站在門外，頭戴著安全帽，手裡拿著機車鑰匙。他看著夏瑾琛，面無表情，一語不發。

「同學，你丟了東西嗎？」男神戲謔開口。

「對。」簡丹勾起嘴角，「丟了一坨會走路的肉，你有沒有看見？」

盼盼很沒形象地爆笑：「學長，你們家的肉一大早擾人清夢啦。」

「說是教授出的作業，要設計男大生的房間。你要不要等她拍完照再載她走？」可憐男神還是一樣單純，非常信任我的說詞。

簡丹沒有拆我台，只輕笑：「週末做什麼報告?夏寧甯，過來。」

我猶豫了幾秒才朝簡丹走過去，盼盼吃吃地笑，我暗暗朝她比出中指，痛恨她的不中用，順便哀悼告白任務的失敗。

坐上昨天被我們扔在市區的摩托車後，簡丹沒有直接回家，而是騎往郊區。

「我們要去哪裡?」敲敲他的安全帽，我問。

「屠宰場。」簡丹在停紅燈的時候回我。

我用力捏了他腰間一把，引來他大笑。

「你記得你昨天是怎麼回到家的嗎?」我掀起安全帽的前罩，「幸好有歐世文幫我。」

簡丹側頭看我，表情非常錯愕，「歐世文?」

「對啊，你一直跟檳榔西施姊姊搭訕，姊姊看你醉得不行，就叫她的堂弟歐世文幫忙把你扛回家。」

「他回國了?他跟妳說了什麼?」簡丹語氣急促，還問了男神不久前才問過的問題。

「他說是男神的朋友，有時候會跟你們一起打球。」我想了想，談話內容好像沒什麼重點，只是歐世文的氣場強得讓人難忘，就算他講「丁丁和迪西一起玩」之類天線寶寶耍白痴的話，似乎也無損他身上散發出的威嚴感。

簡丹「嗯」了一聲，沒再回話，彷彿在思索些什麼。

「不過你倒是跟我說了不少話，還一直親我的手，」察覺簡丹的身體一僵，我沒多想便繼續說：「然後喊了好多次男神的名字，唉。」

過了許久，久到我以為簡丹懶得再搭理我時，他忽然開口：「抱歉，我以後不喝酒了。」

我像是看到大猩猩唱歌跳舞般，看著簡丹的背影發愣。敢情這個人一路沉默，居然是在懺悔！

「你是誰，快把簡丹還來！簡丹，我來救你了！惡靈退散！」

我抓著他的肩膀前後搖晃、左右擺動，逼得他連飆髒話，我們就這樣一路瘋鬧著騎到目的地——基督教墓園。

下車後，簡丹從機車置物箱裡取出一束鮮花，逕自往墓園深處走去，我愣愣地跟在他的身後。步行約十分鐘，他才在一座墓碑前停下腳步，我仔細看了看墓碑上的照片，是個女人，五官看上去與簡丹有八九分相似，我猜是簡丹的媽媽。

過去七年，我那坐牢的親生父親、簡丹逝世的親生母親，在這個家裡就像是個禁忌話題，我們很有默契地不提起，並不代表他們不存在。

「嗨，媽。」他笑著說：「這是我之前跟妳提過的寧甯。」

「阿、阿姨好。」我緊張地鞠躬。

「記得嗎，媽？我說過她很胖，像顆球一樣。」簡丹說完，我立刻以手肘撞他。

簡丹失笑，蹲下身把鮮花換上，順便用袖子擦了擦墓碑上的照片。他的眼神滿是溫柔，幾乎不像是我認識的簡丹，一襲棒球外套和牛仔褲，襯得他那麼慵懶，那麼孩子氣。

「學會騎車後，我開始瞞著爸，自己來看她。」簡丹席地而坐，拍拍他身邊的位子，要我也坐下。

「我出現在這裡是不是有點奇怪？」我尷尬發問，有些猶豫該不該坐下。

簡丹會瞞著爸爸來這座墓園，想必是因爲媽的緣故。他怕媽知道後會想太多，所以才自己一個人來吧？那我呢？我在這裡，簡丹的媽媽不會覺得心裡不舒服嗎？

「別擔心，草皮沒有噸位限制。」簡丹又在嘴砲。

我這回不打算理會他，他總是用打哈哈的方式迴避他不想回答的問題，我習慣了。坐在簡丹的身旁，也許是受到氛圍的影響，我忍不住問：「你爲什麼……不想讓我幫你？」我刻意講得隱諱，不清楚簡媽媽知不知道這件事。

「妳是說，幫我追夏瑾琛？」簡丹似乎不打算隱瞞他媽媽。

我點點頭，同時想到他剛剛除了擔心我將他的心事告訴男神，應該也有點氣我擅作主張吧。

簡丹沒有直接回應我，他望著不遠處草坪上的一隻小鳥，歪頭一笑：「夏寧甯，妳這人有病。」

我沒有應聲。

他又說：「妳其實不用討好每一個人，眞的沒必要，這樣活著太累了。」

「我沒有要討好你，我只是看不下去。」

「看不下去什麼？我悲哀的暗戀史嗎？拜託，我自己都不覺得怎樣了。」簡丹依然沒看我。

「你很痛苦，我看得出來。」

「眞的？」簡丹哈哈大笑，很假的那種。他轉過頭，傾身靠近我，「這位施主，請問妳是怎麼看出來的？」

「你昨天把自己灌醉也是因爲學長，對不對？你以爲喝醉就會好過一點？折磨自己是你的興趣嗎，哥？」我問。

簡丹盯著我，似笑非笑，「爲什麼去煩盼盼跟瑾琛？」

他不但沒回應我，還反丟問題回來。

我一語不發地瞪著他，簡丹笑得露出了虎牙和酒窩，顯得稚氣許多。

「妳這份計畫書寫得非常草率兼幼稚。」他別過頭看向墓碑。

「我只是想幫你。」我垮下臉。

「用不著。」他的語氣平靜。

「爲什麼？」我不解地問。

他看向我，神情哀傷，這比他平常的冷言冷語還要令我生氣。

「至少你得讓他注意你！一直看著你！眼裡只有你一個人！」

「我一直都在這麼做。」他呵呵一笑，我討厭他這種雲淡風輕的樣子。

就算他眞的有在這麼做，顯然那些作爲也沒起到什麼作用，夏瑾琛還是交了女朋友，而且還一個又一個，現實總是敲醒夢中人。

「以後別這樣了，別再爲這件事去騷擾盼盼跟瑾琛。」簡丹說：「我自己的事，我自己處理。」

「好啦。」我偏頭看他。

「好不習慣喔，我們這時候應該互相嘴砲才對。」簡丹往身後的草坪一躺，望向天空。

「今天不一樣，今天是國定休戰日。」我一說完，簡丹立刻笑個不停。

＊

會認識男神是因爲簡丹，非常順其自然；但是認識男神的親妹妹，繼而與她成爲閨蜜，則是場意外。

在這個顏値至上的世界裡，男神從小到大都是學校的風雲人物，可我直到高二那年才知道原來男神有個妹妹。

通常有這麼一個出名的哥哥，應該會開心到天邊，可是夏瑾盼非但低調行事，甚至不願公開自己跟男神的關係。她對外宣稱自己是獨生女，還要求親哥也這麼說，雖然很傷自家哥哥的心，但的確也只有這麼做，才能讓她的求學階段跟個正常人一樣，不用被放大審視行爲舉止、不用在別人的目光下生活。

男神實在太耀眼，夏璟盼寧願獨活，也不要跟男神在學校扯上任何關係。

我們當年，是在廁所認識的。

對，廁所。我發覺自己生理期來，可是身上沒帶衛生棉，裙子甚至沾有血漬，非常狼狽，我幾次求救都沒人應聲，不知道過了多久，終於聽見腳步聲走近。

「同學、同學，可以幫我一個忙嗎？」好不容易等到救兵，我高興得差點沒落淚。

那人停下腳步，愣了很久才回：「怎麼了？」

「我生理期來，但我沒帶衛生棉……妳能不能幫我從販賣機買一包？我出去後再還妳錢。」我困窘地問。

「嗄？但這裡是男廁耶！」女孩拔高音量。

「男、男廁？」我錯愕地瞪著門板。

「好啦，現在這個不重要，我馬上去幫妳買，妳等我一下。」說完，她急急忙忙跑出去。

之後又有人進了廁所，聽腳步聲應該不是剛剛那位女孩，我也不敢貿然出聲，畢竟此處可是男廁啊。

而我之所以在這個地方，不是因為我的智商低到分不清男廁女廁，是我對高年級的樓層不熟，找不到女廁，恰巧遇上簡丹，於是他就直接把我帶到這裡……呃，現在想想，我腦子是不是糊到白膠？隨便找一個不認識的人問路都比找簡丹好，他整我的次數已經可以列入金氏世界紀錄了。

這時，腳步聲再度響起。

「盼盼，妳進男廁幹麼？」是男神的聲音，原來方才走進廁所的是男神！

「沒你的事啦！」女孩打發他，接著湊到門前，「我從門縫遞過去喔。」

我接過衛生棉，整理好自己後打開門，剛想跟女孩道謝，卻看見她身邊站著男神，那些話硬生生地卡在喉嚨。

女孩順著我的視線轉過頭，才發現男神還沒離開，她面對男神完全沒有其他女生心頭小鹿亂亂撞的嬌羞模樣，只是厭煩地推了男神一把：「你怎麼還在這裡？走開啦，你這樣會害人家尷尬！」

我的目光在兩人之間流轉。他們是男女朋友嗎？不過這氛圍又有點不太像。

男神一手抓住女孩，一手指著我，「我認識她啊！寧甯妳怎麼會在男廁？」

「寧甯？夏寧甯？」女孩回頭，驚愕地看著我，「她就是簡丹的妹妹？不像呀！」

豈止不像，簡直連品種都不一樣。上了高中後的簡丹帥得人神共憤，雖然那張嘴還是一樣機車，行爲也幼稚得不得了，然而高帥的他跟圓圓胖胖的我走在一起，給外人的感覺就是零遐想，兩人氣質實在相差太多，不可能聯想成情侶，更遑論家人。

「本來就不可能像，他們沒有血緣關係。」男神推了她的頭一下。

「謝謝妳的幫忙。」礙於男神在場，我委婉道謝。

「不用客氣。對了，妳怎麼會在男廁啊？該不會是躲在廁所裡哭吧？我是進來打整潔分數的夏瑾盼，有什麼需要我幫忙的嗎？」瞥見我裙子上的髒汙，她二話不說，脫下自己的外套綁在我腰上，幫我遮掩住血漬。「我有多帶一件裙子，借給妳？」

天啊，這熱心程度……男神這次交了個好善良的女朋友啊！這份善心簡直屌打簡丹八十七條街！好想問她缺不缺沒有血緣關係的妹妹，我可以應徵嗎？

「是生理期？」男神了然於心，歉然地抓抓頭：「不好意思，我是不是讓妳尷尬了？」

「對啦！哥，你很煩，快出去！」她沒好氣地說。

……哥？我這時才意識到她制服胸前那三個字——夏瑾盼，前面兩個字跟男神夏瑾琛這名字一模一樣不是巧合，他們是兄妹！

於是我就此與重義氣又正直的盼盼成爲意氣相投的好朋友，而命運很神奇，在簡丹和男神高三畢業考上同一所大學後，我和盼盼也考上了他們就讀的學校。

因爲不同科系，我和盼盼在校園裡不常一起行動，只偶爾約出來吃飯。我很喜歡跟她膩在一起，直到今天……她念到我耳朵快長繭了。

「夏寧甯豬腦、豬心、豬行動力。」並且她還學簡丹嘴砲我，長達二十分鐘。

今天是籃球隊北上培訓的日子，身爲打雜的球隊經理，我自然得跟前跟後。不過盼盼既不是籃球隊幹部，也不可能是男籃隊員，我納悶她怎麼也提著行李跟來，還在學生餐廳逮到正在吃飯、準備待會上遊覽車的我。

她並不像往常那樣跟我聊天，而是不斷嘮叨我週末一時興起跑去男神房間的事。

「不要連妳都這樣碎念我，我知錯了，對不起！」我把頭埋進桌子，低聲哀號。

盼盼非常女王地拍桌：「到底是哪個人讓妳甘願赴湯蹈火啊？」

她這麼一問，簡丹的臉猛然浮現在我的腦海，耳邊迴響起那句警告：

「以後別這樣了，別再去騷擾盼盼跟瑾琛。」

「跟我說是誰，我才能幫她對症下藥啊。」盼盼補充。

「不能說。」我搖搖頭。

「話說回來，愛情本來就該靠自己爭取啊，哪有人靠朋友的？」盼盼用食指戳我的頭，「我眞的無法理解夏瑾琛爲什麼那麼搶手，女生們好像都母愛氾濫，一窩蜂不知道在幹麼。」

「因爲學長的條件很好。」而且是我的男神。我遮住頭，不讓盼盼繼續攻擊。

盼盼輕笑：「我覺得妳哥的條件更好，又高又帥又溫柔，個人魅力十足，簡直像個王子。」

親愛的盼盼，我可以列舉好多實例告訴妳，簡丹根本就不是什麼見鬼的王子，了解他本性的人就會知道，他渾身都散發出肉食動物般地氣息，天生具備各種霸凌草食動物的狩獵本能。

還有……溫柔？天啊，我聽得下巴都快掉了！簡丹偏心盼盼不是一天、兩天，也不是一個月、兩個月的事，是終生偏心啊！拚命欺負我，卻把所有男人該有的風度獻給盼盼。溫柔？這方面設定絕對有誤！

「盼盼，別對簡丹抱有可怕幻想，他就是個呆子、惡霸、魔鬼、流氓、下三濫。」我痴情種，「沒別的了。」

「我哥也是啊。」盼盼大笑，點頭後又搖頭，「我的意思是說，因爲我們和自己的哥哥太熟了，當然知道這個人所有的缺點跟祕密，對我們而言，這個人的形象不再完美，是有瑕疵的，然而其他人並不會看到這些問題。」

「有句話我非常認同，『人因誤會而相愛，因了解而分開』，如果那些女孩知道我哥私下的眞實模樣，她們還會愛他嗎？缺點太多，男神都不男神了，對吧？」盼盼歪著頭說。

是嗎？簡丹眼中的夏瑾琛，也是有缺陷的嗎？可他還是那麼喜歡他，隨著年歲更迭，看遍了夏瑾琛的每一種樣貌，這份喜歡反倒像壺酒一樣，愈陳愈香。他那麼那麼地喜歡夏瑾琛，好的壞的，照單全收，從沒想過要放棄。

我想起簡丹喝醉的那晚，又哭又笑地說他好難受，臨睡前還悶聲說了句：我好喜歡你。他當時應該是在夢中向夏瑾琛表白吧，我有點好奇，男神的回應是什麼呢？

「這樣吧，夏寧甯，我們來做個交易。」盼盼忽地拍桌，打斷我的思緒。

「什麼交易？」我原以爲是她給我一顆蘋果、我給她一條香蕉，簡單的以物易物，但顯然我錯了。

只見盼盼傾身向前，壓低聲音說：「我哥最近好像又快要跟他女朋友分手了，所謂打鐵要趁熱，要追趁現在。我可以幫妳那個神祕朋友追我哥，但是妳也要幫我一個忙。」

我有些愕然，盼盼從不要求我幫忙，這可是第一次，好稀奇。

「什麼忙？」我問。強大的盼盼會需要我幫什麼忙？

「幫我……」她笑得很美，「追簡丹。」可是她吐出的話卻像顆原子彈，瞬間把廣島夷爲平地，也把我炸碎。

見鬼了，剛剛是誰說愛情要自己爭取，不能靠朋友的啊！好妳個夏瑾盼！

我欲言又止，不用照鏡子就知道自己的表情一定很難看。

盼盼舉起手，在我發言前，先發制人：「先等等。」她朝我微笑。

媽呀，那神情！我手機裡存有男神各種笑容的照片，燦笑、輕笑、甜笑、呆萌笑……這麼多種笑容裡，就屬眼前這種溫和笑顏最讓我心神盪漾。眼睛彎得跟弦月一樣，只是輕抬嘴角便顯得柔和迷人，讓人光是看著就要融化了。

盼盼此時此刻笑起來的樣子，簡直跟男神如出一轍。

「我知道妳想打槍我剛剛才說過的話，不過在妳開口，用那張根本講贏不了任何人的嘴巴說教前，我有兩點要聲明。」她邊笑邊說。

我愣愣盯著她看，她這副精明樣讓我聯想到簡丹。

也許，我是說也許。也許這兩個人眞的可以湊一塊，並且和諧相處，迸出強烈火花。當然，前提是簡丹願意放棄他的夏瑾琛。

「第一點，這不是靠朋友，而是一筆交易。我給妳妳想要的，妳給我我想要的，我們只是各取所需。」盼盼彷彿化身商人般，舌粲蓮花。

我覺得我們應該乾脆對調哥哥，她那麼聰明，像簡丹一樣能言善辯；而我那麼笨，就跟男神一樣單純。

「第二點，我的確是在爲自己爭取戀愛機會，不過需要借力使力。而妳，就是我的力。」她挑眉。

隔了很久很久，大概有一世紀這麼久，我才慢慢開口：「妳眞的喜歡簡丹？」

盼盼翻了個大白眼，明顯認爲我的問題很蠢。

「妳看到他會感到心跳加速嗎？」我問，盼盼立刻皺起眉頭。「妳跟他講話會語無倫次？每天都期待看見他，可是見到他又會想躲開？」

盼盼想發言，但我沒給她機會，逕自接著問：「妳知道他喜歡吃什麼？晚上習慣幾點鐘睡？最近迷上什麼？喜歡去哪裡？喜歡什麼樣的人？交過幾個女朋友？以後想做什麼工作？眞實性格機不機掰？」

我現在心情很複雜，眞的。

盼盼並沒有被我的問題問倒，反而游刃有餘地勾起一抹笑，「所以說啊，我可以回答妳部分問題，但剩下的，我得靠他妹妹了解。」

我不再說話。我非常、非常地苦惱，沒辦法應對這樣棘手的情況，太難了。

我哥喜歡他的好朋友，他好朋友的妹妹喜歡我哥。我怎麼有辦法同時幫我哥又幫他好朋友的妹妹？就邏輯來看，這結局根本無法皆大歡喜，一定會有一方無法如願。

話又說回來，簡丹說過不准我蹚這場渾水。既然簡丹不准我幫他，那我應該可以幫盼盼吧？換個角度來看，我也算是幫簡丹脫離苦海。

「妳到底……」盼盼放輕了音量。

人來人往的學生餐廳裡，周圍噪音彷彿瞬間被抽空，只聽見我自己的心跳聲和盼盼魅惑人心的嗓音。

她低聲把話說完：「願不願意幫我？」

「盼盼，妳為什麼喜歡這個雙面人魔？就因為剛剛那幾點膚淺理由嗎？」我直視著盼盼的雙眼，想做最後一次確認。

盼盼笑了，張嘴正欲回答，下一秒卻有個人冒失地撞到盼盼，然後拉開盼盼身邊的椅子一屁股坐下。

那人戴著鴨舌帽，嘴角噙著和盼盼一模一樣的笑容，笑咪咪的模樣配上他那張臉蛋，實在很討人喜歡。

「在聊什麼，姑娘們？」男神笑問。

「你不要突然撞過來啦！」盼盼被男神嚇到，拿袋子用力打了他一下。

男神邊躲邊對我打招呼，一貫地單純可愛，「寧甯，早安啊。」

「學長早安。」我也朝他一笑。呵呵，美男在前，有誰笑不出來。

然而笑著笑著，我卻忽然想起簡丹。

高一那年的某個週末，爸媽出門約會，留我和簡丹看家。

因為天氣太熱，我和他便跑去客廳一起吹冷氣。簡丹癱在沙發上看周星馳的電影，不時大笑，我盯著他的側臉，輕聲問他，喜歡一個人是什麼樣的感覺。

他愣了下，隨即收起笑容，認真地凝視著我，「喜歡其實是一種很抽象的感覺，無法用言語形容。不過，要是妳想知道怎麼判斷，據我個人的情況是這樣……」他翻身傾向我，放慢動作地緩緩湊近，「每次看見對方就會心跳加速，明明想好好講話，卻會語無倫次；那人的存在讓你走路同手同腳，變得不像自己，但你還是得假裝沒受到任何影響，你就是得裝，裝久就習慣了。」

簡丹一點一點地逼近，逼得我莫名緊張到沒辦法好好呼吸，只能用手抵著他的胸膛，阻止他繼續靠近，然而那對他不構成阻礙，反被他壓制住我的雙手。

「你的腦袋會內建一套系統，記錄所有關於對方的事，包括他喜歡吃什麼、晚上習慣幾點鐘睡、最近迷上什麼、喜歡去哪裡、喜歡什麼樣的人、以後想做什麼工作、眞實個性機不機掰，如果可以，你還會用盡全力欺負對方，好讓對方的眼中一直有你。」他嘴角微勾，「這招很幼稚，可是挺有效的，我甚至有點上癮。」

「大概是這樣。」他摸摸我的臉頰，退回原來的位子。

我永遠忘不了簡丹當時說過的話，以及專注的神情。

我沒有戀愛的經驗，到現在還是對「喜歡」沒什麼概念，而簡丹從以前就知道夏瑾琛的一切習性，知道他喜歡什麼、討厭什麼、愛去哪裡、愛穿哪個品牌的衣服，也清楚這個人永遠都不可能喜歡上自己，卻心甘情願跟在夏瑾琛身後，看著他和別人交往，經歷一次又一次的戀愛。

這樣的簡丹，既悲情又令人動容；這樣的簡丹，夏瑾琛卻沒機會發現。看著面前男神那張無憂無慮的臉，我的嘴巴蠢蠢欲動，有種想把實話全說出來的衝動。

「哥，」盼盼的聲音瞬間把我從衝動裡拽回來，「你是不是跟學姊分手了？」她低聲問，分貝之小，大概只有我們三個能夠聽見。

這句突兀的話像個巴掌，照理來說，應該要在男神臉上搧出一片猩紅才對。

但男神不知道是太會裝還是笑裡藏刀，總之他依舊笑著，而且是一抹很眞心、很溫暖的笑：「哪裡聽來的八卦？」

「沒人跟我說啊。」盼盼一臉得意。

「哦？」男神笑得更開心，「猜到的？」

「對。」盼盼顯然沒說實話。

「很棒，那妳繼續猜，把結局都猜完，我不打擾妳了。」男神捏捏盼盼的臉，離開座位，轉頭跟我說：「來，寧甯，我們上車。」

「寧甯還在跟我聊天，你不能搶人！」盼盼很激動。

「順便去找簡丹。」男神沒理盼盼，逕自對著我說。

「我也要去！」一聽見簡丹二字，盼盼立刻跟著起身。

男神沒有反對，帶我們走出學生餐廳，踏進停車場。停車場另一頭，簡丹斜靠遊覽車車門，雙手抱胸，一副若有所思的模樣。

盼盼極其自然地摸到簡丹身邊，朝他大叫：「學長好！」

簡丹愣了一下，抬起頭，看見是盼盼，露出寵溺地微笑：「盼盼好。」就、是、這、種、差、別、待、遇。

「學長，你等等上車是跟寧甯一起坐嗎？」盼盼攀上簡丹的肩膀。

哇靠，你們是有多熟啊，夏瑾盼！換作是我，簡丹早就把我推開，要我別把「豬蹄」放到他身上了。

差、別、待、遇！

「跟妳坐也可以啊，」簡丹看起來春風滿面，是個一百分的好學長，然後他趁其他人都沒注意的時候轉過頭來，用唇語對我說：「位子會比較寬敞。」

我發誓，總有一天我要把簡丹碎屍萬段。

我撇過頭，決定對那兩人視若無睹，跑去找司機商量待會的路線。

「大哥，等等經過焚化爐的時候，麻煩停一下車好嗎？」簡丹上車時特意經過我，面色肅穆地對司機說。

「為什麼要停在那？」我跟司機同時愣住。

簡丹把手搭在我的肩上，「車上有大型垃圾，我們要為學校環境盡一份心力。」

可惡！士可殺不可辱！

「簡丹，你他媽不要太得寸進尺！造口業是會有報應的！」我甩開他的手，扯開喉嚨大吼。

簡丹仰頭大笑，接著往後方座位移動，車上沒有半個隊員，沒人聽見他笑得有多流氓，只有我眼前依然發愣的司機大哥，還有我身後的男神……那個我一直在他面前保持著好形象的男神，夏瑾琛。

一切都晚了。

「我不是……」我想為自己辯解，說我其實不是那麼沒氣質的人，說我其實只對簡丹一個人這樣，但是面對男神那溫和的眼神，我竟無法將話完整說完。

男神上前幾步，摸摸我的頭，笑了笑，好像什麼都沒聽見似的。

*

盼盼如願以償地坐在她的「偽白馬王子」身邊，遊覽車後座時不時傳來她跟隊員的吵鬧聲，讓蜷縮在前排座位的我得戴著耳機才能阻絕噪音。

我瞥了眼坐在旁邊的男神，他從上車後一路睡到現在，看著他無邪的睡臉，我忍不住拿手機偷拍他好幾十張照片，再用自拍鏡頭跟他合照，之後我把照片發給簡丹，順便附上愛心符號和一則文字訊息。

「別說妹妹有好康的都不給你，這不是來了嗎？」

過了幾秒鐘，我那異常敏銳的雷達感應到有個可怕的物體，正以非比尋常的速度從後方逼近，我轉頭定睛一看，啊，原來是怒火中燒的簡丹。

只見他三步併兩步地衝來，趴在我前排座位的椅背上，怒目而視。

「分開。」他用唇語說，還用雙手做了個撥開的動作，要我別把頭靠在男神的肩膀上。

「你以為你摩西分海喔？」我鄙夷地看著他，低聲說。

他傾身向前，瞇起雙眼，連手勢加唇語又說了一次：「分、開。」

「不要。」我朝他吐舌頭，更往男神身邊擠去，還伸手擁抱男神。

大動作使得男神從睡夢中醒來，他雙眼迷離地看看我，又看看簡丹，「嗯？到了嗎？」

男神剛睡醒的低沉嗓音甚至能讓人耳朵懷孕。

我緊緊抱住他，「到了。」我們到了一個名為幸福的國度！

「才沒有！放開我哥，妳這個變態！」盼盼追隨簡丹的腳步而來，她朝著我大叫。

「夏瑾琛，離她遠一點，她有毒。」簡丹看男神醒了，乾脆指著男神命令道。

「那你還吃。」夏瑾琛盯著簡丹的手指，突然輕聲說了句讓在場所有人傻住的話。

吃……吃什麼？男神是做夢了嗎？

盼盼首先回過神來，「什麼意思？」

「……沒什麼意思。抱歉，我以為自己在做夢。」男神似乎還沒睡飽，他揉了揉眼睛，拍拍我抓著他的手，「寧甯，我想去前面繼續休息，妳鬆一下手。」

眼前的氣氛有些微妙，我愣愣地鬆手，眼巴巴望著男神拖著腳步往前移動，途中簡丹拽住他的手臂，兩人無聲對視幾秒。

「我昨晚一整夜沒睡好，拜託讓我補個眠。」男神抽開手，挺無奈地掃了簡丹一眼。

簡丹看著他的背影，若有所思。

盼盼則擠到我身旁，雙手扠腰說了句：「淫女夏寧甯。」

「哇，是美女盼！」

我仿造剛剛吃男神豆腐的模式抱盼盼，但盼盼的段數顯然比自家哥哥高，她一個動作鎖住我作亂的雙手，還把腳抬過來壓住我的雙腿，讓我只剩一顆頭可以動，成了貨眞價實的人彘，只能張嘴咬她，她被我這副殭屍樣逗得開懷大笑。

簡丹回過身，看我跟盼盼玩成一團，沒說什麼，逕自在我前排的位子坐下。我看不見他的表情，無法猜測他現在的心情。

鄰座換成活力充沛的盼盼後，我身上的電力正式用罄，才準備閉眼小憩一下，遊覽車居然到達目的地了。

前門一開，立刻有顆頭探進來：「太陽晒屁股啦！瑾琛，別睡了！」然後是一陣匆促的腳步聲，一名戴著墨鏡，看起來跟我們差不多年紀的大男孩走上遊覽車，拿著大聲公吆喝道：「隊長跟經理在哪裡啊？」

坐前排的簡丹二話不說，直接往對方身上砸一瓶礦泉水，「大聲公收起來，吵死了。」

「哎呀，找到隊長了。簡小丹，你還是這麼溫柔賢淑啊？眞懷念。」男孩靠在椅背上微笑，他把大聲公對著簡丹的耳朵，調高音量：「簡、小、丹！」

簡丹站起來，企圖搶過大聲公，一不小心揮掉那人的墨鏡。

我一看清男孩的五官，頓時震驚道：「歐世文！」是那個幫我把簡丹扛進房間的好心人，男神的兒時玩伴！不過，他怎麼會在這裡？我們今天是跟別所大學進行友誼賽，順便培訓，但我記得歐世文說他在國外念書。

盼盼好笑地對我說：「他是世文哥的雙胞胎弟弟。」

「雙胞胎弟弟？」聽她這麼一說，眼前這人跟我上次見過的歐世文，氣場的確差太多了，真要說兩人相像的地方，大概只有外表吧。

「妳好，我是歐世倪。我們校隊隊長掛病號，我代替他盡地主之誼。」歐世倪把墨鏡撿起來收進口袋，忽略一旁正在破壞大聲公的簡丹，逕自握住我的手，「整車除了瑾盼之外只有妳是女生，想必妳就是球隊經理了。唔……妳有點面熟呀。」

「你好，我是夏寧甯。」我笑著自我介紹。

霎時間，我感覺周圍的空氣似乎凝結了幾秒，只見歐世倪以一種古怪目光上下打量我，接著他恭敬地退後一步，只差沒跪安。

「寧甯，眞是久仰大名啊！妳跟我想像的不太一樣。」歐世倪訝然地說。

又是久仰大名。

我當下沒敢問他是什麼意思，只覺得頭上千百萬個問號滿天飛。爲何他跟歐世文的反應都是如此？我到底漏了什麼訊息沒接收到？

我轉頭看盼盼，盼盼好像也不太懂爲什麼歐世倪會這麼說；我再轉頭看簡丹，簡丹已經把大聲公拆解了，此刻正怒氣沖沖地瞪著歐世倪。歐世倪笑了笑，一把勾過他的肩膀，帶他下車。

歐世倪充當暫時領隊，領著我們一行人去學校體育館放行李。我等了好久才終於逮到空檔時間攔住他，向他詢問那句「久仰大名」的意思。

歐世倪沒正面回答我，只是似笑非笑地說：「妳一定是個很溫暖的小傢伙。」語畢，他捏捏我的臉頰，轉身走人。

「妳現在是連世倪哥都想染指嗎？人家可是有女朋友了。」盼盼來到我身邊，陰惻惻地問。

我看了她一眼，有點惋惜現在手裡沒武器，「我也不是人人都可以好嗎，我很挑的，雖然他也是帥哥。」

「妳哥也是帥哥啊！」盼盼捏住我的鼻子，意圖不讓我呼吸，「快說，妳考慮得怎樣？幫不幫我！」

「哪有這樣強迫人的！」我帶著鼻音哭訴，被盼盼盧到不行，只好敷衍她：「好啦好啦，幫妳啦！但我先聲明，妳的希望不大，簡丹早就有喜歡的人了。」

糟糕，我不小心說溜嘴了。

「眞的假的，誰！是誰？」盼盼湊到我跟前，鼻孔放大地瞪著我，看起來好猙獰。

「我不知道。就算妳黏到我身上，變成我身體噁心的一部分，我也還是不知道啦！」說完，我趕緊落跑，盼盼在後頭窮追不捨，驚得我絲毫不敢停下腳步。

我奔過了大半個體育館，好不容易看見平常避之唯恐不及，今天卻可能成爲我救命恩人的簡丹，我高舉雙手朝他奔去，邊跑邊大叫。

簡丹本來在運球，一副輕鬆寫意的模樣，見我愈衝愈快、愈來愈逼近他，竟轉而做出防備姿勢。我猜他大概是在計算被我這個人體砲彈砸到後，肉體損毀率會有幾成……想必很高。

就見簡丹單手舉高籃球，另一手指著我大吼：「煞車！否則老子今晚把妳烤來吃！」

「救命啊——」我急忙轉了個髮夾彎，往角落的歐世倪和男神跑去。

跑近他們身邊時，我聽見男神非常不耐煩地跟歐世倪說：「叫你哥滾遠一點，我昨天被他鬧得整晚沒睡。」

歐世倪笑笑地說了什麼，下一秒就被我攔腰撞上，差點連內臟都吐出來。

「世倪哥，借過一下。」盼盼及時止住腳步，氣喘吁吁地說。

「媽的，我倒是想借呀！」歐世倪扶著腰悶嚎叫，一時半刻疼得無法有任何動作，只能放任我緊抓著他當擋箭牌。「妳們這個熱身運動會不會太誇張，我感覺自己的五臟六腑都被撞去不同地方了，我的腎呢？」

男神在一旁撐著頭，打了個哈欠。

「哥，」盼盼睨了眼我這副窩囊樣，哼的一聲，轉頭問男神：「簡丹學長是不是有喜歡的人？他喜歡誰？」

此話一出，在場所有人都靜默了。

完了，情況還能再更亂嗎？

好像可以。

「妳們在鬧什麼？」簡丹抱著籃球跑過來，揚眉看著我們。

除了歐世倪，我們三個人齊刷刷看向簡丹，臉上掛著非常不自然的微笑，這情景把簡丹嚇得回頭一看，以爲自己身後站著什麼可怕的東西。

「簡小丹，你有喜歡的人呀？」歐世倪戲謔地看著簡丹。

聞言，簡丹的臉色頓時垮了下來，「什麼意思？」

「沒事沒事，我隨便問問，你隨便聽聽。」歐世倪揮揮手，沒打算追問下去。

一旁緘默的男神卻突然開口：「簡小丹，說說看你喜歡誰？」他坐在階梯上盯著簡丹，面色沉靜。

盼盼急得像熱鍋上的螞蟻，她本來是想向自家哥哥探聽口風，沒想到他竟直接問當事人。她想出聲打斷這詭異的氣氛，但又想知道簡丹的答案，矛盾的心情讓她在原地乾焦急，不停地朝我投射求救目光。

然而我無暇顧慮她的心情，屏氣凝神地望著簡丹。要是他選擇現在對男神坦白，會發生什麼事？

可簡丹卻是冷冷地回：「這很重要嗎？」

男神揚起嘴角，沒有回應。

就在我覺得氣氛僵到無法挽救時，球隊教練出現了。他站在體育館門口，吆喝大家集合，我瞥見簡丹往我這裡看了一眼，才轉身往教練的方向跑去。

簡丹那一眼藏了很多情緒，我霎時有種強烈預感，今天的晚餐，應該是烤乳甯。

*

經歷爲期一天的密集訓練後，教練說要帶大家出門放鬆身心，美其名放鬆身心，實則體能訓練。一大早我們就開始爬山，對平時就有在做體能訓練的隊員們來說似乎挺輕鬆的，但對我跟盼盼這種缺乏運動的人而言，稱得上是折磨。

體力較差的新進隊員和我們一起走在隊伍的最後面，由於爬坡已耗盡體力，彼此之間已經半個小時沒有任何對話。

盼盼在我第N次停下腳步等她時，憤恨地說：「你們會原路下山吧？我不行了，在這裡等你們就好。」

我好笑地問：「盼盼，妳到底跟來集訓幹麼？」

「因爲我哥說妳哥會來呀！我本來想趁機製造大量與簡丹的相處機會，才以助理的名義來的。結果這趟訓練，我根本都是追著他跑，甚至看不到他的車尾燈。」盼盼咬著毛巾在路邊石頭坐下。

「妳現在去追簡丹也來得及，他大概在隊伍的最前面吧，繼續走一定會遇到。」我指著前方的道路，試圖鼓勵她。

「好累，我不玩了，妳去吧。」她擺擺手打發我，「妳哥不愧是我的偶像，身強體壯，上山下海都難不倒他。」

我嘴角抽搐了幾秒，確定她會乖乖待在原地不動，才又接著往前走。不過和盼盼多聊了幾分鐘的緣故，我脫隊了，一路沒看見認識的人，遇到岔路時，我也不知道該走哪一條，只好憑本能選了一條看起來比較安全的路。

大概又走了半小時，我才看見前方有個觀光洞穴。我好奇地彎進去一瞧，發現裡頭有幾個登山客正窩在角落看一尊石像，我在他們走出洞穴後，靠過去端詳。

那是一尊挺特別的人形石像，左半邊是男人，右半邊是女人，兩個不完整的人形，拼在一起竟格外契合。石像下面還刻了一行字：

願天下有情人終成眷屬。

「願天下有情人終成眷屬。」我喃喃地複述一遍。

「夏胖。」

身後傳來簡丹異常低沉的嗓音，我轉頭，乍見一張眼白盡現，舌頭外露的面容，嚇得我驚聲尖叫。

「啊——香蕉你個冬瓜芭樂柳丁櫻桃大西瓜簡丹你生兒子沒屁眼洗澡沒熱水出去吃飯店都關門喝水嗆到買樂透損龜連隔壁老王的臘腸犬都鄙視你啦！」我驚叫著推開他，一個重心不穩，跌坐在地。

簡丹一手扶著我，另一手打開手電筒，慢條斯理地照向下巴，神情看起來異常陰森。

「有種再說一遍？」

烤乳甯。我立刻想到自己可能會有的下場，連忙吞了口口水，「沒、沒有。」

「沒有什麼？」

「沒有種。」

簡丹嗤笑一聲，使力把我從地上拉起，藉著微弱光線，我這才看到他身後還站著笑咪咪的男神。一連兩天被男神目睹我崩壞的一面，就像少女在偶像面前跌倒，裙子蓋到頭上露出底下的小褲褲一樣糗，我想我的自尊需要維修。

「學長……」我撲過去想抱男神。

簡丹一把扯開我，「站好，我說妳可以動了嗎？」

我不管不顧地越過簡丹，衝到男神身旁，抱住他。男神也沒試圖擺脫我，任由我在他身上磨蹭。

啊嘶……男神不愧是男神，連汗水都是香的。

男神摸摸我的頭，笑著問：「妳知道這座石像的典故嗎？」

「什麼典故？」我繼續騷擾男神，刻意不去看簡丹。

「有個民間傳說。」男神拍拍我的手，示意我抬頭，並牽著我走到那座半男半女的石像前，「相傳清朝年間，此處的山腳下住著陳員外一家。陳員外有個非常漂亮的女兒，性格古靈精怪，不但沒有大家閨秀的架子，還常常與僕人玩在一起，其中一名長工便是她的青梅竹馬。」

「他們是這座石像的原身嗎？」我問男神。

「對。這名長工非常喜歡員外的女兒，但兩人沒能在一起。」男神望著石像，輕聲細語道：「長工從以前就覺得自己配不上她，所以一直沒對她表明心意。後來，她嫁去很遠的地方，從此音訊全無，當長工再得到心上人的消息時，她竟已因難產而去世。天人永隔的事實讓長工悲痛萬分，他隱居至山裡的洞穴，獨自度過餘生。當附近人家偶然發現長工的屍體時，長工已化爲白骨，即便如此，他手裡仍緊抓著雕刻刀和這座石像。」

聽到這，我不知道該先難過還是恐懼，這民間傳說怎麼比鬼故事還可怕。

「該走了。」一直沒插話的簡丹突然把手電筒往我這裡照，逆光使得我看不清他的表情。

他走過來想把我拉出去，我立即躲到男神的背後，「讓我把故事聽完。」

「故事結束了，走了。」簡丹顯得異常焦躁，又伸手來抓我。

第六感告訴我，他跟男神之間一定發生了什麼事。「學長，員外女兒不喜歡長工嗎？」我哇哇大叫，邊躲簡丹邊問男神。

男神攔住簡丹，溫和的嗓音在洞穴裡迴響著，「我不知道。長工沒有勇氣問她的心意，所以長工永遠不會知道，當然我們更是無從得知。寧甯，妳覺得長工當初應該問員外的女兒嗎？」

不知爲何，聽聞男神這番話，簡丹驀地笑了出來。

他甩開男神的手，「夏瑾琛，你少看點《戲說台灣》。」語畢，他拋下我和男神，轉身離開洞穴。

猶豫了幾秒，我才問：「學長，你跟簡丹是不是發生了什麼事？你們兩個怪怪的。」

男神呆愣地望著簡丹離去的方向，「妳相信我剛剛說的故事嗎？」

鄉野傳說，眞實度有待釐清。我本想這麼說的，但男神哀傷的表情讓我不敢開口。

察覺我的猶疑，男神笑了笑：「我還滿相信的，大概就是傻，不過不比妳傻。」

我無語。天地良心，我的傻難道是宇宙公認嗎？

「放心，我和簡丹沒事，只是有些男孩間的困擾。」男神說完，逕自往外頭走。

我看了眼洞穴外，蹲下身，摸了摸石像下的那行字，二度默念：願天下有情人終成眷屬。

親愛的神啊，如果這個傳說是眞的，請讓痴情種簡丹得到他的幸福吧。

第二章

男孩間的困擾能有多嚴重？

老實說，我沒料到居然會這麼嚴重，簡丹甚至不理我了。

後來的幾天集訓，要不是球隊裡眞有要事必須交代，簡丹絕對不靠近我，也不跟我說話，就連休息時間也老是找不到他人。

直到集訓的最後一天，隊員說簡丹在學校外的步道慢跑，我才終於堵到他，可他卻像陣風似的跑過我身邊，逼得我追在後頭大喊他的名字。

簡丹一度回頭看我，隨即加快速度往前衝刺。

我的腳程不夠快，追不上他，但老天爺幫了我大忙，他在切換路線時剛好號誌燈轉爲紅燈，迫使他停下腳步。

「簡丹！」我一把抓住他。

「回去。」他看都不看我一眼。

「對不起，我那天不是故意說溜嘴的，你是在氣我洩露了你的心事嗎？對不起啦，簡丹，我向你磕一百個響頭好不好，我錯了。」我在他面前跳上跳下，努力不讓自己被他忽略，經過的路人都在看我。

「我沒有生妳的氣。」簡丹沒好氣地回應。

這樣叫沒有生我的氣？

顯然意識到自己的語氣過於惡劣，簡丹深呼吸後又說：「我只是有些事情需要好好想想，妳先回去。」

「什麼事情？你要一直不理我到什麼時候？有任何不開心的事情都可以說出來聊聊啊，你這樣子很小心眼耶！莫名其妙就不理人，也不說原因，也不試著解決問題。」

從小到大，我們之間最嚴重的一次冷戰，應該是他猥褻地在我床單上留下白色的不明液體那次。即使他事後向我解釋那只是牛奶，說只有我這種白痴才會信以爲眞，可我還是整整忽視他一個月，直到他拿著兩張牛排館的餐卷說要帶我去吃大餐……對，我是吃貨，靠食物就可以輕易打發我。

但簡丹呢？簡丹是什麼？

「什麼我是什麼？」聽見我的自言自語，簡丹橫了我一眼。

「你是亂發脾氣的小王八。」

「想死嗎？」簡丹作勢活動了下筋骨。

「你是有話不直說的小孬孬。」我繼續說，「明明生別人的氣，不發洩出來就算了，還拒絕溝通，搞得全天下的人都欠你錢一樣。」

「說了我沒生妳的氣。」簡丹兩手一攤，「雖然妳說溜嘴這件事讓人想拿針線把妳的嘴巴縫起來。」

「那你幹麼不理我？」

「我理不理妳很重要嗎？妳不是巴不得離我遠一點，因為我每天欺負妳？」簡丹失笑，輕輕推了下我的頭。

「我、我無聊嘛！你是我哥，你不理我，日子還怎麼過啊！」我雙手扠腰，說得理直氣壯。

簡丹無奈地搖搖頭，過了一會兒才又開口：「妳認為我是個笑話嗎？我是覺得自己挺沒用的。」

沒用？是指不敢跟男神坦白心意一事嗎？

「誰說你沒用了！誰說你是笑話！」儘管幾秒鐘前我的確有這麼想過，但不知為何，聽見他親口貶低自己，我頓時怒氣沖天，「告白這種事情是需要勇氣的，勇氣需要靠時間積攢！有多少時間我們做多少事啊！」

「是、是、是。」簡丹邊聽邊點頭，「不過不知道是哪家的小姑娘，前幾天還冠冕堂皇逼迫我向夏瑾琛表白的？說什麼『如果你想輕鬆一點，最好的做法就是捅破這層繭，飛出一片海闊天空』，後來還直接跑去找盼盼，兩人不知道密談了些什麼，嗯？」簡丹瞇著眼睛笑，皮笑肉不笑，秋後算帳的那種。

「欸？誰啊？太壞了，怎麼這樣。」我尷尬地摸摸鼻子。

簡丹這時眞心笑了，露出可愛的虎牙，笑容有些孩子氣。

他捏住我的鼻子，「自從認識妳之後，我人生中有一半以上的時間都拿妳沒辦法。有時候我想，乾脆把妳掐死算了，但掐死妳，我就沒人……」話講到一半，他突然停住，鬆開了我的鼻子，「別跟著我，回體育館休息吧，有事明天再說。」

「沒人怎樣？耍嗎？哼哼，你大街上隨便一抓，都能抓到自願讓你欺負的，但反擊招式這麼厲害的，全宇宙只有我一個啦！」我做出李小龍抹鼻子的動作，得意揚揚，當然，簡丹沒搭理我。

號誌燈終於由紅轉綠，簡丹邁步往前跑，我也跟著追過去，他回頭朝我大喊：「白痴，滾回去休息。」

我本想調頭就走，可突然有輛失速的轎車冷不防朝簡丹的方向衝去，眼看簡丹就要被車子撞上，我驚聲尖叫，伸手試圖把他拉回人行道，但爲時已晚，轎車直接撞了過來！

我的世界先是一陣天旋地轉，隨即陷入一片黑暗。

我敢說，那是我活了十八年，離死亡最近的一刻。

瀕臨死亡的感覺是什麼？

如果要我用短短二字來形容，我會選擇——死寂。

在醫院醒來時，我覺得自己渾身上下的骨頭都斷了，關節疼得要命不說，腰椎刺痛無比，左腳還纏著石膏高掛在天。

一旁的護理師正在替我量血壓，見我醒了，露出驚喜的表情，「林醫師，患者醒了。」

下一秒，我的左眼皮被強制撐開，一道刺眼的光線照進瞳孔，接著換右眼。

醫師檢查過瞳孔反應後，在我的耳邊打響指，「聽得到嗎？」

「聽得到。」我點點頭，隨後發現自己的嗓音低沉得不像話，立時傻住。

「簡丹，你剛醒，胃可能會有點不舒服，這幾天先吃流質食物就好，我會再觀察你的狀況。你的腳傷比較嚴重，暫時不能下床……」

醫師交代了些注意事項，然而我後大半段都沒聽見，因爲我完全茫了。

他叫我什麼？簡丹？

「我不是簡丹。」我抬頭看他。

「什麼？」對方明顯愣了一下。

「我不是簡丹。」這、這嗓音的確是簡丹的聲音！但這怎麼可能，我是如假包換的夏寧甯，怎麼會成了簡丹！我在做夢嗎！

「會不會是腦震盪？」護理師拆掉我手臂上的血壓綁帶，對醫師說。

「有可能，不過他的頭部並沒有明顯外傷，可能需要做進一步的診察。他妹妹呢？狀況還好嗎？」

「妹妹有輕微腦震盪。」護理師把耳溫槍塞進我耳裡，「嗶」的一聲，「三十六度七，體溫正常。現場目擊者說發生車禍時，哥哥把妹妹護在懷裡，用自己的身體去擋車子的撞擊力道，妹妹雖然當場也昏了過去，但只有輕微擦傷及腦震盪。妹妹醒來後，也一直堅稱她不是本人。」

「腦震盪會有喪失部分記憶的症狀，可是他們兄妹這種情形，我幾乎沒見過。」醫師拍拍我的手，「你叫什麼名字？」

「夏寧甯。」我瞇眼看著醫師，感覺視線還有點模糊，「我是夏寧甯。」

「誰？」

「夏寧甯是他的妹妹。」護理師在一旁解釋。

醫師沉默一會兒，低頭看了眼手錶，「替他安排一下今天的腦部斷層掃描，愈快愈好。」

「好。」護理師收好器材，在板子上寫下數據。

醫師搖搖頭，走出病房前，問護理師：「妹妹在哪裡？」

「前天出院了。不過她這幾天都住在這裡照顧哥哥，我剛剛還有看到她，可能出去買午餐了。」護理師回答，跟著醫師往外走。

眼看護理師也要離開，我及時搭住她的手，她回過頭問我：「怎麼了？」

「可不可以借我一面鏡子？」我覺得自己快哭出來了，現在到底是什麼狀況？

護理師愣了幾秒，隨後從口袋裡抽出手機，開啓自拍模式，遞給我，「我必須說，你現在的樣子不太好看，臉很腫，但會好起來的。其實你今天已經比昨天帥了，我看得出來，你本來是個帥哥。」

毀容？我才不在乎這個……什麼帥哥，我是個女孩好嗎！

因爲太過震驚，我無法做出任何反應，只能呆呆瞪著螢幕裡的「簡丹」。

眼前這張鼻青臉腫的臉孔，不是簡丹是誰！我試著扯扯嘴角，露出兩顆標誌性的虎牙，然後抬頭看向護理師，「這是夢吧？」

護理師抽回手機，拍拍我的頭，「你很疼妹妹喔！她現在能夠那麼活蹦亂跳的，都是你的功勞。可是你用肉身去擋車子真的很危險，這不是個好榜樣。好好休息，等你康復後，這就只是一場夢。」說完，她推著護理推車走出病房。

我試圖翻身下床，但打著石膏的腳限制了我的行動。我四處張望，想找到可以聯絡簡丹的工具，然而周遭只有櫃子和沙發，沙發上放了條棉被和一個枕頭。

護理師剛才說妹妹出去買午餐了……妹妹？有可能是簡丹嗎？

「碰」的一聲，病房門被推開，「簡丹，你終於醒了！」

一群人忽然衝了進來，此起彼落的「簡小丹」、「簡丹」、「簡隊」在靜謐的空間裡響起，球隊隊員一窩蜂湊到我的床邊，還送上一大籃水果和一束鮮花。

領頭的歐世倪一看見我就呼天搶地道：「天啊！雖說老早就見過你這副鬼樣子，但清醒後的模樣更鬼了！來，這些鮮花素果，拿香拜一下。」

站在他身後的一名隊員聽了，一巴掌往歐世倪的後腦勺打下去，眾人立刻笑成一團。

「剛剛在一樓聽護理師說你醒了，你知道我們有多激動嗎！連電梯都不搭，直接用衝的上樓！簡丹，你睡了好久，我們每天來，都只看到你躺在那裡睡覺，還想著你是不是需要一個公主的吻才能醒咧！你嚇死所有人了。」歐世倪邊摸後腦勺邊說，眼眶甚至有些泛紅。

「我昏迷了多久？」

「三天。」歐世倪湊上前，「你妹每天都擔心會不會突然收到病危通知，你爸媽也每天都在哭。」

我妹？簡丹的妹妹不就是我嗎？

爸媽？爸媽也來了？

一伙人在我耳邊吵吵鬧鬧，我大致從他們的話裡拼湊出了現在的情況。

自從那天我和簡丹雙雙被車撞後，「簡丹」便陷入了昏迷狀態，而「夏寧甯」則在車禍後幾個鐘頭內清醒，醒來後便大聲嚷嚷說自己不是夏寧甯，還一直吵著找夏寧甯，詭異的行徑嚇壞爸媽和所有在場的人，包括盼盼和男神。

後來是護理師替「夏寧甯」注射了鎮靜劑，讓她暫時昏睡過去。

再次醒來，「夏寧甯」安靜許多，也變得有些陰沉，和警察做完筆錄後，就一直待在「簡丹」的病房裡沒離開過。

「夏寧甯現在在哪裡？」我抓住歐世倪的手。

「她不會走遠的，應該馬上就回來了。」一旁的隊員說，「你也不用擔心比賽，有瑾琛在，我們可以撐住的。」

我不知道該回什麼，只好硬扯了個笑容。

大家又嘰嘰喳喳說了一些事情，甚至有人拿出麥克筆在我的石膏腳上塗鴉，我盯著那些作亂的手，頓時覺得頭有點痛，索性倒回床上發呆。

要是平常的我，對這些事大可一笑置之，然而我現在竟然有種想哭的感覺。

我好想尖叫，好想崩潰。眼前的情況太混亂了，我需要簡丹，我需要真正的簡丹來告訴我，這三天究竟發生了什麼事。

我不想聽別人的轉述，我只想聽當事人的陳述。

可是簡丹不在，簡丹怎麼可以不在？要是簡丹在就好了，雖然他有點白痴，但他總是有辦法安慰人。簡丹，你去哪裡了？簡丹，你回來好嗎？

身邊這些暖心的隊員們口口聲聲喊我「簡丹」、「簡小丹」、「簡隊」，我愈聽愈害怕，愈聽愈無助。

「我不是簡丹。」我喃喃自語，也不知道有沒有人聽見。

幾分鐘後，病房門再一次被撞開，一個馬尾女孩提著塑膠袋跑了進來，她一副氣喘吁吁、大汗淋漓的模樣，彷彿剛從水中被撈出來似的。

再仔細一看，她上身穿著簡丹的棒球外套，下身則是簡丹的牛仔褲，過大的衣服讓她整個人看起來小了一號，跟我記憶中的「夏寧甯」有些差距。

還沒等我出聲，「夏寧甯」突然咒罵一堆髒字，更在短短幾秒內紅了眼眶。

她擠進人群，站到病床邊瞪我，就在我以為她伸手要打我時，她忽地彎腰抱住我，在我耳邊碎念道：「我以爲妳不會醒了……妳TMD是不是神經病！妳就是神經病！我明明叫妳回學校，妳聽不懂中文是不是！妳耳聾是不是！」

好，那的確是我的聲音、我的五官、我的身形，可是裝在這具身軀裡的那個人，我很肯定不是夏寧甯。此人的氣場比我強了幾百萬倍，感覺就像……我非常不願意這麼想，不過眼前這個有著我容貌的人，說起話來簡直就像是簡丹。

我的視線恰巧落在歐世倪等人身上，眾人哀傷地望著我與「夏寧甯」。

「給他們兄妹一點單獨相處的時間吧，我們先離開。」歐世倪說完，領著隊員走出病房。

我伸手拍拍「夏寧甯」的背，對方明顯僵了一下。

「你是簡丹嗎？」雖然答案呼之欲出，我仍不敢相信，開口時連嘴唇都在顫抖。

「夏寧甯」稍稍直起身子，和我額頭碰額頭地互看，動作極其親暱。可惜，這溫馨氣氛僅維持了一分鐘，下一秒，這傢伙居然抬起頭，用力朝我的額頭撞下來！

「不錯，老子TMD就是簡丹！」夏寧甯……不，簡丹如此回應。

我想像中的安撫情景根本沒發生。

簡丹果然是霸凌界的權威，這種自殺式攻擊絕對只有他使得出來。護理師剛剛還說他有輕微腦震盪，被他這樣對撞，我看我們兩個沒腦殘都是人間奇蹟。

「王八蛋，你幹麼撞我！」我眼冒金星，他卻神色自若，這不是鐵頭功，什麼才是鐵頭功？

「我已經很收斂了。」簡丹揉著額頭，露出他招牌的流氓模樣，只是這表情如今移植到我的臉上，立刻變得有些不倫不類。

「我當初是不是叫妳回去？我有沒有叫妳滾回學校？妳一直纏著我做什麼？本來事情不會變成這樣的。妳睜開妳那雙腫得要命的眼睛，看看現在成了什麼狀況，嗯？原本只我一個人出事而已，妳看看妳把情況搞得多複雜。」他的語氣急促。

「你以為我想嗎！我是想把你拉走，你要是被車撞死怎麼辦啊！」我朝他大吼。

的額頭。

「撞死就撞死啊！多個妳陪葬，殯儀館是有棺材買一送一的優惠嗎！」簡丹用力戳著我的額頭。

「我不想你被撞死啊，不要再戳我額頭了啦！」我邊閃躲邊尖叫。

「不准尖叫！妳現在的外表是我，這樣叫很奇怪！」簡丹氣炸了，手指戳個不停，好像我的額頭是什麼療癒的泡泡紙。

「到底爲什麼我們會變成這樣，我不要當你啦！你又粗魯又變態又凶巴巴，鬼才想當你咧！你以爲我想嗎，還你，身體還你啦！我全身都快痛死了，你只會在那邊說一堆沒用的話……我不要打石膏、不想住院！你這個爛哥哥，只會欺負妹妹，我還有很多人生大事想完成，我不想當你！我一點都不想當你！嗚嗚嗚嗚嗚——」一股委屈湧上心頭，我嚎啕大哭，叨念著一堆連我自己事後回想，都覺得有些不知所云的話。

簡丹停下動作，愣愣地看著我。

「不准哭。」他指著我命令道，發現沒用後，索性直接捏住我的鼻子，「愛哭鬼。」

我無法呼吸，嘴巴開開的又啜泣幾聲後，瞪著他。

他嘆口氣，鬆開手，一屁股坐上病床，「是我不對，對不起。妳昏迷了那麼久，我是擔心妳……唔，我們先把個人恩怨擺一邊，有件事得跟妳商量。」

「我想吃東西。」我抹掉鼻涕，盯著他手中的塑膠袋看，裡面好像裝著便當，以及一碗不知道是湯還是什麼的食物。

簡丹定格了五秒，他大概沒想到在夏寧甯的世界裡，馬斯洛需求層次理論從頂端筆直墜落到底層，只須不到半秒的時間。

「幹麼？」我揚起下巴看他。

簡丹驀地笑出聲，「江湖上流傳一句話，」他抽了張衛生紙，替我抹去臉上殘留的鼻涕，「『甯』以食爲天。」

我決定忽略他的揶揄，低頭打開便當。

「不行，」他阻止我繼續動作，直接把另一樣午餐塞進我的懷裡，「妳吃這個。」

「我要吃便當，我餓。」我垮下臉看他。

「妳暫時不能吃這麼油膩的東西，先吃白粥吧。」他起身，把便當放到我搆不著的地方，再坐回床邊，打開白粥的蓋子，用湯匙舀起一口，在嘴邊吹涼後，湊到我面前，「張嘴。」

我默默張開嘴巴，吃下「重生」後的第一口食物。溫暖的液體滑進我久未進食的胃，我突然覺得世界好美麗，簡丹也好友善。

當然，這一切都是假象。

「好吃嗎？」簡丹又舀起一口白粥。

「不好吃。」用不著吃誠實豆沙包，我也會回答這一題。

簡丹笑說：「很好。」他用非常粗魯的方式將第二口白粥塞進我嘴裡。

「你上輩子一定是邪惡園丁。」我憤恨地說，「花園裡那些嬌貴的花朵被你用強力水柱淹死了，死之前還口吐白沫，陰森森地說：『啊——我做鬼也不會放過你，簡丹！』。」

簡丹挑起一邊眉頭，把第三口白粥塞進我還在講話的嘴巴。

強迫餵食持續了半小時之久，期間，簡丹語重心長地跟我說了這三天的狀況。

簡丹從我的身體裡醒來後，不知所措，幾乎崩潰。他跑到我的病房，試了各種方法想把我叫醒，但我一動也不動，呼息微弱到必須仰賴氧氣罩。他快瘋了，在病房裡大吵大鬧，迫使護理師不得不爲他注射鎮靜劑。

二度醒來，簡丹發現自己還是「夏寧甯」，雖然內心仍感煎熬，舉止卻收斂許多。他冷靜地和肇事者談判，冷靜地和警察交涉，冷靜地安撫爸媽，甚至冷靜地分析過前因後果，同時他發現一件更離奇的事：一入夜，身爲「夏寧甯」的他會陷入昏睡，但身爲「簡丹」的我卻沒因此醒來。

簡丹單就他個人的情況諮詢過醫師，醫師猜測這也許是腦震盪的後遺症，畢竟人腦很複雜，有太多事在醫學上還尚不可解，簡丹卻認爲事情並非如此。

因爲當他昏睡過去後，靈魂居然回到了自己原本的身體裡，他聽得到外界的聲音，感覺得到外界的動靜，只是無法出聲，也無法動彈，直到他累得受不了，再度睡著後，他才又回到我的身體裡。

三天了，他漸漸察覺這情況似乎遵循著某種規律。早上，他會進到我的身體裡，成爲能走能跑的夏寧甯；到了晚上，他會回到自己的身體裡，動彈不得，就連眼睛都張不開。

不過，比起不能動彈的自己，簡丹說他更害怕對外界毫無反應的我。

「我眞的嚇壞了。這三天我總是在想，妳會不會就這樣一走了之？」簡丹撥開我額前的幾綹劉海，神情茫然地說：「光是想到我跟妳說的最後一句話是以『白痴』開頭，我就後悔得要死。夏寧甯，妳聽好，剛剛我不是存心想跟妳吵架，不管以前我說過妳什麼，那也不是眞心的。」

我呆呆地回望簡丹，他用我的臉和我的聲音跟我道歉，這場景好超現實。

「不對，『肉球』跟『六師弟』這部分是眞心的。」他後頭補的這句話簡直讓人氣得牙癢癢。

見我瞇眼瞪他，他笑了，眼睛彎成兩座橋似的，看上去竟跟媽有九成神似。我驚奇萬分，以前別人說我長得跟媽很像，我都不怎麼相信……啊，對了！媽！

「爸媽呢？」我連忙追問簡丹。

「跟瑾琛還有盼盼去找車禍肇事者了。還好他們不在這裡，否則肯定被妳剛清醒的狀態嚇一跳。」

「嗚嗚嗚——」我拉起棉被蒙住臉，「怎麼辦，我們會不會一輩子都是這副模樣？要一直這樣生活下去嗎？爸媽一定會發現我們兩個不對勁。」

簡丹扯下棉被，拍拍我的臉，「別慌，有我在，我們一起面對。我有個大膽的假設。」

「什麼假設？」我哭喪著臉問。

簡丹跳下床，指著手錶說：「我假設妳之前一直沒醒來，或是我回到自己的身體卻醒不過來，是因爲我的身體損傷太嚴重，只是我想不明白當妳回到自己的身體時，爲何仍是昏睡不醒，但這問題一時也找不到答案，就先不管了。既然現在妳清醒了，我猜想，也許每天固定有段時間，我們的靈魂能回到原本的身體裡。」

「你是指……晚上？」

「嗯。」他點頭。

「所以如果你的推論正確，我白天會用你的身體行動，到了晚上才能當回眞正的夏寧甯？」我愈說愈想哭，「到底爲什麼會變成這樣啊？」

「我也想知道原因。」簡丹嘆了口氣，「我寧願躺在病床上的是我。」

「我們該跟爸媽說這件事嗎？」我拉著簡丹問，簡丹沒回話，只是默默搖頭。「對，說了也只會被帶去精神病院吧？以爲我們腦袋有問題，要我們吃一堆藥。」我喃喃自語，想到就覺得惡寒。

「別想太多。我只是認爲爸媽沒必要知道這些光怪陸離的事，連我們自己都不清楚爲什麼會這樣，他們就算知道了也沒有辦法解決吧。」簡丹伸手戳戳我的臉頰，「話說……這張豬頭臉眞的很醜，三天了，都沒消腫。」

「什麼！護理師說我比昨天帥欸！」我激動到差點摔下床，順手從簡丹的褲袋裡摸出手機，開啓自拍模式仔細端詳。

「玉樹臨風美少年，攬鏡自顧夜不眠。妳倒是很適應這個身分，嗯？」簡丹語帶調侃。

我尷尬地放下手機，把它塞回簡丹的褲袋，「……哪有。」連選都無法選，我就這樣空降到簡丹的身體裡，要是能選擇，我還寧願跟韓國的明星歐巴靈魂交換咧！雖然語言不通，但至少可以享受幾把當偶像的快感。

「欸，我想下床尿尿。」幾秒後，我尷尬地對簡丹說。想不到白粥的後勁居然來得如此之快。

「不用下床，妳裝了導尿管。」簡丹從旁邊拉了一張椅子坐下，蹺起二郎腿，悠哉地看著我，「直接尿就可以了，晚上我再處理妳的尿袋。」

誰來告訴我，這老夫老妻般的身心障礙對話是怎麼一回事？

「我不要裝導尿管。」我掀開棉被看了一眼，整張臉皺在一起。

簡丹被我這副樣子逗樂了，「誰叫妳貪玩了三天才回人間，不裝導尿管，難道妳想穿尿布？」

「我不要穿尿布！也不要導尿管！我要下床尿尿！」我大聲嚷嚷著，感覺自己的智商下降到三歲。

「妳現在不能下床，」簡丹敲敲我高掛在半空的石膏腳，「除非妳會倒立走路，那倒是可以考慮一下。」

「我要下床，我要拔導尿管。」我完全不理會他。

「等一下我再請醫師幫妳處理，好不好？」他難得好聲好氣地回應我。

「我現在就想拔。」我抓住他的手。

簡丹注視著我，最後無奈地輕嘆，「好，我去跟護理師說一聲。」走出病房前，他還自以為幽默地交代一句：「不要亂跑。」

是能跑去哪裡？我看著被畫得亂七八糟的石膏腳，翻了個大白眼。

我完全沒想過拔掉導尿管的後果。

醫師處理完我的導尿管後，我跟簡丹開始大眼瞪小眼。

「妳到底尿不尿？已經過五分鐘了，不是尿急嗎？」簡丹雙手抱胸，杵在床邊看我。

幾分鐘前他替我拿了一個尿壺，現在，這個鐵色的小東西就放在我的棉被裡，一個非常隱密的位置。

「你先出去。」太尷尬了。老天爺為什麼要跟我們開這種玩笑？為什麼不是我跟盼盼靈魂交換？為什麼偏偏是個男生？還偏偏是簡丹？

簡丹二話不說，轉身就走，走沒幾步又被我叫住：「欸，等一下啦！要怎麼、要怎麼……」

似乎理解我的難處，簡丹眉頭緊皺地走回床邊，掀開棉被，一手握住尿壺，一手握住我此刻最敏感的部位，「塞進去，然後尿，就這樣。」

他的手有些冰冷，一接觸到我體溫偏高的身體，我不由自主地呻吟一聲，頓時覺得自己很猥褻，便憋住呼吸，試圖把自己變成隱形人。

「不用不好意思，這本來就是我身體的一部分。」簡丹面無表情地說：「這塊肉跟了我十九年，從這個角度看它挺怪的。」

「你一定要選現在講這種垃圾話嗎！」我忍不住大叫。

「尿。」簡丹輕輕拉了一下，我尖叫出聲，感到一股尿意從體內宣洩而出。

他好像嫌我還不夠風中凌亂似的，邊笑邊吹口哨，刻意忽略我怒火四溢的目光。

「好乖。」他空出手，從一旁抽了張溼紙巾擦拭，收拾乾淨後，拉好我身上的病服，拿著尿壺慢悠悠地晃進廁所。

「感覺怎麼樣？想把導尿管裝回去嗎？」從廁所出來後，簡丹雙手插口袋，居高臨下地看著我笑。

「你才裝回去！你全家都裝回去！」我朝他比中指，見他止不住笑意，才慢半拍地發現我罵到自己了。

「肉球甯本來是一顆球，現在多了條新裝備，你們要好好相處，兄友弟恭，知不知道？」

想不到他居然開黃腔！

「你、你、你有病啊！」我指著簡丹罵。

「可能有。」簡丹悶聲笑了笑，聳聳肩，「一天不欺負妳，就渾身不對勁。」

看他一副輕鬆寫意的樣子，我瞬間有種被自己調戲的錯覺。我和簡丹靈魂互換的詭異狀態，該不會眞的要持續一輩子吧？

見我神色有異，簡丹坐到床邊，摸摸我的腦袋，「又怎麼了？」

「你都不會害怕嗎？這種莫名其妙的事情發生在我們身上，要怎麼解決？要怎麼應對？

你都不會怕嗎？」我倒是愈想愈害怕。

簡丹凝視著我，隨後拿起一旁的橡皮筋，把我凌亂的劉海綁起來，露出前額。

「怕，怎麼可能不怕？直到妳清醒之前，我都還怕得要死。但是剛剛一聽護理師說妳醒了，我衝進病房，看見妳這張沮喪的豬頭臉，那些恐懼就全都煙消雲散了，唯一的念頭是：幸好妳還在。只要妳人在，發生什麼操蛋的事我都能接受。怎麼解決？我不知道；怎麼應對？見招拆招。在妳昏迷的這段期間，我想著，要是眼前這個狀況得持續一輩子，那我們就照顧對方到人生的最後一秒，沒什麼。」

「而且看到妳比我還慌張，我心裡就想：不行，樂觀積極的夏寧甯竟然比我還孬，我必須硬起來保護她！」他伸手彈了彈我那撮被綁起的劉海，「妳覺得我說的對不對，孬甯？」

「……謝謝您剛剛用您硬起來的額頭招呼我的額頭，讓我體驗到您給予我的安全感，讓我深覺自己整個人都快要散架了，待會可能需要去照腦部斷層，看是不是變智障了。」虧我還被他前半段的發言感動得亂七八糟，後半段卻不改他吐槽的本性，我終於忍不住回擊。

簡丹沒回嘴，只是很沒品地大笑，本來這舉動應該會令我更生氣才對，然而看著他的笑容，突然間，好像眞的沒什麼好擔心的。

因爲簡丹在，他會陪我一起面對。

不管靈魂對調這件事多離奇，一定會有辦法解決的。反正最糟的情況也不過是我們得過著不斷互換身分的日子，如果眞必須這樣過一輩子，那就像簡丹說的，讓我們照顧彼此到生命的最後一刻吧。

仔細回想過去，我跟簡丹可以說是三天一小吵、五天一大吵，不是他欺負我，就是我反擊他，我們幾乎沒有好好坐下和對方聊過什麼正經話題，直到像現在這樣遭逢大變，才有機會從彼此口中聽到內心最眞實的想法。

霎時間，十一歲那年笑著對我說請多指教的簡丹，以及前陣子慶生時祝我永遠幸福快樂的簡丹，和眼前笑瞇了眼的簡丹身影重疊在一起，讓我不禁感觸良多，其實撇開他那些臭男生的行徑，他對我很好，是個不可多得的好哥哥。

我坐起身子，在簡丹笑到直不起腰的時候抱住他，他被我嚇了一大跳。

「簡丹，謝謝你。」我忍不住哭了出來。

他從沒見過我示弱，一時間不知道該做何反應，只好任由我把鼻涕眼淚都抹在他最喜歡的棒球外套上。

不知道過了多久，我終於冷靜下來，眼神呆愣地盯著天花板。

簡丹跳下床，憤恨地脫下充滿口水、眼淚跟鼻涕的外套，「夏寧甯，要不是妳那隻腳掛在半空中，整張臉又腫得跟豬八戒一樣，我眞的會霸凌妳到死，知道嗎？」他說得咬牙切齒，不過他此刻頂著的是我的臉，看起來特別逗趣。

簡丹說的沒錯，我生起氣來的確像河豚一樣，氣鼓鼓的，但毫無殺傷力，反而會令對方產生「讓夏寧甯再多氣一點，太好笑了」的想法，難怪他總是對欺負我這件事樂在其中。

簡丹低頭看了眼手錶，「我要幫妳擦澡了。」

「現在？」雖然嚴格說來，簡丹是在擦自己的身體，但我還是覺得挺害羞的。

「不然妳要待會讓夏瑾琛幫忙？」簡丹鄙夷地看著我，「妳想趁機揩油？」

「才、才不是咧，你不是說晚上我們可能會恢復正常？到時候再讓爸幫你擦不行嗎？」

「不行，我不想讓他這麼辛苦。」簡丹走進廁所，端了盆水跟毛巾出來，「衣服脫掉。」

我拉緊棉被，遲疑地看著他。

「怕尷尬？」簡丹把水盆和毛巾放到一旁，刻意對我露出怪叔叔的表情，甚至搓起雙手，「嘿嘿，快脫！再不脫就我來嘍，這三天都是我幫妳擦澡的，別扭捏了，速戰速決，快！」

我還是有些彆扭，慢吞吞地扒開身上一件式的病服，想了想，乾脆低頭仔細端詳起簡丹的身材，尤其是之前我特別想偷拍照拿去學校賣的腹肌……哇，肌理分明，非常漂亮，我平常可是沒機會摸的，摸了手會被他打斷！

「欸，簡丹，我的手機呢？」我抬頭問他。

「又想拍照！」簡丹看穿我的想法，直接拿毛巾甩我臉，「這具身體的主人就站在妳面前，妳是眼殘嗎？」

「這一張可以賺三……」

「管妳三千還三萬！」簡丹又拿毛巾甩了我一記，然後開始替我擦拭脖子。

我嘟起嘴巴，瞪他。

簡丹捏了捏我的臉頰，「再給妳一顆橘子，妳就可以去神桌上趴著了。」

「機車。」我嘟噥道。

「變態。」他橫了我一眼。

簡丹後來沒再跟我鬥嘴，安靜地幫我擦澡，身體被溼毛巾仔細清潔過，果真讓我覺得舒適許多。

等我穿上病服後，簡丹替我蓋好被子，「折騰了這麼一會兒，妳應該也累了，先睡吧，有事再叫我。」

我看了下他的手錶，距離晚上還有一點時間，於是我安心地睡去。

半夢半醒間，我感覺有人挪動病床。

睜開眼，我茫然地看向四周，簡丹隨即低頭在我耳邊說：「要去做腦部斷層掃描。」

我留意到他的外表還是夏寧甯，代表我也還是簡丹。下意識地，我握住他的手，他愣了一下，跟著回握我，手心異常溫暖。

「不是手術，不用擔心，醫生只是要看妳有沒有腦殘。」

「靠。」我忍不住罵一句，一旁推著病床的志工聽見我們的對話，不由得噗哧一笑。

最後檢查結果顯示，我跟簡丹一樣有輕微腦震盪，簡丹聽過醫師的囑咐後，回到我的身邊。

被推回病房的路上，因為床搖晃得太舒服，一股睡意向我襲來，令我昏昏欲睡。

陷入昏睡之前，簡丹的手一直輕輕放在我的額頭上，目不轉睛地盯著我，那雙神似媽媽的眼睛，從這個角度看過去非常漂亮，如同夜空中不滅的北極星，永恆閃爍。

*

我做了一場夢，夢見自己在廣闊的大草原上奔跑，抬頭追逐天上的北極星。我伸出雙手探向空中，整個人飄了起來，像顆氣球，慢慢往北極星的方向飄去。

眼看距離北極星愈來愈近、愈來愈近，北極星朝我微笑：「來啊！夏寧甯，快來啊！」

我使盡全力朝它飛去，突然「咚」的一聲，一陣劇痛自脊椎蔓延至四肢百骸……怎麼回事？

睜開雙眼，我發現自己從沙發上掉了下來，手中還抓著棉被。

有隻手伸過來扶我，幫我拍掉身上的灰塵，我抬頭一看，是眼眶有些發紅的男神。

「第一次親眼目睹有人睡著睡著從床上摔下來。」盼盼的嗓音響起。

「剛剛的夢囈也超Q的，怎樣，妳是夢見全壘打嗎？」接著是歐世倪的笑語。

我環顧四周，發覺自己還在病房裡，簡丹的病床邊圍了一大群人，有爸媽、盼盼、男神、歐世倪，還有籃球隊的隊員們，看樣子剛才大家似乎正在跟簡丹聊天。

我低頭看了下自己的手腳，甚至摸了摸褲襠，確定自己少了某塊肉，這才往人牆後的簡丹望去。

簡丹！眞的是簡丹本人！他那張鼻青臉腫的臉活像被大卡車輾過八十七遍，眞的是他！

我們回到各自的身體了，就像簡丹猜測的那樣。

「啊——簡丹！」我興奮得不行，在原地跳上跳下。

我衝到簡丹面前擁抱他，眾人以爲我情緒激昂是因爲簡丹醒了，不禁笑出聲來。

簡丹把唇湊到我耳邊，輕聲說：「妳太激動了，收斂一點，別讓大家看出異狀。」

「對不起。」我直起身子，尷尬地說。

「寧甯，腦部斷層掃描是妳陪哥哥去的？除了輕微腦震盪，醫師還有沒有說什麼？」媽這麼一問，爸也心急地看向我。

「呃……是有說了一些事情。」我支支吾吾地應道。

當時被推進去檢查的人是我，但聽診斷報告的則是簡丹本人，所以我根本不知道醫師講了什麼，而且我後來還陷入昏睡，更是什麼都不知道了。

簡丹把話題接過去，向爸媽說明自己的情況，之後媽跟爸又關切地追問他其他問題，完全把我晾在一旁。

盼盼跑到我身邊抱了抱我，接著舉起我的雙手，想檢查我剛剛那一摔有沒有事，我被她逗得好氣又好笑，只能站在原地任由她騷擾。

「這次友誼賽我們得了冠軍，辛苦了。」男神摸摸我的頭。

「你們比較辛苦。」我哭喪著臉。因爲車禍的緣故，我跟簡丹不但什麼都沒能做，還替大家添了不少麻煩，簡直是恥中之恥。

「球隊經理的工作眞不輕鬆。」代替我上戰場的盼盼吐了吐舌頭。

「不好意思，爲愛闖天涯的夏小姐，麻煩妳了。」我小聲調侃她，她立刻摀住我的嘴巴，不讓我在男神面前透露半句。

男神只當我們在打鬧，笑著走開，加入爸媽和簡丹的談話。

盼盼拉著我到沙發坐下，嘰嘰喳喳地說了一堆。我看著她發亮的眼睛，不由得納悶過去三天，她有沒有認出身邊的「夏寧甯」其實不是夏寧甯，而是簡丹？大概沒有，即使覺得哪裡不太對勁，八成也認爲那是車禍短暫的後遺症，畢竟眞相實在太超現實了。

我轉動了下手腳，幾個小時前，我還是那個躺在床上、行動不便的腳殘簡丹，現在卻是好手好腳的夏寧甯。

抬頭望向簡丹，他的雙手被媽緊緊握著，似乎正在對他交代什麼。

要說不失落，那是騙人的。

大家都以爲是簡丹自鬼門關前走了一遭，殊不知我才是那個昏迷三天的人，而全世界也只有簡丹一個人知情。

死裡逃生的感覺非常可怕，我好想抱一抱媽，告訴她：我撐住了，我回來了。但媽的注意力全放在簡丹身上。

這也情有可原，媽從以前就是個不尊崇童話書劇情的後母，極度偏心簡丹，更遑論這次，簡丹在外人眼中是歷劫歸來，幾乎去了半條命，而「我」三天前就醒了，身上沒什麼太嚴重的傷口，只是輕微腦震盪。

盼盼看我好像有些心不在焉，問我要不要出去透透氣，我一口答應。她拉著我走出病房，我呆呆地邁開腳步，一步又一步，有點不適應此刻靈活走動的雙腳。

走廊瀰漫著一股強烈的消毒水味，白衣天使忙碌地來回穿梭著，令我訝異的是，她們一看見我便向我打招呼，好像每一個人都認識我似的。

「妳好紅喔，大紅人。」盼盼一語雙關地指了指我身上的衣服，這是簡丹昨天替我換上的紅色T恤。

等電梯時，一旁的電視牆正在播報一則由行車記錄器和監視器畫面組成的新聞，大意是說，三天前，有個司機酒駕，轎車直往一名正在過馬路的男生衝去，路邊的女生第一時間衝上前想拉回男生，男生見閃避不及，直接把女生護在懷裡，背過身擋下轎車的撞擊力道，下一秒，兩人被撞飛，落在幾公尺外的馬路上……

「妳之前問我爲什麼喜歡簡丹。」盼盼用手肘碰了碰我，「這就是主要原因。」

「因爲他喜歡被車撞？」我一臉茫然。

盼盼翻了個超級大白眼，「因爲他很溫柔！他的溫柔體現在他每一個下意識的動作裡，妳稍微用點心就能體會得到。」

我沒有回應，暗暗回想過往與簡丹的相處細節。

「妳還記不記得我們第一次是在怎樣的情況下見面的？」盼盼忽地問起。

「記得啊，簡丹竟然把我騙進男廁裡，哼。」

電梯門開了，裡頭走出幾位護理師，每個都向我問好，還說我有個天使哥哥。我隨口應付幾句，跟著盼盼走進電梯。

盼盼按下關門鍵，繼續說：「那時候我正忙著打整潔分數，走著走著，遇到簡丹一群人，他們好像趕著回教室，走路飛快，但簡丹卻匆忙攔住我，請我務必去一趟走廊盡頭的男廁。我去了，然後就認識了妳。」

「是他叫妳來的？」我聽了有點驚訝，然而轉念一想，也是他把我騙進男廁的耶。

像是聽見了我的腹誹，盼盼接著開口：「後來我問過他那天究竟是怎麼一回事，他說見妳肚子痛，急著找廁所，可是女廁距離很遠，才會就近把妳帶到男廁去，並沒有要整妳的意思。」她靠在電梯牆上，雙手環胸。

我望向電梯鏡子裡的自己，沒說話。簡丹從來就沒打算跟我解釋，每每聽我抱怨這件往事，他便笑得開懷，害我以爲他當時是眞心想整我。

「所以，喜歡他的主要原因是他很溫柔，」盼盼點點頭，「次要原因則是……」

「是什麼？」眼下這欲言又止的氣氛是怎麼回事？

「因爲他又高又帥，身材又好，就連隔著上衣都能隱隱瞧出那肌理分明的腹肌，啊嘶……」盼盼一手摀住臉，一手不停拍打著我，一副花痴樣。

我無語，原來盼盼跟簡丹都是那種擅長破壞溫馨氣氛的人，要是有人看到盼盼此刻的模樣，可能會以爲她才是那個被車子撞成腦殘的傢伙。

沿著醫院外圍走了幾圈，盼盼仍然興奮地說個不停，甚至再度提出之前的請求，要我幫她把「又溫柔又高又帥身材又好」的簡丹哥哥追到手，還不斷逼問我簡丹喜歡的人到底是誰。

其實我很想直截了當地跟她說「是妳的親哥哥，夏瑾琛」，就此結束這回合。但這樣對簡丹並不公平，我只好保持緘默。

倏地，我想到一個很嚴重的問題。

「盼盼，妳這三天有問過我這件事嗎？關於要我幫妳追簡丹的事。」我睜大眼睛問她。

「唔……前幾天簡丹呈現昏迷狀態，我當然沒那個心思想這些事。但昨天我有稍微跟妳聊到這點，妳忘了？是受到腦震盪的影響嗎？」盼盼憂心忡忡地望過來。

昨天……我驚愕地完全說不出話。

昨天的「夏寧甯」並不是夏寧甯，而是簡丹本人。我的天，盼盼在不知情的狀況下，自曝心事，難以想像簡丹當時的心情，被自己喜歡的人的妹妹間接告白，他作何感想？

看我把整張臉埋進手心裡嘆氣，盼盼以為我不舒服，著急地問：「幹麼啦，妳頭痛嗎？」

「對，我頭痛。」痛得不得了，簡丹不知道會不會找我算帳。

「那我們去那邊坐一下，來。」

盼盼拉著我到樹下的椅子休息，還要我深呼吸、吐氣、深呼吸、吐氣，我瞬間有種在產房準備生小孩的錯覺。

「我要跟妳約定一件事。」我好不容易冷靜下來，向盼盼伸出小指頭，「不管以後發生什麼事，妳都只能在……」我低頭看了眼手錶，「晚上八點過後跟我聊簡丹的事。」

盼盼一臉「究竟是妳真的成了智障，還是我聽錯了」的表情。

「快跟我打勾勾。」我實在沒力氣多跟她解釋什麼。

「那個時間我們又不在學校，怎麼跟妳聊？」盼盼皺起眉頭。

「我們可以約見面，或是講電話，反正就是不要在白天跟我講有關簡丹的事。」因爲那時候的我並不是我，是簡丹本人啊啊啊啊啊。我強制勾上她的小指頭，拇指蓋章，「好，就這麼決定了，沒做到的人是小狗。」

「當小狗會怎樣嗎？小狗很可愛啊。」盼盼一臉茫然。

「爲了妳好，拜託照我的話做。」我沉痛表示。

「喔。」盼盼愣愣答應。

我希望她是眞的聽進去了。

後來盼盼先回病房，留我一個人在長椅上發呆。

我怔怔地望著地面，忽然一雙腳闖入我的視線，我抬頭一看，是媽。

她在我的身旁坐下，「又想睡覺？妳不是才剛睡醒？」

「媽。」看著這張與自己神似的容貌，我悲從中來，側身抱住她。

「這麼大的人了，還撒嬌啊？」媽輕笑，伸手輕撫我的頭，「哥哥能醒來眞是太好了。聽見你們兩個出事，我的心都快痛死了，幸好你們平安。」媽語重心長地說。

「對不起，讓你們擔心了。」我低聲道歉。

「沒事，妳做得很好，有好好照顧自己，也有顧好哥哥。」媽嘆氣道：「我看妳這幾天都沒怎麼開口說話，是不是有心事？願意跟我說嗎？寧甯，對不起，我一直對妳感到很愧疚，我的工作讓我成了一個毫無存在感的媽媽，這段時間，我看著妳和哥哥受傷的樣子，心裡好難受……我已經跟醫院請了長假，打算好好陪你們。」

把頭埋進媽的懷裡，我長長地吁出一口氣，突然想起幾年前的往事。

媽是癌症病房的護士長，專門照顧癌症患者。小時候，媽請不起保母帶我，也不想把我丟去安親班，只好帶著我跟她一起上班。

護理站裡有一個特別老舊的抽屜，裡頭放著我畫過的每一張圖，折過的每一隻紙鶴。我在那裡認識了很多癌症病人，有人平安出院，有人一睡不醒，而我印象最深刻的，是一位從未親身接觸過的阿姨，她住在走廊盡頭的加護病房裡。

我常常聽媽提起這位阿姨和她的家人，說他們是非常幸福的小家庭。我滿心期待，期望有天能親眼見到幸福的樣貌，能和這一家人說說話。

可惜當我終於迎來第一次會面時，看到的卻是阿姨被醫護人員從病房裡推出來，經過護理站，身上蓋著一塊白布的模樣。

如今回想起來，那是我離死亡第二近的時刻。

「寧甯，妳先進去小房間，沒喊妳之前不准出來。」見我盯著白布發呆，媽趕忙跑過來叮囑我進休息室。

房門被關上前，我看見遺體旁站著一名男孩，眼神毫無焦距，臉上有著清晰可見的淚痕。

死去的阿姨是他媽媽嗎？我在內心暗暗想著。

幾分鐘後，媽的同事推開休息室的門，帶著那名男孩走進來。「乖，你先在這裡待著，爸爸等一下就會來找你。寧甯，妳陪他一下。」說完，她轉身就走，留下我們兩個互不相識的小孩在休息室裡乾瞪眼。

男孩不發一語，用手臂抹去鼻水，直挺挺地站在原地。

我環顧四周，在窗邊的櫃子裡找到一疊廢紙，我抽出其中一張，摺了一隻紙鶴送給男孩。

男孩接過紙鶴，一雙漂亮的眼睛直勾勾地望著我，「謝謝。」

「不客氣。」我朝他微笑，輕輕給他一個擁抱。

「護士長阿姨每天都會送我一隻紙鶴，我還幫它們編號，聽說收集到一百隻紙鶴，媽媽就會好起來。」男孩在我耳邊說：「這是第一百隻。」

他哭了出來，淚水落在我的肩膀上。我用力抱緊他，聽他努力壓抑的啜泣聲，聽他不時吸吸鼻子的鼻水聲，一時情緒受到感染，忍不住跟著嚎啕大哭。

當媽再打開休息室的門時，看見的就是這副景象。

我和男孩相互擁抱著，哭成一團，第一百隻紙鶴則掉在地上，安安靜靜地躺著，彷彿男孩的媽媽，一動也不動。

「簡丹。」媽靠在門上，輕聲喊了男孩的名字。

回憶嘎然而止。

「夏寧甯，媽媽的話妳到底有沒有聽進去，妳在神遊太虛啊？」媽猛然捏住我的臉頰，左拉右扯。

這陰毒的招式是她從簡丹那裡學來的，老太婆不學好，偏偏學這些旁門左道！

「沒有啦，母親大人！我只是突然想起小時候的事。」我打掉媽的手，哀號道。

「小時候怎麼了？」媽忽地笑出聲來：「說到妳小時候，超會吃的，把自己吃得跟保齡球一樣，好像隨時準備滾出去撞倒球瓶。」

……奇怪，媽是不是跟簡丹交換靈魂了？

「還有啊，哥哥從小就好可愛，眼睛大大的、鼻子挺挺的，跟妳站在一起，顯得妳五官特別平，活脫脫像張Double A的紙！」

媽又來了。

有人說心臟長在胸腔的左邊，怎麼看都是偏的，所以世上哪有人不偏心？但通常爸媽還是會顧慮一下小孩的心情，盡量做到公平對待，我媽倒是正大光明搞偏袒。若有人在台上喊：誰是世界上最可愛的小孩？她可能還會瘋狂大叫簡丹的名字，說她是十足十的「丹粉」也不爲過。

「簡丹小時候也肥好不好！他只是被伽瑪輻射線照到，才會變成現在這樣。我要是被蜘蛛咬到，我也可以成爲漂亮的蜘蛛女啊！」我義憤填膺地拍了媽的肚子一下。

「造反啊？」媽低頭睨我一眼，我立刻縮回手，裝沒事。

「媽妳真偏心，妳是史上最畸形的後母。」我忍不住嘟囔。

媽聽了放聲大笑：「妳是我養大的，什麼德性我不知道？丟三落四、少根筋，隨便放養都可以長大，相反的，哥哥的心思敏感許多，容易想東想西的把自己繞進死胡同裡。哥哥的親生媽媽也跟我提過，他就是這種個性，需要人特別關懷他。」

見我兩眼無神如死魚，她又捏了我的臉一下，「妳不相信？不信妳去哥哥的房間看看，他在床頭櫃藏了一大罐妳當年折給他的紙鶴。」

「眞的假的？」我整個人翻身坐起。

「是我有次打掃發現的。所以我挺心疼這孩子的，妳跟人家不一樣，妳的親生父母都還健在呢。」媽握住我的手，一提及我的親生父親，又開始碎碎念：「雖然那男人活著跟死了沒什麼兩樣……那個死人骨頭最近出獄了，還吵著要見妳。」

「他出獄了？什麼時候的事，妳怎麼都沒跟我說？」

「我這不是在說了嗎？」媽輕輕嘆氣，「乖女兒，妳想見夏青山嗎？」

人活到一定的年紀，心頭難免刻上幾個難以忘懷的名字，可能是愛人，也可能是仇人，或者是偶像、朋友、家人。

好比男神心上刻著的是他家那隻大狗，他常說鳳梨酥最可愛，鳳梨酥是狗名；盼盼刻著我的名字，她曾說打著燈籠都找不到像我這麼好欺負的閨蜜，讓我害臊也不是，生氣也不是；簡丹則刻著歌手張雨生，他總想著若能回到一九九七年，他一定阻止張雨生坐上那台黑色Saab 九〇〇SE。

而我心頭刻著的是他，我的親生爸爸——夏青山。

記得上回聽到這名字，是在十年前的新聞裡，主播報導了些什麼我記不太清楚，然而那影像卻是歷歷在目。

警察押著夏青山上車，媽牽著我站在後頭，她的臉色蒼白，一聲不吭。夏青山上警車前，回頭看了我們一眼，似乎想跟我們道別，但媽伸手遮住我的眼睛，不讓我看他，一旁的攝影機對著我們母女拍攝特寫鏡頭。

回家後打開電視，我看見新聞報導的標題寫著：

毒嫌夏青山落網，家人否認知情。

畫面裡，我緊緊挨在媽的身邊，死咬著下唇，面無表情，讓人看不出情緒。

夏青山做過的事情還有很多，包括酒醉後對媽施暴，對我也是辱罵不休，什麼雜種、畜生、賤人之類的難聽詞語我都聽過，只是當年我年紀尚小，不明白那些詞的意思，只疑惑爲何爸爸總是不高興，齜牙咧嘴，叫囂著要我的命。

當時同學問喜歡問爸媽，自己是從哪裡來的，大家的爸媽總會給出天馬行空的答案：孩子，你是送子鳥送來的、你是從天上掉下來的星星，我們把你撿回家養……等等，說得天花亂墜。

而我只想著，或許夏青山才是那個來自外太空的隕石，把家裡砸得面目全非。

夏青山和媽，因爲林憶蓮的歌曲而結識。

當年媽還是個護理師，副業是街頭藝人，靠著一把吉他、一支麥克風，把林憶蓮的〈至少還有你〉唱得娓娓動聽，餘音繞梁。夏青山站在她的面前，聽過一首又一首，後來媽要收東西離開，夏青山拉住她，問她願不願意一起吃頓飯，之後他們便順其自然地交往了。

兩人的緣分始於林憶蓮，終於林憶蓮。

夏青山被警察帶走的那天，家裡播放著老舊唱片，林憶蓮的〈愛上一個不回家的人〉、〈是該結束的時候〉，兩首歌不斷重複唱著。

媽沒有哭，只抱著我在沙發上發呆，直到一首翻唱的〈領悟〉音樂一出，媽的淚水立刻滾落，落在我的臉上，一滴接過一滴。

「寧甯，媽以後不會再讓妳受苦。我們要過得很好，這個家會好好的，我們要創造屬於我們自己的幸福。」媽邊說邊顫抖，我用拇指抹去她的眼淚，她緊抱著我，泣不成聲。

媽曾說，爺爺奶奶家境困頓，其實養不起孩子，可他們仍是生下了一個又一個的孩子。夏青山是最後一胎，奶奶難產而死，於是爺爺爲孩子取名爲「青山」，常道是「留得青山在，不怕沒柴燒」。

但是這回，青山一走，柴也燒完了。

媽說，我們這個家會好好的。

沒有夏青山，我們也可以很好、很幸福。

我始終沒有回應媽的那句問話，她也沒追問我，我們在長椅上聊了很久，直到爸來接媽回旅館休息，臨走前，他們叮囑我在醫院過夜要注意保暖，別著涼了。

回到病房時，簡丹已經把大家都趕回去休息了，此刻他正躺在病床上滑手機，看起來很無聊。

我走到沙發旁，使勁把沙發拉到病床邊，離簡丹不到五公分的距離，隨後躺下休息，並伸手碰碰簡丹。

簡丹放下手機，側頭看我，「住院的都是些老弱病殘的人，這麼晚了，沙發還拉得那麼勤，拖曳沙發的聲音跟用指甲刮黑板沒什麼兩樣，刺耳的讓人難以忍受，妳是想增加太平間的業務嗎？」

「簡丹。」我忽略他那番話，笑笑地看著他。

「幹麼？想跟我談盼盼的事？」他挑起一邊眉頭。

他這麼直接，我突然不知道該怎麼繼續說下去。

「昨天我已經被盼盼嚇過一次，用不著再嚇我第二次，我知道了。」簡丹以手當枕，閉著眼說。

既然如此，我只好見招拆招。「說什麼嚇，盼盼很可愛耶，她說喜歡你，難道你一點感覺都沒有嗎？」

簡丹意味不明地一笑，「我知道盼盼很可愛，我也很謝謝她願意喜歡我這種根本不值得喜歡的人，但我跟她不會有任何結果。我喜歡她，不過不是男女之間的喜歡，她值得更好的人。」

「喔。」我輕輕應了聲。簡丹的這些話，我該怎麼告訴盼盼呢？

我抓起簡丹的一隻手，拉到沙發邊擱著，他睜開眼看我，並沒有把手縮回去。

「夏寧甯，」他低聲喚我，「他們都不知道，妳才是那個昏迷三天的人。」

「嗯。」是啊，我的恐懼，我的悲傷，我的憂鬱，全都給了知情的簡丹。

「謝謝妳回來。」他深深凝視著我，認眞道。

凌晨時分，人類的感性細胞總是特別活躍。

我把頭往簡丹的方向靠過去，讓自己更靠近簡丹，「其實我本來不是要講盼盼的事，我是想跟你說，我今天忽然想起我和你第一次見面，就是在醫院。當時我們兩個抱在一起大哭，你還記得嗎？」

「當然記得。」簡丹失笑，原本枕在腦袋後頭的那隻手，移到額頭上掩著，「怎麼可能忘記，我們哭得整間醫院都要淹水了。」

我跟著笑出聲，之後我們都沒再說話了。

濃濃的睡意席捲而來，睡著前，我看到的最後一個畫面，是簡丹那雙璀璨如星辰的漂亮眼睛，眨也不眨地盯著我看。

「晚安。」他輕聲說。

隨著籃球友誼賽的落幕，我們向學校申請的公假也結束了，大家在回學校前，又來探望過簡丹一次，祝福簡丹早日康復。

加上昏迷的那三天，簡丹一共住院九天，這才安穩度過觀察期，醫師終於准他辦出院手續。

出院那天，豔陽高照，晴空萬里。

爸媽開車載我們回家，四個鐘頭的車程，我醒了又睡，睡了又醒。當然，是以簡丹的身分。

我和簡丹經過這幾天的緊密相處，更加確定他當初的推論是正確的，因爲某種神祕原因，使得我們在車禍後交換了靈魂……白天我是簡丹，晚上才變回夏寧甯。

唉，坦白說，我到現在還是不敢相信，這種宛如動漫情節的荒謬事居然眞實發生在我跟簡丹身上！我們不知道該如何解決這異常情況，只能過一天算一天。幸好，我們還可以拿腦震盪後遺症做煙霧彈，前幾天的詭異行徑也就被眾人一笑置之。

後來簡丹跟我約法三章，當我身爲「簡丹」時，要是我不確定該如何與別人應對，就乾脆不要說話，同樣地，他是「夏寧甯」時也會照做。

不過，怕在爸媽面前露出破綻的緣故，我跟簡丹回家途中幾乎全程安靜，爸媽以爲我們身體不舒服，媽甚至屢次檢查我們的身體狀況，看著他們憂心如焚的樣子，我的內心非常過意不去。

車子中途停靠休息站，爸媽說要下車活動筋骨，簡丹和我則留下來顧車。

坐在後座的我探頭看了眼簡丹，發現他嘴裡咬著一根棒棒糖，左手拿著手機，右手則迅速地將手機畫面上的資訊抄寫下來。

「簡丹。」我試圖引起他的注意，但他完全不理我。

「簡丹。」我又叫了一次，還伸手拍拍他。

「等一下，等我寫完。」他低聲說。

「你棒棒糖哪裡來的？我也要。」

「醫院護理師昨晚送的。」簡丹嫌我煩，直接拔出嘴裡的棒棒糖往我這邊遞來，看都沒看我一眼。

「很噁耶。」我把棒棒糖推還給簡丹，他聳聳肩，又把棒棒糖含回嘴裡。

我想起他以前也曾經做出相同的舉動。

在某個我被同學嘲笑爲胖子，一路哭回家的愚蠢下午，簡丹咬著剛買來的冰棒，邊捏我的臉頰，邊含糊不清地說：「哭屁啊，笨蛋。」然後扒開我的嘴，將他吃過的那根冰棒塞進我嘴裡，「吃。別哭。」

超省字的安慰法，也是超噁心的食物慰藉法。

雖然那上頭全是簡丹的口水，但我最後還是把那根冰棒吃完了，聽說吃壞人的口水可以壯膽。

隔天，簡丹跑去我的班上，將欺負我的男同學叫出去說了些悄悄話，從此以後，再沒有人敢說我胖。

當然，除了嘴賤的簡丹。

這是我哥，沒有血緣關係，本人超級霸道、動不動就言語霸凌我，卻不准別人欺負我的哥哥；媽眼中又帥又可愛的哥哥；盼盼眼中溫柔的哥哥。

我收回走遠的思緒，看著他專注無比的側臉，嘆了口氣。

「說真的，如果我們活到八十歲還是這副德性，那怎麼辦啊？我不想老了還要跟男生一樣站著尿尿，而且你也許會禿頭又駝背，牙齒還全掉光，到那時候，我就不能再用你的臉騙吃騙喝了。我就是個沒路用的老阿伯，走路走到一半還會自己閃到腰，醫院裡的姊姊也不會再像前幾天那樣向我要電話，反而會叫警衛把我拖走。」說到這裡，我不禁有些感慨。

前幾天臉好不容易消腫，我跟醫師爭取下床活動，醫師答應讓我坐著輪椅去中庭晒晒太陽。誰能想到簡丹的異性緣居然那麼好，護理師們知道他保護妹妹的英勇事蹟，都特地跑來看他。

不過因爲當時是白天，見到的當然是我本人，我甚至被其中兩個護理師要聯絡方式。

「誰跟妳要電話？妳給了？」簡丹忽地回過頭看我，威脅似的瞇著眼。

「我沒有給啊。」眞是凶巴巴。

簡丹惡狠狠地說：「很好，不准給。」

凶狠的表情搭配上他嘴邊那枝棒棒糖，我瞬間有種流氓的既視感，好像他嘴裡叼的不是棒棒糖，是菸，是他曲折離奇的人生。

「我剛剛在網路上找到一些有名的民俗專家，我要一個一個去問，看他們能不能解決這件事。」他揚起剛才抄寫的那張單子，「這張清單是我們的保命符。」

「你要怎麼問？人家會把我們當成神經病吧？」可憐我眼下行動不便，否則我一定跟著簡丹去。

簡丹拔出嘴裡的棒棒糖，指著我，「夏小豬，快點好起來。要是這一招行不通，我們再想下一招，到時候我會需要妳的幫忙。」

「……好。」我哭喪著臉回應。

回到家後，爸媽幫我在客廳鋪了床，方便我自由活動，免得我還要跳上跳下的進出房間。說是這樣說，但因爲我有一隻巨無霸石膏腳，基本上哪兒也去不了，只能躺在沙發上悲秋傷春。

我從一數到一百，再從一百數到一，數到快睡著時，簡丹忽然背著包包下樓，說要去拜訪清單上的民俗專家。當然，他給爸媽的官方說詞是要去找盼盼討論功課。

我滿心期待地以目光送他出門。

快接近傍晚時，簡丹回來了，一進客廳，就把自己往另一邊的沙發裡拋。

「怎樣怎樣，你問得怎樣？」我從沙發這端爬過去他那端，剛爬到一半，簡丹就挺屍般地坐起來。

他兩眼發直地瞪著我，「我要瘋了。」

我這時才留意到簡丹的頭髮全溼了。可是外頭沒下雨啊？

一問之下，原來是那些所謂的「專家」，十個有五個潑他符水，說他卡到陰，要收一收，而簡丹甚至還未說明來意，只是試探性地問對方，覺得他看起來哪裡有問題？有的專家看了好久，看不出個所以然，乾脆叫他喝符水，並拿香拜他；有的專家頭頭是道、天花亂墜地說了一堆，然後趁簡丹不注意時，往他臉上潑符水；有的專家一見到簡丹就說自己知道這是什麼狀況，接著從裡間取出一根木棍，在簡丹頭上率性揮舞，搞得簡丹身心受創。

「神棍，好多神棍。」簡丹喃喃自語：「滿滿的神棍，看得我眼花撩亂。」

我瞧見他臉頰沾有一塊黑黑的東西，伸手一捏，發現是符紙的灰燼……一定是民俗專家們潑他符水時黏上去的。

「簡丹，有一部分的我很想安慰你，不過絕大部分的我，很想大笑。」說完，我再也憋不住笑意，大聲笑了出來，雙手不斷拍打沙發。

簡丹睨了我一眼，隨後打開背包，從裡面倒出一堆似乎是用來驅邪避煞的東西，有八卦鏡、小葫蘆、桃木短劍，還有一疊符紙。他抽出其中一張符紙，沾沾口水，直接黏在我的額頭上。

「幹麼啦！」我氣憤地揮開他的手。

「師父說看到髒東西，黏上去就對了。」簡丹蹺起一隻腳，嘴角帶著笑意。

「靠，我又不是殭屍！你也不是電影裡專收殭屍的林正英，他才沒這麼蠢！」我扯下額前符紙，撕一撕，往他身上扔去。

這麼一搗亂的結果就是，簡丹必須趁爸媽下樓前，自己拿掃把清理現場，而我則愜意地躺在沙發上看他忙進忙出，嘴裡還哼著歌。

「肉球，除了躺在那裡礙眼，妳到底有什麼貢獻？」簡丹好不容易收拾完，舉起掃把戳著我的腰間肉。

「我是你人生最美麗的一道風景，這就是我的貢獻。」我邊躲邊大笑。

夜晚，我和簡丹回到自己的身體裡後，簡丹累得在客廳沙發上睡著了。

早已習慣在醫院沙發上蜷縮著身子過夜的我，回到舒適的床鋪反而有些不適應，在床上翻來覆去，夜不能寐。

看了眼床頭櫃上的鬧鐘，剩不到幾個小時，我就又要變回腳殘的簡丹了。這情況其實有點要人，因爲可以變回自己的這幾個小時裡，有一大部分的時間是在半夜。

半夜我是能幹麼？夜遊？

明天一早，簡丹就要代替我去學校上課了，總覺得會發生不少教人擔心的事。

不行，我必須在再度交換身體前交代清楚。

跳下床，我衝到書桌前，隨手抓了張紙，振筆疾書。第一堂課的教室在哪裡、身爲籃球隊經理要幹麼、機車鑰匙放在哪裡……怕簡丹一時之間無法進入狀況，我把所有該注意的事全寫下來，順便提醒他，幾位朋友的外貌特徵，以免簡丹不認識對方，留下了口氣差、眼神凶惡的罵名，讓我陷入一換回身體立刻沒朋友的窘境。

想到這裡，我猛然感到一陣惡寒，不禁加快寫字的動作。

寫完後，我把紙條壓在書桌上，接著起身朝簡丹的房間走去。

簡丹的房間跟大部分的男生一樣，不至於凌亂，卻又不如男神的房間整齊，比較公允的評價，應該是亂中有序吧！

我跨過地上的籃球，筆直走向簡丹的床頭櫃，印象中，媽是說簡丹把紙鶴藏在這裡。

打開櫃子，我看見一本又一本老舊的相簿，裡頭全是簡丹和他生母的照片。相簿的底下有一層隔板，我輕輕挪開隔板，果然看到一個玻璃罐，裡面塞滿泛黃的紙鶴。

我留意到最上面的那隻紙鶴，翅膀被人用簽字筆寫上了數字一百，外加一句英文：The end of the world，字跡微微暈染，好像曾經有液體滴落在上頭。

突然，我感到有點鼻酸。

爸和媽在一起，是簡媽媽去世一年後的事。記得媽當時說，這是由兩個有點悲傷的迷你家庭所組成的小家庭，未來的生活願景，就是快樂地擁抱幸福。

我沒跟簡丹聊過他生母的事，簡丹也從未詢問我生父坐牢的理由，我們都試著放下過去，努力朝著媽所說的幸福走去。

把玻璃罐放回原位，我關上櫃門，卻因爲施力過當，震開了一旁格子櫃的門。本想直接闔上櫃門，但一時好奇心作祟，我忍不住一探究竟，發現裡面放著一張我和簡丹的合照，簡丹背著我朝鏡頭燦笑，照片背面寫著：

The beginning of the new world.

櫃子裡除了這張合照，還有一張拍立得照片。照片的主要畫面是我那張被切了一半的超級大餅臉……奇怪，明明有半張臉沒入鏡，怎麼我的臉還是這麼大啊！

這是不專業的我拿著拍立得自拍，而男神、盼盼和簡丹這三個傢伙深諳自拍照要好看，就絕對不能當掌鏡者的道理，於是非常盡責地躲在我身後，笑得跟小惡魔一樣。

拍照那天，盼盼和我確定考上了同一間大學，而且是跟簡丹他們同校，爲了慶祝，盼盼把大家約出來，一起去附近的一座山上踏青。我們爬了好久才攻頂，中途我還不小心扭到腳，回程只能非常狼狽地單腳跳下山，超級丟臉，但過程也超好笑。

拍立得是盼盼的，我們當時用一模一樣的姿勢拍了三張照片，要拍第四張時，底片居然沒了，最後是靠猜拳決定哪三個人可以拿走照片。

我記得簡丹猜拳輸了，他明明沒拿到半張照片，怎麼這張照片會在他這裡？是後來有人轉送給他嗎？

而吸引我目光的，是照片空白處寫著一串看起來不像英文的句子：

Wenn ich dich lieb habe, was geht es dich an?

我拿手機查了一下，原來那是德文，意思是：我愛你，與你無關。

什麼跟什麼啊？感覺語氣超凶。我愛你，但是與你無關，會有人對喜歡的人講這種話嗎？

根據網路資料，這句話含有暗戀的意思，難道這是簡丹寫給男神的嗎？

再仔細看看這張照片，男神與簡丹靠得很近……不過眞要比較的話，照片裡大家全都擠在一起，幾乎是貼著彼此啊？

暗戀……我突然想到很久以前看過的一部港片，片名早已忘了，只記得其中一個角色的某段台詞，是他對女主角說：偷偷愛一個人是很快樂的，那個人根本不知道，所以你永遠不會失戀。

那個人開心你就開心，多麼超然的一份情感。

超然的情感、永遠都不會失戀。簡丹不想跟男神表白，是因爲他不想失戀吧？

可憐的簡丹。想起簡丹跟男神，我的情緒又開始低落了。

我怔愣地望著那漂亮的德文書寫體，看不出是誰的筆跡，也猜不出寫下這句話的那人眞正心思，只好默默把照片放回櫃子裡，假裝我沒看過它。

再過幾個鐘頭便又要與簡丹交換靈魂了，這段時間我還能做些什麼呢？

唔，大半夜的，似乎也只能選擇睡覺……我慢慢踱回房間，躺上床，原以爲會難以入睡，沒想到睡意襲來，我望著愈發矇矓的天花板，緩緩沉入夢鄉。

感覺閉上雙眼沒多久，耳邊驀地傳來一陣聲響，我被嚇得抖了一下，睜開眼，發現自己躺在客廳，兩腳大開，睡姿超醜。

「哥哥，你還好嗎？」拿著被子的媽擔憂地看著我。

我連忙把腿併攏，「我……我沒事。」抬頭看了眼客廳牆上的時鐘，居然已經早上九點了。

「抱歉，把你吵醒了，我只是想幫你蓋好被子而已，怕你感冒。」媽摸了摸我的頭，「寧甯跟爸爸都出門了，你想繼續睡還是起床吃早餐？」

我看著媽，腦袋還有些糊塗，也許是表情太過呆滯，媽好笑地捏捏我的臉，「傻了啊？寧甯早上才跟我說你摔一摔變腦殘了。」

我立刻應道：「他才腦殘，他全家都腦殘。」

語畢，客廳一陣靜默。

媽一巴掌往我頭上劈，像在剖西瓜，「她全家不就是指我們嗎！你是被夏寧甯傳染啦？學她說這個？哥哥你還是繼續當我的氣質帥兒子，不要學這些五四三，我女兒我已經矯正不回來了，你可不一樣！」

天地良心！媽，妳聽聽妳自己說的還是人話嗎！我無語問蒼天。

＊

媽幫我這個殘障準備好早餐後，轉身去做家務事。我一個人無聊地倒在沙發上，總覺得人生已經走到了盡頭。

我試圖動動身體，一張紙突然從袖口掉了出來，仔細一瞧，是簡丹留給我的字條，潦草的字跡寫著：

「有事call我。」

……有事call你，沒事鬧你。

我拿起桌上的手機，對著鏡頭比中指自拍，然後把照片傳給簡丹。

沒多久，他回傳一個非常霸氣的英文單字：

「FUCK.」

好吧，看來目前他在學校混得不錯，當夏寧甯當得很痛快，沒什麼問題。

下午，媽用輪椅把我送進浴室，讓我洗澡。

我脫去衣服，看著鏡子裡的簡丹，忍不住伸手摸了簡丹的胸膛，硬梆梆的腹部，最後是讓我看著看著差點沒流鼻血的下腹部……盯著這副完美的身材，我感覺應該做點什麼來整簡丹，以洩我心頭大恨。

於是我又拿起手機，對著鏡子自拍，還特地擺了個健美先生的動作，只是下半身遮了起來。拍完後，我把照片傳給簡丹，接著副本寄去我自己的信箱，再轉寄給盼盼，信件主旨寫著：福音時間，讓我們一起跟上帝禱告，阿門。

做完這些下流事後，我抬頭朝鏡子嫵媚一笑，對著鏡子問：「魔鏡啊魔鏡，誰是世界上最自戀的人？」

我彷彿能聽見鏡子邊揮舞加油棒邊大喊：簡丹、簡丹、簡小丹！

此時手機傳來訊息聲，是簡丹回傳的，內容中文夾雜英文：

「TMD，妳給我等著！」

我差點沒笑翻，拎著手機坐進老早就放好熱水的浴缸裡，蹺高我的石膏腳，爽快地滑起簡丹的手機。

沒多久，手機忽地響了，我嚇了一跳，差點把手機掉進水裡。

「簡丹！」電話那頭傳來女孩的聲音，「你還有要買上次那種紐西蘭餅乾嗎？」

「什麼？紐西蘭餅乾？」是指我之前的生日禮物嗎？

「對啊，就是之前紐西蘭大缺貨，你拚了命以十倍價格請當地人搶購再限時寄回台灣的那種啊。」

我頓時傻住。簡丹說他是請朋友代購的……語氣輕鬆，好像那只是個輕而易舉的舉手之勞。

「你如果還要，我剛好看到網路上有人要開團，價格也比較合理，我想買，你要不要跟我一起湊免運？」女孩繼續說。

之後她又說了一長串我聽不太懂的話，我嗯嗯喔喔地敷衍回答，眼底泛起一股酸意。

掛掉電話後，我簡直快哭了。儘管簡丹每天嘴砲我，卻是真心對我好，反觀我，每天跟他鬥嘴就算了，還穩紮穩打地整他，剛剛甚至把他的肌肌照傳給覬覦他的夏瑾盼……媽呀，我都做了什麼？

如果做壞事真的會有報應，我希望是現在、立刻、馬上、right now！讓我淹死在這個浴缸裡，謝罪簡丹！

我抱著哀怨的心睡死在浴缸，再次睜開眼，我發現自己躺在草地上。

我坐起身，目光所及是一片晦暗，只有微弱燈光點綴其中，而我的面前是一塊石碑，上面嵌著簡丹媽媽的照片。

阿彌陀佛耶穌佛祖聖母瑪利亞，報應來了！

我嚇得跳起來，環視四周，發覺自己身處在簡丹上回帶我來的那座基督教墓園裡。本來我不應該害怕，因爲有簡媽媽陪我，可是在這麼一個烏漆墨黑的夜晚，沒有活人在旁邊，我眞的打從心底皮皮剉。

正猶豫該怎麼走出這座墓園時，口袋裡的手機響起〈命運交響曲〉。

我連忙接起電話，在簡丹還沒說話前大叫：「簡丹幹你娘！這個時間你不回家，跑來墓園幹麼！」

簡丹聽了，非常沒氣質地大笑：「我娘已經死了，她正看著妳呢。」

「幹，不要亂說！」我承認，我快嚇出尿來了，「阿姨對不起，我不是故意罵妳的，實在是妳的兒子太太太太機掰了！阿姨對不起、對不起，我不是故意的。」

我一再鞠躬哈腰，對著簡媽媽的墓碑道歉，簡丹則在手機那端悶笑。

「好了，妳不要亂跑，到停車場等著，我請媽去接妳回來。」電話那頭發出嘩啦啦的水聲以及沉重的悶哼聲，應該是簡丹奮力從浴缸裡起身。

「可以請媽用光速飆來嗎？」我覺得我要尿褲子了。

簡丹低聲笑了。

「欸，你不要掛電話喔，拜託你不要掛電話，告訴我怎麼走回停車場，我忘了！這邊好黑！」我慌張時語速就會不由自主地變快，也不知道簡丹有沒有聽清楚我說的話。

簡丹一反常態沒有掛我電話，他還眞的指了路，告訴我怎麼走出墓園。

離開前，我朝簡媽媽的墓碑再次鞠躬，謝謝她生下簡丹，讓我有哥哥相伴，雖然這個哥哥很……機掰。

我開啓手機內建的手電筒照明，中途還被一個路人嚇到。那人看了我一眼，他的表情淡漠，臉色超蒼白，全身白衣白褲，要不是他說了句「這邊很黑，小心走路」，我還眞要以爲自己撞鬼了。

向對方禮貌道謝後，我加快腳步走過一座座墓碑，順利抵達停車場。

「到了嗎？」簡丹問。

「到了。」我鬆了一口氣，這種時候聽見他的聲音莫名心安。

「媽要去載妳了。」簡丹說，「妳一個人可以吧？」

我沒敢搭話。

簡丹失笑，「膽小鬼，有種拍別人裸照，沒種自己一個人待在墓園。」

我還是沒敢搭話。

「我們來聊天好了。妳今天過得好嗎？一個人在家，很無聊吧？」簡丹那一頭傳出碰撞的聲音，他似乎正努力操控著輪椅。

「很無聊，我想去學校。」我實話實說。

媽太恐怖了，每隔幾小時便來我身邊噓寒問暖，問我有沒有交女朋友、有沒有想看的書、想吃的點心……活動不便的我無處可逃，只能一直胡亂敷衍她。最恐怖的是，才跟媽獨處一天，她就差點識破我的眞實身分，拿著雞毛撢子陰森森地指著我，說我怎麼講話愈來愈像寧甯，驚得我險些魂飛魄散。

簡丹聽完，呵呵笑了幾聲，「知女莫若母。」

「我想去上學。」我哀號著。

「想去上學啊？」簡丹此時的嗓音透過手機傳來，顯得特別溫柔，「爲什麼？這樣就能光著上半身找盼盼嗎？」

光著上半身找盼盼……？

我心中警鈴大作。不好！夏瑾盼收到照片檔，而且理所當然地跑去鬧簡丹了！因爲她不知道「夏寧甯」其實就是簡丹本人！我的天啊，這種事情還要發生幾次！

「夏胖，」簡丹輕柔的語調，象徵暴風雨前的寧靜，「等妳回來，我們一起敲計算機。」

「敲、敲計算機幹麼？」過於焦慮的我開始咬起食指指甲。

「算帳啊。」簡丹溫和一笑。

因著簡丹最後那句話恐嚇意味濃厚，嚇得我驚慌失措地結束通話，在停車場又叫又跳，崩潰吶喊。

隨後我轉念一想，就憑簡丹現在這種半癱狀態，他是能對我做什麼？

「哈哈哈哈哈，沒事！」我拍拍胸膛，對自己信心喊話：「這麼多年了，我有哪一次沒逃過他霸凌的魔掌？哼！」

「那個……」一旁草叢突然有人出聲，打斷我戲劇效果十足的自導自演，「這裡不能大聲喧譁喔。」

我嚇了一跳，轉頭一看，發現是剛剛那位白衣白褲的男孩，他正拿著手電筒照我。

「啊，抱歉、抱歉。」我低頭道歉，感到非常不好意思。

一般人接收到歉意，應該也就當做沒事的離開，但這人卻定定地看著我，表情變得有些詭譎。

我不禁往後退一步，吞了口口水，「怎麼了嗎？」

可能意識到自己行徑古怪，男孩揚起笑容，「沒事。我就在那邊的警衛室值班，有問題可以來找我，先走了。」

我向他道別，他點點頭，拖著腳步離去，中途還回頭看我，朝我揮手。

我忍住心裡的怪異感，坐下來繼續等媽。

沒多久，媽來了。她把車子停好，拿著一束花下車，熟門熟路地往簡媽媽墓碑的方向走去，我緊跟在後，抓著媽的衣角不放。

「妳是不是平常壞事做太多，惡人沒膽？」媽忍不住揶揄我。

「妳才惡人沒膽，妳全家都惡人沒膽。」一講完，媽立刻用手上那束花劈我的頭，像在練劍道。

「又是這句話！妳不要教壞哥哥，他最近愈來愈像妳。近朱者赤，近墨者黑，近寧甯者腦萎，我以後要叫他離妳遠一點。」丹粉媽邊走邊嘮叨。

開玩笑，簡丹像我？一點都不意外，因為我就是他啊！還有，天底下有哪個媽媽會說自己女兒腦萎的！

到了簡媽媽的墓前，媽看見一旁放著的花束，平靜問道：「寧甯，這束花是哥哥今天請妳帶來的嗎？」

我想了一下，決定實話實說：「是前陣子他帶我來這裡時，拿來的。」

「這樣啊。」媽把手上花束放到簡丹的花束旁，「總覺得，哥哥不是很想讓我知道他來看媽媽的事。」

「媽，簡丹是怕妳想太多啦！妳看妳現在不就多想了嗎？」我趕忙應道。

「我知道。」媽蹲下，摸了摸簡媽媽的墓碑，「就是知道才會心疼這孩子……溫柔又敏感，很多時候需要有人推他一把才能走出洞穴。來看媽媽是天經地義的事，我怎麼會想太多呢？妳說對不對，哥哥的媽媽？」

我蹲下來抱住媽，媽也回抱我，我們同時看向簡媽媽的照片，簡媽媽彷彿也回望著我們，她的嘴角微揚，笑得十分溫柔。突然間，夜晚的墓園好像也沒那麼可怕了。

「今天是哥哥的媽媽去世的日子，」媽拍拍我的背，輕聲說：「寧甯，謝謝妳代替哥哥來探望他媽媽。」

媽開車載我回家的途中，說了好多關於簡丹小時候的事，包括他在成為她的繼子前，有多麼不愛說話，不管醫院裡的護理人員怎麼逗，他就是不肯開口。

「但是啊，寧甯，妳只用一隻紙鶴就讓哥哥開口了。」

媽提起她第一次拿紙鶴給小簡丹，並跟他說一百隻紙鶴的傳說時，小簡丹靦腆地笑著向她道謝，軟軟的嗓音讓媽激動得直跳腳，甚至被那呆萌的笑容電得七暈八素，從此染上「丹粉狂熱」，之後她每天都會從我這裡偷一隻紙鶴送小簡丹，就爲了博他一笑。

「妳這是借花獻佛！」我指著媽大叫：「想逗正太開心請自立自強好嗎！」

簡媽媽是乳癌末期走的，她去世那天，小簡丹收集到第一百隻紙鶴，他聲淚俱下地問媽：「爲什麼？」

他沒有把話說完，媽卻懂了，她心痛地把小簡丹抱進懷裡，拚命地跟他說對不起

「和哥哥的爸爸再婚後，我很怕哥哥對我有心結。」停紅燈時，媽揚起一抹苦笑：「表面上是沒有，不過哥哥從來沒主動跟我聊過他媽媽的事，我也不敢提。」

「媽，妳那麼三八又那麼可愛，簡丹會討厭妳才怪！」我出聲打斷媽的胡思亂想。

媽一巴掌拍上我的後腦勺，「妳才三八，妳全家都三八！」她模仿我慣用的句型。

到家時，爸正要送客，我仔細一瞧，發現是男神來了，他還捏了我臉頰一下，跟在男神身後的是盼盼，再來是不久前才見過的……

「歐世文！」我驚呼。

歐世文面無表情地朝我點頭，「聽說簡丹受傷了，我來看一下。」

在門口寒暄一陣後，他們與我道別，準備回家。

盼盼離開前突然抓住我，小聲在我耳邊說：「夏寧甯，都妳害的！害我剛剛直盯著簡丹的腹部看……妳什麼時候傳來Part 2？」

「什麼Part 2？」我沒聽懂。

「大肌肌！」盼盼尖叫，同時指向自己的胸部，覺得不對，她又再指向歐世文的胸膛，

「這個大肌肌！胸肌肌、腹肌肌！Everything！」

我被盼盼粗俗至極的疊字用語震撼得倒退兩步。她是在講我下午傳過去的半裸照嗎？

一旁的男神嘆了口氣，「歐世文，麻煩一下。」

男神架住自己親妹的左手臂，歐世文則幫忙架住右手臂，兩人齊心協力地把盼盼拖走，我彷彿聽見警車的警笛聲在街道上迴盪：歐伊歐伊，這個人犯了猥褻罪。

「福音時間，讓我們一起跟上帝禱告，阿門——」不甘心的盼盼，對著我大聲吶喊。

我朝她揮揮手，「記得定時吃藥，沒事別出來晃了。」雖然是我害她變成這樣的。

走進客廳，我看見簡丹耳上掛著耳機，低著頭在課本上勤作筆記，大概是男神帶了課堂錄音檔給他。

二樓傳來爸媽聊天的聲音，爸不知說了什麼，逗得媽哈哈大笑。

聽見我進門，媽立刻朝樓下喊道：「夏寧甯，幫我拿一下雞毛撢子。」

雞毛撢子放在簡丹身後的櫃子，要拿到它，勢必得踩在簡丹旁邊的沙發上，踮起腳尖去拿。

我偷偷瞄了眼簡丹，此刻的他，邊聽課邊轉著手上的原子筆，似乎對周遭的人事物毫不關心，沉浸在自己的世界。

小心翼翼地繞過桌子，我踏上沙發，盡最大可能踩在沙發的邊緣，離簡丹愈遠愈好。我努力伸長手，費了點力氣才終於搆到雞毛撢子，就在搆到的那瞬間，我的腳踝忽然被握住，那人還用力向下一扯！

我重心不穩地跌坐在簡丹的身上，疼得他悶哼一聲。我感覺自己好像閃到腰，不過簡丹的傷勢顯然比我更嚴重，他閉目緩過痛楚，才又睜開眼睛。

「殺敵一萬，自損八千。壓死你！」我食指往他的胸口用力一戳，一屁股跨坐到他的大腿上。

「胖甯，」他拉下耳機，抓住我的食指，凝視著我，喉結滾動了一下，「計算機準備好了沒？」

我低估他了，剛剛還想著他腳殘，肯定拿我沒轍，但他的手沒殘，腦也沒殘啊……

「我今天去學校，遇見你們班那個誰，爆炸頭的那個，」簡丹瞇起雙眼，逼近我，「她劈頭就找我買簡丹的照片，還指定要『床上睡覺版』的？」

我聽得一陣心虛，想從簡丹身上下來，但洞悉先機的他用力摟住我，不讓我落跑。

「還有隔壁班那三個女生，說錢已經付了，問幾時可以拿到『打籃球揮灑汗水版』的照片；坐我後面那個男生，說他妹妹砸重金預購了『BL版』，什麼時候會出貨……妳要不要跟我解釋一下？」

「他們認錯人了啦！這些業務不是我負責的，我金盆洗手很久了！」我試圖掙脫簡丹的箝制。

簡丹不怒反笑，他單手捏住我的雙頰，「不是妳？」

「嗯！不素偶，另一個學系也有叫夏寧甯的輪，他們認錯輪了！」臉頰被他捏著，使得我連咬字都不清晰。

「妳是說，其他學系剛好也有個叫夏寧甯的人，她剛好也在做這種變態生意，而且剛好有通天本領，弄得到我的居家生活照？嗯？妳傻啊？妳腦袋裡面裝著的其實不是腦子，是鍋燒意麵吧？」簡丹挑起一邊眉頭，「肉球妳老實說，上個月光靠偷拍我的照片，是不是就賺了三千塊？」

「沒這麼少啦！拜託，起碼六千塊好不好。」我拍掉簡丹的手，下意識回答。

他嘴角一勾，「這樣TMD叫不是妳！TMD認錯人！妳是不是活膩了，想減陽壽就說一聲，用不著這麼處心積慮！」他用力拍打我的屁股，說一句打一次。

我哇哇大叫，想往沙發下躲，他伸手一擋，直接把我撲倒在沙發上。

「告訴妳，我就算腳殘，戰鬥力還是百分百！」

「救命啊——啊嗷嗷嗷——」我忍不住哭喊：「啊嗷嗷嗷——啊嗷嗷嗷——」

簡丹本來還想繼續凶我，見我哭鬧得不成人樣，他忍不住笑場：「閉嘴，別叫了。哪來的郊狼？」

「救命，虐待啊！家暴啊！」我推開他的臉，他又迅速湊上來，距離近得我可以聞到他身上的沐浴乳香味，霎時間，我居然恍神了。

簡丹低下頭，在我耳邊輕聲呢喃，語氣近似求饒：「我該拿妳怎麼辦？」說完，他親了下我的額頭，之後鬆開我，沒事般地坐回原位。

「你們怎麼回事？夏寧甯，雞毛撢子呢？」媽聽見樓下的吵鬧聲，衝下樓，朝我伸出手。

我還在為簡丹方才的舉動而深陷錯愕，愣愣地將雞毛撢子拿給媽，媽接過去後，對我的頭敲了一記。

「妳不要欺負哥哥。」丹粉媽教訓得頭頭是道。

除了極度偏心這四個字，我實在想不出更好的形容詞了。

接下來的幾天，簡丹上午用我的身分去學校上課，下午則抓緊時間去找相關專家求助靈魂互換一事。我想跟他一起去，但因為腳傷的緣故，媽硬是不讓我出門。

我每天只能宅在家，沒事就讀讀簡丹幫我抄回來的課堂筆記，等晚上換回身體後，輪到他惡補男神帶給他的課堂錄音和講義。

日子一成不變，直到那天，有個意外訪客按了我們家的門鈴。

媽出去了，我只得單腳跳到門口，想一探究竟。

才剛打開門，我就看見媽使力推開一個有些眼熟的男人，破口大罵：「我不管！你滾！我們不歡迎你！」

「我就想看看寧甯，和她說說話。」男人開口時，我驚呆了。

我仔細端詳對方的五官……那人竟是我的親生父親，媽口中的「死人骨頭」——夏青山。

夏青山看上去蒼老許多，也許是監獄生活消磨了他的銳氣，此刻的他看起來跟路上的中年人沒什麼不同，不過鬢角斑白、神色黯然，有些侷促不安的樣子。

我一時情緒激動，張嘴就喊：「爸。」

媽和夏青山同時轉頭看我，媽的神情尤為驚愕，夏青山則是一臉莫名其妙。

他們的反應讓我意識過來自己現在是簡丹的模樣，我連忙尷尬地掩飾道：「爸……什麼時候回來？媽，妳怎麼一直站在外面？這個男人……他在跟妳推銷東西嗎？」

夏青山眼也不眨地盯著我看，好像在猜測我的身分。

「你先進去，沒事，我能處理。」媽揮手要我進家門。

「妳再婚了？」夏青山錯愕地問，「妳什麼時候再婚的？」

「不干你的事。滾！你目前只是假釋出獄，小心我報警說你私闖民宅，你想再回去蹲十年嗎？」媽舉起牆邊的掃把胡亂揮舞，想趕走夏青山。

夏青山仍沒收拾好心情，愣愣地望著我，媽趁機將他掃出門外，「碰」的一聲，大力甩門。

「再讓我看到你，我絕對報警！」

媽在關門的剎那轉身哭了出來，她把臉埋進手心裡，隨後又伸手一揮，要我進屋。我看了媽一眼，最後只能聽話地跳回客廳。

過沒多久，媽回來了，她平靜地看著我，「哥哥，那是我們家很久沒聯絡的親戚。」

我點點頭，表示明白。

「如果你下次看到他，不用客氣，門板用力砸下去就對了。想文明一點，報警也可以。」媽說完，揉揉額際，「我回房間休息一下，你有事再叫我。」

我目送媽的背影，接著悄悄移動到窗邊，偷偷往外看，發現夏青山還站在門外，正抬頭盯著斑駁的門牌發呆。

這裡曾經是他的家，現在卻成了別人的家；我曾經是他的女兒，現在卻叫別人爸爸。他有些失魂落魄地撫上門牌，嘴角扯了扯，露出一個狀似自嘲的表情，掉頭離去。

夏青山一事，我沒告訴簡丹，媽似乎也不想跟爸說。我能感受到媽偶爾散發出的低氣壓，但僅此而已，媽甚至沒跟「夏寧甯」討論關於夏青山的事。

每天早上，我都會特別注意窗外經過的人，要是看到跟夏青山身形相似的人，我便忍不住多打量兩眼。

可是那些人終究不是夏青山，夏青山一直沒有回來。

＊

一個月後，簡丹終於可以拆下石膏自由活動，於是媽向醫院銷假，準備重新投入工作。

「夏寧甯，」睽違已久的上學日，臨出門前，媽叮嚀道：「妳要好好照顧哥哥，知道嗎？他要是又受傷，我第一個找妳算帳。」

「他才不需要照顧。」我下意識脫口而出，說完才驚覺……慘了，我現在不是夏寧甯！察覺媽異樣的眼光投來，我立刻說：「不，我才不需要照顧，是我，我。」

簡丹站在媽的後面無聲冷笑，並用唇語說：「白痴。」

你才白痴，你全家都白痴！你家小狗也白痴！

媽似乎感到有些古怪，不過我非常肯定，她再怎樣都不可能推論到女兒跟兒子靈魂互換，這種超自然現象。老實說，就連我自己到現在都還覺得很不真實。

剛到學校，盼盼就在校門口攔住我們，「學長！恭喜你完全康復了！」她看著我說話，卻不是在看我的臉，這位淫蕩少女的視線直盯著我上半身的每一寸肉瞧。

我猜她應該是在回想之前那幾張美好的腹肌照片，正在意淫簡丹。

如果我現在是夏寧甯，我一定被她逗得捧腹大笑，但我現在是簡丹，所以我只感覺有股寒氣從腳底板直直竄上。

「快打鐘了，我們一起去上通識課吧！」盼盼拉著簡丹就要走，邊走邊低聲跟簡丹說：「夏寧甯，說好的Part 2呢？」

誰跟妳說好啊！我差點笑出聲。

簡丹則趁盼盼不注意時，惡狠狠地瞪過來，我立刻把視線移開。

簡丹就這樣被盼盼架走了，我在他被拉到行政大樓前，才突然想到我不知道第一堂課的教室在哪裡。

我拔腿狂奔，直到攔住前面的兩個人，「簡……簡……」一口氣還沒喘上，簡丹便朝我使了個眼色，示意我盼盼在旁邊，於是我連忙改口：「剪刀、石頭、布！」

我伸手出了剪刀，簡丹出布。

「學長，你們在幹麼啊？」盼盼面露疑惑。

「就……做做早操、玩玩遊戲。」我尷尬一笑，隨即伸展筋骨。

簡丹彷彿猜到我的來意，他轉頭叫盼盼先進教室，然後領著我前往社科大樓的教室。

「第一堂課是文學通識，妳會碰到瑾琛，注意妳的言行舉止。之後跟著他走就好，我們的課都一樣。」他如此交代，並把我帶到教室門口。

我看見男神正站在走廊和別的女生說話，笑咪咪的樣子如同陽光般和煦。

「注意言行舉止。」簡丹再次提醒我。

只顧盯著男神看，害我都忘了簡丹的存在，他像根電線桿，靜靜立在路邊。

「好啦！煩耶，你快回去！」我不耐煩地推他。

簡丹還是不走，「我等妳上課了再回去。」說完，他真的站在原地等。

上課鐘聲響起，男神搭著我的肩膀走進教室，我也有樣學樣地把手放在他的肩上，不住地對他笑。變成簡丹後，我可以平視男神了，好奇妙喔！

坐到位子上，我一時忘了把手收回來，男神也沒在意，就維持這姿勢跟我聊天。

忽然，我收到一則訊息，滑開手機一看，是簡丹傳來的。

「把爪子移開。」

我轉頭往門外瞧，發現簡丹還站在那裡，陰森森地瞪視著我。我吞了口口水，默默把手縮回來，一雙眼不時地瞥向簡丹的方向，看他走了沒。

簡丹又站了一會兒，確定我不會再騷擾男神，這才離開。

我不由得嘆了口氣，覺得自己在剛剛那瞬間嚇得減壽十年。嫉妒中的簡丹，我惹不起。

後來我才知道男神是這堂課的班長，教授一進來就直接把講義給他，請他幫忙發。那一張張的講義上印著好幾首詩，第一首詩就嚇到我了。

是那首〈我愛你，與你無關〉，十九世紀的德國情詩。

如果我陶醉而喜愛地看著你，直到你消失在遠方，
如果你的聲音處處令我心兒快樂——這與你何干？
直到你燦爛的星光照耀著我陰沉的生活道路，
你是我光輝的太陽，我喜歡你，這與你何干？
你是我內心崇拜的神祉，我對你無比信賴
在我心中築起祭壇——如果我熱愛你，這與你何干？
如果我別無所求，你得忍耐，我只是在犧牲的氤氳裡想像；
如果我痛苦也並非你之過，如果我因此死去，也與你無干。

〈我愛你，與你無關〉作者／Kathinka Zitz　譯者／芮虎

我連忙翻到後面附的原文詩句一看，頓時傻住，跟我那天在簡丹房裡看到的一模一樣。

教授在發講義的同時，說明這首詩的作者是一名德國女詩人，但這首詩之所以有名，是因為歌德在小說中引用了詩句，其中一句台詞就是：我不會用愛來同情和感謝任何一個男人，包括你。我愛你，與你無關。

「我愛你，與你無關……」我喃喃自語著。

男神發完講義，回到座位上，我立刻轉頭問他：「學……咳，瑾琛，」又差點叫錯稱呼，「『我愛你，與你無關』這句話是什麼意思？」

男神盯著我看，先是靜默幾秒，之後非常恬靜地笑了笑，「那句話的意思是，無論對方是否愛自己，只要自己愛著那人，就會眞誠且全力以赴地去愛，不做他想。這才是純粹的愛。」

我點點頭，向後靠著椅背，想起簡丹房裡的那張拍立得照片。

所以是簡丹寫自己的感情狀態嗎？純粹的愛……可是，他哪來的照片啊？我的那張也還在我自己那裡，這樣就只有可能是盼盼或男神把照片轉送給簡丹了。

合理推論，是男神把照片讓給簡丹，接著簡丹在上面寫了那句話。

可我還是覺得有些奇怪，第六感告訴我，事情沒這麼簡單。

一整節課下來，我心神不寧，好幾次看著男神發呆。

下課鐘響，男神倏地起身，「先去體育館吧。」

「去那幹麼？」我愣住。

男神微微一笑，「簡隊長，今天隊上徵選新生，你不會忘了吧？又撞到頭嗎？他們已經訂好便當，活動結束後就在那邊一起吃午餐。」

「喔，好，對。」我尷尬地笑了。該死的簡丹，什麼都沒告訴我！今天每件事情我都完完全全是被逼著上陣！

當我們來到體育館時，想進籃球隊的男大生們已經大排長龍，一路排到門口處，我看見簡丹穿梭在人群裡，非常有系統地指揮著大家。

我是球隊經理，這項工作交給現在的簡丹也可以勝任，畢竟他是籃球隊隊長，熟悉事務流程，但我就不一樣了，我本身連運球都不太行，現在必須扛下整個球隊的命運，甚至……

「隊長，你跟新生們打一場球，親自挑適合的人進來吧？」隊員走到我身邊問。

還沒等回應，副隊長男神及時替我解圍：「由我下場吧，簡丹的腳才剛拆石膏，這段時間先讓他好好休養。」

於是我這個廢廢被安排到角落的報到桌鎮守，所有通過體能測驗、確定入球隊的人，都會到我這張桌子來填寫基本資料。

「今天還好嗎？」簡丹拿著資料在我的身邊坐下。

「不好。無法吃男神豆腐，這樣的人生無趣至極。」我橫了他一眼。

簡丹轉過頭來，笑咪咪的，看起來好可愛。原來我的圓臉給人這樣的感覺啊。

他笑得很有親和力，吐出的話語卻很恐怖：「妳想吃他豆腐？有膽就動手啊，我拭目以待。」

我頓時把椅子往旁邊挪了幾公分，轉移話題：「對了，簡丹，你是不是有一張拍立得照片，上面寫了句德文？」

簡丹先是一愣，隨即面無表情地對我說：「與妳無關。」

又是這四字。

「我愛你，與你無關嗎？」我追問道。

有那麼一瞬間，我看見簡丹眼裡的訝異和恐慌，但他的情緒收得很快，才幾秒的時間即恢復淡漠神情。

我勾起嘴角，正要繼續逼問……

「曹棣棠。」第一名通過測驗的男孩走到報到桌前，打斷了我的話。他面色蒼白，顆顆汗水沿著髮際、面頰，不斷滴下。

「啊，你好，曹同學，我是夏……簡丹，我是簡丹，球隊隊長。」我立刻擺出專業笑臉，將空白的基本資料表遞給他，「歡迎你加入籃球隊，先填資料吧！」

我看了眼他寫下的名字，好奇地問：「棣棠是一種花的名字，你知道嗎？棣棠花。」

曹棣棠抬頭看我，揚起靦腆笑容，「知道，我的家人很喜歡那種花，所以替我取名棣棠。」

「這樣啊。」我輕笑著，一旁的簡丹沒說話，直接遞了瓶礦泉水給曹棣棠。

填完資料後，曹棣棠把表格推向我，我要抽走表格，他卻壓著不放。

抬頭，我對上曹棣棠的眼，發現他非常專注地注視著我，引得我一陣尷尬，「曹同學……」

簡丹見狀，跟著戒備起來。

「我可以向你要電話號碼嗎？」曹棣棠忽地提出要求。

我忍住想大笑的衝動，忽視簡丹男女通吃的這項事實，正想開口，簡丹馬上插話：「不行，開什麼玩笑！拿著你的水滾出去！」

火氣好大……簡丹，你這不是毀我形象嗎？

「我見過妳。」曹棣棠頓了下，似是在思考該怎麼說明，「在墓園裡，妳當時拿著手機照明，往停車場的方向走，我還提醒妳墓園很黑，小心走路。」

他的話令我差點沒咬到舌頭！

回墓園停車場的路上，我只遇過一個人，那個人穿著白衣白褲，臉色蒼白，害我以爲自己遇見飄飄，仔細回想，眼前的曹棣棠跟那人眞的有點像，皮膚都白得嚇人。

簡丹直覺不對勁，起身問他：「你這話是什麼意思？」

「不過妳當時是這個狀態，」曹棣棠指著簡丹，「現在，變成他。」他接著指向我，「然後再過幾個小時又會換回來……好累。」

如果這裡有第四個人，肯定會以爲曹棣棠剛從精神病院出院就不幸復發，但這裡沒有第四個人，只有傻眼的我和皺著眉頭的簡丹，我們清楚彼此的狀況，知道他說的不是瘋言瘋語，是眞實情況。

第二個通過測驗的男孩來報到，我還沒從震驚中平復情緒，僅反射動作地把表格給他，簡丹甚至忘了給人家礦泉水。

「你們有麻煩，我可以幫忙。不急，我在體育館外面等你們。」說完，曹棣棠慢吞吞地走出體育館。

其他隊員隨即跑過來拍我們肩膀，問我們怎麼跟曹棣棠聊那麼久，我回答只是普通聊天而已。

其中一個隊員說：「他是心理系很有名的棣棠糙。」

「爲什麼叫棣棠糙？」超難聽。

「英文課大家要自我介紹，剛好他的姓氏用英語發音很像髒話的『操』，因爲太好笑了，大家下課就都在喊『棣棠糙』、『棣棠糙』。」另一個隊員說。

好吧，這不能怪曹棣棠，姓氏不是他能決定的。如果曹操生在現代，大概也是這個狀況，不過曹操不能去上曹棣棠他們班的英文課，因爲全班可能會笑瘋。一個棣棠糙，另一個要叫什麼？

「他滿怪的，據說他會通靈，懂很多神學、玄學方面的知識，而且還是塔羅牌研究社的社長，總之跟我們不是同一個世界的人。」隊員搔搔頭，「本人是很好相處啦！只是喜歡亂跟陌生人要電話，常常嚇到別人。」

……好，我懂了。

簡丹好像也懂了，他開始記得遞礦泉水給別人。

徵選結束後，我和簡丹一前一後衝出體育館，看見曹棣棠正盤腿坐在花圃前，閉著眼睛，像是在睡覺。

「棣棠糕。」簡丹叫他，我立刻打了簡丹一下。

超沒禮貌的傢伙，用的還是我的嘴巴。

「沒關係，我很喜歡這個綽號。」曹棣棠張開眼睛，笑咪咪地看著我們。

呃，好，你喜歡就好。

曹棣棠開宗明義地表示，他想知道我們是如何變成這樣的。

我跟簡丹互看一眼，簡丹清清喉嚨，說：「我們也不知道彼此是怎麼交換靈魂的，總之每天傍晚都會有一股很強烈的睡意襲來，醒來後，我們就會恢復原本的樣子。但如果是晚上睡覺時間，半夜突然醒來，那時就還是原來的自己……」

我接著說下去：「可是早上醒來，我們就又變成對方了。」

簡丹跟著補充車禍後發生的所有事，一字不漏。

曹棣棠表情凝重地聽完，點點頭，並詢問是否能約一天到我們家過夜，他想觀察我們兩人的實際狀況。

簡丹一開始強力反對，我費盡唇舌，好聲好氣地說服他，他才勉強答應。現在無論什麼阿貓、阿狗說要幫我們，我都不會拒絕，只要有機會恢復原狀，再荒謬的事也未嘗不可。

達成協議後，我們與曹棣棠約好明天晚上來我們家住一晚。

就地解散前，簡丹坐到曹棣棠身邊，一把摟住他的肩膀，「曹棣棠，這個世界不缺神棍。我被灑過符水，被十字架打過，甚至被棍子招呼過。」

曹棣棠似乎明白他想表達什麼，露出一抹非常無害的笑。

簡丹也朝他微笑，「我只想知道，你說要幫忙，是在浪費我們的時間，還是眞能幫我們？我已經被神棍們嚇得有點半放棄了，我的心破了一個大洞，你看見了嗎？這裡。」說話浮誇的他，指著自己的胸口。

「看見了。」曹棣棠乖巧地點點頭，「我會盡量幫忙。」

簡丹特別嚴肅地板起臉孔，「沒有符水，沒有棍子，沒有十字架，不打人，不亂潑水。」

曹棣棠愣愣地隨著簡丹複述一次……這兩個人是在參加什麼直銷宣誓大會嗎？

「我回去收集一些資料，明晚再跟你們討論。」曹棣棠離開前這麼說。

「爲什麼想幫我們？」我忍不住問。

曹棣棠溫和一笑，「我特別喜歡妳給我的感覺，想幫妳。我們有緣。」他指著我說。

我靦腆地笑了，突然覺得曹棣棠其實很可愛。難不成我就是喜歡被別人阿諛奉承，才會那麼討厭老是罵我肥矮寬笨的簡丹？

＊

「同學，歡迎到小提琴社攤位參觀，有免費飲料可以喝喔！」

隔天一早，在學校亂晃時，我手上突然被塞了張傳單。一抬頭，才發現自己不知不覺走到了管理學院前的川堂，這裡到處都是人，每個社團攤位都有學生邊吆喝邊敲鑼打鼓，全力以赴地招攬新生。我們籃球隊向來沒有招生困擾，昨天新生甄選堪比報名國家考試的等級，由於湧進的人潮太多，導致我們很晚才結束活動。

我四處張望，想看看其他社團的招生情況，就見角落有個攤位非常安靜。

走過去一瞧，是個綁馬尾的女孩在顧攤位，她手拿撲克牌，笑著把黑桃A蓋到梅花三上。除了撲克牌，桌上還有一疊塔羅牌，原來是塔羅牌研究社……這不是曹棣棠領軍的社團嗎？

只見桌前掛著一張不特別明顯，但整體形象非常雅緻的海報，上頭印著幾個大字：

窺視心中祕密，解開內心困擾；

塔羅牌研究社，你最後的選擇。

「什麼啊？」

我忍不住笑出聲，顧攤位的女孩顯然沒料到會有人靠過來，她被我嚇到，抬眼看我。

我拉開她面前的椅子坐下，「同學，你們的招生標語也太好笑了吧！什麼叫『最後的選擇』？」

太直白了。大學生普遍熱愛的社團都是活動性質居多，因為可以交到很多朋友，但塔羅牌研究社這標語未免太誠實了吧？

「是社長說要這麼寫的，我也覺得有道理，就隨他寫了。」女孩說話的同時，一雙眼直盯著我，雙頰緋紅。

從以前我就知道簡丹這張臉對女性的殺傷力很大，到處放電，簡丹自己不在乎，不代表我也不在乎，被一個同性這樣打量著，我不禁有點尷尬。

我不自在地清清喉嚨，「妳會用撲克牌算命嗎？」

「會一點。」女孩點點頭又搖搖頭，「不過我口才不好，向別人解釋的時候總是說得坑坑巴巴。」

我發現她只是害羞了點，人其實滿健談的，讓我有種遇見同類的感覺。

「我口才也不好，吵架老是吵輸別人。」雖然吵架跟解讀塔羅牌根本是兩回事。「妳能幫我算算嗎？」

女孩顯得有點無措，「可是我還不太上手，要不要等社長回來幫你算？他去洗手間，等等就回來了。」

「也是可以。」我輕笑。

女孩羞得低下頭，雙眼瞪著撲克牌看，好像要發功在上面燒出個大洞似的。忽然，她深吸一口氣，拿起一旁的手機，滑開螢幕，「我能不能問你一件事？」

我有些莫名其妙，不過還是點點頭：「嗯，好啊。」

「這張照片裡的人，是不是你？」她把手機遞給我看。

不看還好，一看，我整個人都不好了。

只見手機螢幕裡顯示的，是我之前傳給盼盼的超高清廣角鏡頭、全方位零死角，簡丹的上半身裸照。

我嘴角抽搐，總算體會到什麼叫做自作孽。「妳怎麼會有這張照片？」

她搶回手機，好像怕我把照片刪了。「別系朋友傳來的，聽說是籃球隊隊長簡丹。很帥，帥得不像人。」

夏瑾盼怎麼可以出賣我！

照片都流到別人手上了，簡丹沒多久也會收到吧？我是不是該先去墓園幫自己訂個位子？

「真的啊？太可惜了，我不是簡丹。」我表面鎮定，內心已颳起狂風暴雨。

下一秒，曹棣棠回來了，他一看到我，直接喊道：「簡丹，想加入塔羅社嗎？」

桌面上，有一分鐘的靜默。

我想，當年李鴻章和伊藤博文簽訂馬關條約，把台灣割讓給日本時，整個會議室可能也是這麼安靜，落針可聞。

不過我知道曹棣棠不是故意的，有外人在，他也只能稱我爲簡丹，況且他才剛解尿回來，沒搞清楚狀況，活生生一個無辜的孩子。反正，如果他是故意的，從今以後我決定跟著簡丹喊他棣棠糕。

女孩率先回過神，做的第一件事就是舉起手機，「喀嚓」一聲，對著我拍照。我反應不及，剛站起來要阻止，就見她東西一提，拔腿便跑。

「棠棠我先走了，我家母狗生小狗難產，很急！」

我準備抓人的手撲了個空，不禁傻眼。「曹棣棠，你這社員是田徑隊的吧！」

「是啊，她是田徑隊的，被我抓來參加塔羅社。」曹棣棠笑得溫和，在我的面前坐下，「你們剛剛在聊什麼？」

「聊我晚上會被簡丹殺人棄屍。」我沉痛得開不出半個玩笑。

「沒這麼嚴重吧，昨天看你們互動，我覺得簡丹對妳很寬容啊。」曹棣棠的臉上掛著笑容，隨手把撲克牌重新整理一遍，擱在社員報名表旁邊。「想加入塔羅社嗎？」

「你們是招生率不好，要湊人數嗎？」

「一方面是這樣，畢竟學校規定社團要有一定的人數下限才不會倒社，另一方面……」曹棣棠笑笑地看著我，「多了簡丹這人體活動招牌在我們的社團裡，女孩們也會比較有動力參與社團活動。」

「簡丹眞的會殺了我，曹棣棠，你不知道他有多可怕。」我把臉埋進桌子裡。

曹棣棠伸手摸摸我的頭，「沒這回事，簡丹對妳很好。」

後來我還眞塡了那張報名表，可是我沒跟簡丹說。

我內心打的主意是，反正在學校時，我的身分是簡丹，去塔羅社也是我的事，不是簡丹的，他大爺再怎麼不願意，也都不干他的事。

下午體育課，簡丹選修游泳，我選修羽球。

去游泳池前會先經過羽球場，我看見盼盼在和簡丹聊天，簡丹還是那副好哥哥的溫柔模樣，望著盼盼的眉眼滿是笑意，我朝他們打了個招呼，之後往游泳池的方向走去。

幸好我也會游自由式，學其他男孩的勇猛威勢游了好幾趟，一堂課下來，總算沒有給簡丹丟臉。

披著浴巾上岸後，我特地走到羽球場的二樓，想觀摩簡丹的打球姿勢。但他和盼盼沒在場上打球，而是在場邊休息，兩個人不知道在聊些什麼，只見簡丹的臉色愈來愈難看。

我才剛繞過去打算偷聽，就聽見盼盼以非常淒厲的聲音喊道：「皇上！您還記得大明湖畔的夏瑾盼嗎？您答應過要給她個明白啊！Part 2呢！」她整個人趴在簡丹的身上嚎啕大哭。

我喝到一半的白開水因此噴出，差點沒笑死在二樓。

好啦，夏瑾盼，妳這輩子大概無緣跟簡丹在一起了。不要緊，身爲閨蜜，我決定給妳點女性福利，來個現、場、直、播！

我走下樓，筆直朝盼盼跟簡丹走去。簡丹一眼便看見我，他的表情有些錯愕，盼盼奇怪地順著他的目光望過來，不禁嘴巴大張，目不轉睛地盯著我看。

「嗨，盼盼。」我在盼盼的身旁坐下，然後扯下浴巾，露出簡丹美好的腹肌。

簡丹立刻站起來，一副「妳想死嗎妳想死嗎妳想死嗎」的模樣，怒瞪著我。

盼盼看得眼睛都直了，我懷疑她的鼻血蓄勢待發。「學、學長，秋天了，天氣涼，你要不要、要不要……」要不要什麼，這孩子支吾了半天，一個字都講不出口。

由於這個角落很隱密，球場上沒多少人注意到這裡有個半裸男，簡丹在引起騷動前走到我身邊，一把扯過浴巾，蓋在我的身上。

「拿下來就把妳的手剁掉。」說完，簡丹轉身往廁所的方向離去。

「寧甯！」盼盼愣住，朝著簡丹的背影大喊。

「他心情不好，別理他。」我把浴巾又拉緊一點，只穿著泳褲的確滿冷的。

盼盼轉頭看我，隨即沮喪地低下頭。

「怎麼了？」我問。

盼盼吸吸鼻子，語氣難過：「學長，寧甯最近好怪。她有時候會看著遠處發呆，不知在想些什麼。雖然她一直都傻乎乎的，但現在與其說傻，不如說，我和她的頻率不在同一個點上。我問她是不是心情不好，她也不說，只是笑笑地看著我，一直笑，害我有種看鬼片的驚悚感。」

我忽地想起以前看過的電影《賭神3》，裡面有句經典台詞：阿進，害死你爸爸那個人，我見過他的，他好像永遠對著你笑，笑得你心裡發寒，你一定要去找這個人。

「賭神的殺父仇人原來就在我們身邊。」我脫口而出。

「什麼？」盼盼愣了一下。

「沒什麼。」我假裝若無其事，「我再和她談談吧，妳別難過。」

「而且，學長你有沒有覺得，寧甯這陣子的行爲變得很像男生啊？」盼盼又問。

「沒有啊。」裝傻眞的好難。

因爲盼盼這席話，傍晚，我決定找簡丹溝通。

我趁著簡丹洗澡時摸進他的房間，他洗好澡，邊擦頭邊看著我，神情淡漠，甚至有些疲憊。我把手裡那疊雜誌擺到書桌上，推給他，更邀請他在書桌旁坐下。

「我帶了聖誕節禮物給你，一大疊的福音，我跟盼盼搜集了好久，這次忍痛割愛。你呢，只要坐下來好好告訴我，你最近怎麼回事，是不是心情不好，如果講得好，我就免費將這疊福音送你。」我拍拍那疊《Playgirl》，第一本的封面寫著Hot Naked Men，內頁一堆男性裸體，個個精壯結實，簡丹一定會愛的。

但顯然我猜錯了，坐在我對面的簡丹看都不看那疊雜誌，嘴角微揚，不說半句話。

「快啊，開堂了！」我敲打桌面，催促他開口：「威——武——」

簡丹立刻被我逗笑，他伸出修長手指戳了戳我的腦袋：「年久失修。」

「對，老毛病，跟著我很久了。」

「我有東西給妳，保證藥到病除。」簡丹抓過那疊雜誌，塞進我懷裡，接著把我從椅子上拉起，抬腳踹了我的屁股，「滾！」

「簡丹，我們現在是同一陣線的隊友，你一定要告訴我你在玩什麼把戲，我才不會每次都搞不清楚狀況啊！」說著說著，我已被簡丹推出門外，房門被無情地關上。

「我換完衣服就出去。」簡丹的聲音從門後傳來。

我低頭想了一下，把雜誌放在他的房門口，這才下樓。

沒多久，樓上傳來一陣吃痛聲，大概是簡丹被那疊雜誌絆了一跤，我忍不住偷笑。

簡丹來到客廳時，整張臉寒氣逼人，連話都不想跟我說。

約定的時間到了，曹棣棠手提塑膠袋，準時出現在我們家門口。

簡丹開門讓曹棣棠進來，同時接過他手上的袋子，低頭看了看，「不是巫毒娃娃也不是蠟燭，你應該身上沒帶符紙吧？」

自從發生過一連串的民俗專家事件後，簡丹現在對符紙特別感冒。

曹棣棠呆呆地說：「沒有。那袋是麻辣鴨血，我的晚餐。」

我被這段對話逗得不行，蹲在地上大笑，曹棣棠也跟著傻笑，只有簡丹一個人臉超臭。

「吃什麼麻辣鴨血，小心拉肚子。」他像個老頭般地碎碎念。

曹棣棠已走進屋內，我剛想跟上他們的腳步，沒想到簡丹突然無預警轉身，用力抱住我。

我當場呆住，簡丹沒說話，只把雙手縮得更緊。

怎麼辦？他的心情好像真的非常不好，我剛剛又那樣整他……

「你有什麼心事都可以跟我說，一個人憋著不好，心會生病。」我拍拍他，不過他高出我一顆半的頭，我必須伸長了手才勉強搆到他的背。

「我也不是每件事都能跟妳說，可以說的我全說了，煩著我的，是那些不能說的。」簡丹把臉埋進我的頭髮裡，低聲道。

「喔。」我愣愣地看著前方，想了想，又說：「那……那你跟曹棣棠說呢？他是心靈大師喔。今天早上我去找他算塔羅牌，超準的！不熟的人，應該也比較能夠客觀地分析狀況吧？」

簡丹輕笑，我感覺到他的胸膛在震動。「棣棠糙是心靈大師？」

我笑著搥了他一下，「棣棠糙眞的很難聽。」偏偏曹棣棠本人喜歡這個綽號。

在曹棣棠解決他的晚餐時，我們跟他聊了一下，才知道原來我在墓園遇見他的那天，是他的值班日，他是墓園工讀生，專門負責巡邏、餵狗。

我不好問他怎麼會應徵這份工作，後來想想，他就是個很有靈性的人，應該也不怕這些事。

曹棣棠家裡長輩是附近寺廟的廟公，而曹棣棠是個在廟裡長大的小孩。

「那在基督教墓園工作不會有違你的信仰嗎？」我好奇地問。

曹棣棠笑笑地回答：「信仰是不分宗教的，只要有一顆虔誠愛人的心，神都會幫助你。」

聽完，我覺得自己好像遇到一個不得了的人物，生來就是開示民眾的那種。

不過曹棣棠沒能讓我感動很久，因爲他吃完鴨血，趁著簡丹進廚房替他收拾時，又轉過來偷偷問我：「我可以跟妳要電話號碼嗎？」

我還沒回答，順風耳簡丹立刻從廚房衝出來，拿起桌上的塑膠袋，一把套住曹棣棠的頭：「棣棠糙，你有病啊？」

「靠，你才有病吧！放開他！」我嚇得差點魂飛魄散。

「我只是想說這樣比較方便聯絡。」面對簡丹的無禮，曹棣棠也沒生氣，還在簡丹鬆開他時，對著簡丹微笑。

「我留我的電話給你。」簡丹皺起眉頭，將自己的手機號碼存進曹棣棠的手機裡。

曹棣棠仍是笑得很隨和。

其實不管留誰的電話都沒差，因爲我跟簡丹會互換靈魂，到時候打給誰、又是誰接到，就要看打電話的時間了。

＊

簡丹在房間地板鋪了兩張床墊，他躺在其中一張床墊上，蹺著腳聽曹棣棠的說明。

「歷史上有一些未經證實的傳說，顯示靈魂對調這件事極有可能存在。」曹棣棠把簡丹的筆電往前一推，「我整理出一份表格，是關於台灣至今發生過，一些無法用科學解釋的新聞。比較經典的案例是民國四十八年，有位病重死亡的雲林婦人忽然復活，醒來後聲稱自己不是婦人，而是另一名住在金門的少女。」

「借屍還魂！」我瞪大眼睛。

曹棣棠點點頭，繼續說：「大家都認爲這名婦人瘋了，但她又能夠侃侃而談自己身爲金門少女的種種經歷，而且原本目不識丁的她，不僅識字，口音也變了，這些事情都並非短時間內能做到的。」

「確定那人不是人格分裂或是大腦異常嗎？」簡丹雙手抱胸，皺眉提問。

「就連醫學也無法解釋此事呢。」曹棣棠看向我們，「我有點好奇，從事情發生到現在，有人質疑過你們爲什麼突然變得怪怪的嗎？」

我想起下午盼盼才說過的事，還有……「我媽每天都摸我的臉，要我別被寧甯帶壞了，我呸！」我朝簡丹吐舌頭，呸呸呸。

簡丹笑著把我的臉推開，「滾。」

「當時看到你們兩個站在一起，我就感覺哪裡怪怪的。」曹棣棠搔搔下巴，「打個比方，你們要是看見別人的左腳穿著高筒靴、右腳穿著球鞋，是不是會覺得那個人很奇怪？」

我跟簡丹點點頭。

「我眼裡接收到的畫面就是這樣。我能夠看見別人看不見的東西，不一定是魑魅魍魎或是好兄弟，但我能感應到靈魂的波動，察覺你們的靈魂裝錯軀殼了。」曹棣棠簡單解釋。

靈……靈魂的波動。我起了雞皮疙瘩，尷尬地笑笑，這話實在是不常聽到。

簡丹沒再試著吐槽或發問，畢竟當初在體育館，曹棣棠可是一眼就看出我倆的問題。

「網路論壇上也有些網民說經歷重大車禍的人，醒來後就像變了個人似的，根據醫學理論，是說這人可能患有創傷症候群，不過我比較願意相信是裝載的靈魂不同了。」曹棣棠接著補充：「靈魂本來好好待在身體裡，和肉身融爲一體，因外力影響才有出竅的可能性。就你們的情況而言，外力就是來自於車子的強力撞擊。」

「你的意思是，如果我們要恢復正常，可以試試再被車撞一次？」我愣愣地問曹棣棠。

「開什麼玩笑。」簡丹翻身坐起。

「當然不可能要你們這樣做。」曹棣棠失笑。

「或是我跟簡丹對撞？」我提出可能的辦法。

「妳嫌腦震盪不夠嚴重嗎？跟我撞，妳有勝算嗎？」簡丹撐著頭看我，語氣非常鄙夷。

「你們有沒有試過接吻？」曹棣棠天外飛來一筆。

我跟簡丹同時轉頭看他，房裡一陣靜默。

興許是我們的表情太過恐怖，曹棣棠摸摸鼻子，「我只是說說而已。」

他想了想，又對著我說：「我看過新聞畫面，車禍當時，簡丹一直將妳護在懷裡，說不定是因爲你們兩個緊緊抱在一起，才會造成靈魂波動。所以我想，也許你們可以試著還原那時的情況，比如抱著對方睡一晚或是接……」看見簡丹起身拿枕頭，曹棣棠噤聲，不敢再說下去。

「你怕什麼？」簡丹橫了曹棣棠一眼，把枕頭丟回床墊，朝我勾勾手指，「夏寧甯，過來。」

「幹麼？」我還在思考曹棣棠這段毫無根據性的發言，簡丹已經一把將我摟進他的懷抱。

「接吻是吧？」他低頭，迅速親了我的嘴唇一下。

「啊——變態——」我驚聲尖叫。

簡丹沒料到我會有這麼大的反應，他捏住我的雙頰，皺起眉頭，「安靜。」

一旁的曹棣棠笑著說：「你們好可愛。」

「你才可愛！你全家都可愛！」我跟簡丹同時往他那裡踹過去。

俗話說：病急亂投醫。雖然我們對曹棣棠提出的解決辦法感到驚愕與不解，但看在他沒對我們潑符水的份上，我們還是決定執行看看。

曹棣棠架了一台攝影機在房裡，鏡頭對準簡丹的床，並做最後的角度調整。

簡丹抱著我，附在我耳邊說：「我強烈懷疑曹棣棠其實是整人節目的工讀生。」

此時此刻，簡丹的手臂環繞著我，腳也疊在我的腿上，姿勢和車禍時一模一樣，差別只在於，我當時已陷入昏迷，現在卻必須清醒地面對一切。

不知為何，我總感覺有些臉紅心跳，簡丹身上屬於男性的陽剛氣息不斷襲來，我下意識地抓緊他的手，內心小鹿亂撞。

「簡丹。」我忍不住說：「我有種在拍小黃片的錯覺。」

「要是明天我們還是沒恢復，我就把棣棠糙拖進暗巷毒打一頓。」簡丹忿忿地說。

潛在被害人曹棣棠表示他會熬夜，以便觀察我們交換靈魂的情形。

隔天早上七點，我被尿憋醒，發現自己抱著熟睡中的「夏寧甯」，而那位信誓旦旦地說會全程清醒觀察情況的曹棣棠，早已睡去外太空，整個人呈大字型橫躺在地上的床墊。

我悄悄起身，下床關掉攝影機，忍住想踩爆曹棣棠的衝動，去浴室洗了把臉。抬頭，我盯著鏡子裡的簡丹瞧，水珠沿著蒼白臉龐滴下，這張臉看起來既陌生又熟悉，一雙明亮的眼睛底下掛著兩道黑影，簡丹似乎失眠好一陣子了。

人說大難不死，必有後福。我只想知道，為何這個「後福」來得如此令人頭痛欲裂？

拿著錢包走下樓，我決定先去附近的早餐店晃晃。

我輕手輕腳地打開鐵門，再悄悄關上，後方突然傳來驚呼聲。

我轉過頭，看見夏青山站在信箱旁，他背著一個斜背包，手裡拿著一疊傳單，似乎正準備將傳單塞進我們家信箱。

我站直身體，一聲「爸」還未來得及脫口，夏青山已開口問：「請問寧甯在家嗎？」

他這麼一問，我才想起自己現在是簡丹。

幸好，差點舊事重演。上次有媽在，還可以為自己找台階下，但這次只有我跟夏青山兩人無聲對望了。

清清喉嚨，我笑笑地反問：「找她有事嗎？」裝也要裝得像一點。

「我……」夏青山低頭看了眼手上的傳單，再抬頭看我，欲言又止。

我想起媽上次拿掃把趕他出去的情景，當時的我並沒有任何反應，只是呆站在門內，一動也不動。

今天我卻突然有個奇怪的想法，如果我真的是簡丹，我會對夏青山說些什麼？

下一秒，我甩了甩鑰匙，朝他伸出手：「我可以幫忙發傳單嗎？」

夏青山怔怔地盯著我，面帶猶豫。

「就當一起散步，我正要去買早餐。」我朝他微笑。

夏青山從以前就不是個多話的父親，我對他的印象少得可憐，唯一清楚記得的幾幕，是小時候他讓我窩在他的懷裡看卡通，他看他的漫畫《灌籃高手》……當然，還有他被警察帶走的那次。

說起來，我會對籃球產生一點興趣，也是因爲夏青山。

他常對年幼的我說：「寧甯，爸爸希望妳能像《灌籃高手》裡的櫻木花道，成爲一個擁有滿腔熱情的人，執著地去做讓妳熱血沸騰的事。」

媽後來諷刺地說，販毒對夏青山而言，大概很熱血吧。

夏青山沉默地走在我身邊，我除了把傳單塞進別人家的信箱，在路上遇到鄰居也會發個幾張，鄰居看見我都親切地打招呼，喊我小帥哥，認識媽的阿姨們則會跟著媽叫我哥哥。

走到早餐店時，傳單也差不多發完了，夏青山看我走進早餐店，也跟了過來。

「你跟寧甯差幾歲？」

我點完六人份的早餐，對著夏青山笑答：「差一歲。」

夏青山在我準備掏錢時，迅速地塞了一千塊給老闆娘，「我請客，謝謝你幫我發傳單。」他朝我溫和一笑。

低下頭，我看著他斑白的鬢髮，不由得心生感慨。以簡丹的視角望去，夏青山竟如此瘦小，記得小時候跟他說話時，我還得抬頭看他。

我忽然有股衝動，想問他現在在幹麼？過得好嗎？不過我此時的身分似乎不適合問這種問題。

拿到早餐後，我抽出其中一份遞給夏青山。

夏青山愣愣地接過去，非常靦腆地笑了，「謝謝你……寧甯的哥哥。」

「簡丹。」我伸手與他握了握手。

「是不困難的那個『簡單』嗎？」夏青山好像覺得這名字很有趣。

「不是，是牡丹的『丹』。」

簡爸說他本來是想替簡丹取名為「簡丹心」，一片丹心的丹心，有赤誠之心的意思，但筆畫與簡丹的八字不合，他只好捨棄心字，單名一個丹字。

「比較好記。」夏青山說：「我們家寧甯，當初我也是想疊字，都用寧靜的『寧』，後來想想，還是把最後一個字取成『用』、『心』組成的『甯』，希望她一輩子都用眞誠的心生活。」

我笑了笑，沒回應。這些話我以前聽過，事隔多年再次從夏青山的口中聽見，我感觸極深。

夏青山不是個多話的父親，但一提起女兒，總是說個不停。

「這麼說起來，你們連名字的意義都很像啊。」夏青山爽朗一笑。

我喜歡他的笑容，多少能讓我忘記當年那個時常發酒瘋的他。

走到家門口，他問我能不能幫忙傳話給寧甯，我沒答應也沒拒絕，只是靜靜地看著他。

他看我沒反應，不知所措地抓了抓頭，「明天開始，我會在路口那間中學的對面賣飯糰，傳單上有口味可以選擇，如果寧甯願意……」

「她不會願意的。」我輕聲回應，同時從信箱裡抽出他不久前塞的那張傳單，又從錢包裡掏出一千塊，一併塞回他的手裡。

夏青山瞪大雙眼，定定地望著我。

「謝謝你來找她，但不管你找她做什麼，她都不會願意的。」我朝他點頭致意，轉身鎖上大門，「別再來了。」

進到屋內，我打開客廳的燈，頓時被站在角落的簡丹嚇了一跳。他站在窗戶旁，那個位置剛好可以把外面的狀況看得一清二楚。

他看見我跟夏青山交談的情形了嗎？

「我買了早餐。」我佯裝若無其事地走到餐廳，把早餐一一拿出來放在桌上，給爸媽的那兩份則收到保溫袋裡。

簡丹雙手環胸走向我，「外面那個人……」

「我不認識。」我打斷他的話，拉開椅子坐下。「他要在附近賣早餐，特地到社區發傳單，我們稍微聊了一下，就這樣。」

簡丹走到我的面前蹲下，抬頭看我，「妳不開心。」

「我沒有不開心，不開心的人是你。」我反駁，「如果你願意聊聊，我隨時都可以聽你說。想聊嗎？」

「妳先說，我再說。」簡丹挑起一邊的眉頭。

「曹棣棠呢？」我決定跳過這個話題。

「死了，被我拖進暗巷打死了。」簡丹說完，還陰森森地笑了下。

碰！樓上忽然傳來一聲巨響。

聲音似乎是從簡丹房裡傳出的……我一愣，連忙衝上二樓的簡丹房間，只見曹棣棠正抱著一個塑膠箱發愣。

「曹棣棠？」我輕聲喚他。

曹棣棠倏地回過神，「寧甯……抱歉，我剛剛看到一隻會飛的大蟑螂飛到衣櫃門板上，想說用拖鞋拍死牠，結果我一用力拍下去，這一箱東西就從上面的層板掉下來了……」曹棣棠抱著塑膠箱，滿臉歉意。

我鬆了一口氣，「嚇死我了，人沒事就好。」

「這箱是什麼東西？」曹棣棠問我。

我搖頭表示不知道。

走近他，我打開塑膠箱，發現裡面竟然塞了滿滿的紙鶴，五顏六色的，令人目眩神迷。

這是繼床頭櫃那罐紙鶴後，簡丹房裡的第二個紙鶴收藏。

「一千，夏……」曹棣棠拿起最上面那隻紙鶴，喃喃地念道。

忽地，一隻手猛然將塑膠箱蓋上，簡丹臉色巨變，「爲什麼亂翻我的東西？」

我把曹棣棠剛剛說過的話重複一次。

簡丹聽完，逕自從曹棣棠手中抱過塑膠箱，「沒事打什麼蟑螂！蟑螂也是生命，曹棣棠你不是不殺生嗎！」

簡丹的眼神凌厲，但因爲他此刻頂著的是我的容貌，不僅沒有殺傷力，還相當逗趣，我看得出曹棣棠非常努力地在憋笑。

「他又不是和尙。」我憋不住笑意，噗哧一聲笑出來。簡丹還眞的把人家當大法師啊？

簡丹把箱子往書桌下塞，「不准再碰這個箱子。走，下樓吃早餐，吃完該準備去學校了。」他拍拍手，走出房間。

我轉頭看了眼杵在原地的曹棣棠，朝他招手，「曹棣棠？」

他有些茫然地看著我，嘴裡呢喃道：「紙鶴……」

「紙鶴怎麼了？」我沒多想地向他簡單解釋紙鶴在我們家的意義。

「可是我看到……」他欲言又止，隨後漾開笑容，「嗯，算了，沒事。」

瞧他反應如此古怪，好奇心旺盛的我走到書桌邊蹲下，想打開那個箱子一探究竟，曹棣棠連忙拉住我。

「沒事、沒事，簡丹說不能再碰那個箱子了。」曹棣棠直接把我拉下樓。

經過這件事後，一股怪異感始終縈繞在我的心頭。

後來我試圖回簡丹房間找箱子未果，不知道他把箱子藏去哪裡了，到處都找不到。

我忽然想起他私藏的那張寫有德文情詩的拍立得照片，如今再加上那一箱紙鶴……簡丹在隱瞞什麼嗎？

儘管我努力旁敲側擊地詢問簡丹，關於拍立得和紙鶴的事，也只換來他的裝傻：「什麼拍立得？什麼塑膠箱？我沒看到啊，哪裡？在哪裡？」簡丹扮傻的功力爐火純青，我竟無言以對。

話說回來，是我不好，隨便翻別人東西本來就不是什麼高尚的舉動，但不知為何，夜深人靜時，我總是會想起簡丹那不尋常的反應。

這些事情已經夠讓我煩惱了，沒想到，後來發生的事更讓我百思不得其解。

自從拆掉石膏，可以來學校後，我的日子過得是心驚膽戰。

男神用異樣眼神望著我的時間變多了，甚至常常在我說出一些不尋常句子時，露出奇怪的表情，此時我只能擺擺手，把一切歸咎於腦震盪。

而此刻，我又要用腦震盪來當藉口，鼓起勇氣，以簡丹的身分問男神關於那張拍立得照片的事。

當時是空堂，我和男神去福利社買零食吃，回程路上，男神跳上我的背，拉著我的耳朵，對著我喊出《玩具總動員》裡的台詞：「駕！讓我們騰雲駕霧，紅心！」

我忍不住轉頭譙他，逗得他哈哈大笑。

我背著他走了幾公尺，走廊上的女孩都掩嘴看著我們笑，我頓時有種自己正在迎娶男神，而路上這些小姑娘都是迷妹的錯覺。

其實，以夏寧甯的角度來看，窗戶玻璃上映著的男男倒影是非常賞心悅目的，畢竟兩人都是腿長、身材好又高顏値的帥哥啊！

「瑾琛，因爲腦震盪的關係，我有些事忘記了……我想問你，在我出車禍之前，我們吵架了嗎？」快走到廁所時，我轉頭問背上的男神。仔細想想，男神和簡丹之間的互動，就是從那時候開始變得有點奇怪的。

「吵架？不算吧，吵架的定義是雙方對彼此生氣。」男神低下頭，嘴唇貼在我的耳朵旁邊，語氣頗似深宮怨婦：「但上次是我單方面對你發脾氣，而你不懂我爲什麼發脾氣。」

「那你爲什麼發脾氣？」我呆愣地問。

「你覺得我爲什麼會發脾氣？」男神笑著反問。

「我不知道。」我實話實說，隨即感到頭頂一陣吃痛。

「白頭髮耶！簡小丹，你最近煩惱很多啊？」男神拔了一根我的頭髮。

「你要是能回答我這個問題，我的煩惱就能少一個了。」我嘟噥道。

男神這次沒說話，只是悶笑，我感覺得到他呼出的熱氣噴在我的脖子上，好癢。

「對了，我打掃房間的時候發現一張拍立得照片，是我們去爬山那次照的。那張照片是你給我的吧？上面還寫了句德文。」我佯裝不經意地問。

男神嘆了口氣，「你現在這樣問我是什麼意思？」他拍拍我的肩，示意我停下來。

我困惑地停下腳步，男神從我身上跳下來，把我拉到廁所旁的隱密角落，他那雙幾乎與我平視的漂亮眼眸裡，藏著我陌生至極的情緒。

男神直盯著我看，意圖從我的表情找出蛛絲馬跡，不過我不是簡丹，天知道他在說什麼，而我又該有什麼反應？

「我當時發脾氣是因爲受不了你原地踏步，忍著不說。」男神有些不悅地說，「你眞的覺得這樣比較好嗎？」

忍著不說？男神和簡丹之間果然有祕密！

我還想追問，但男神一定會認爲我很奇怪，所以我只是定定地看著男神，沉默不語。

「簡小丹，有些時候，我覺得你溫柔得很殘忍。」男神靠近我，在離我不到一公分的距離，吐出這麼一句話：「更多時候，卻是殘忍得很溫柔。」

恍惚間我有種錯覺，男神似乎把唇貼了上來。

但是沒有，男神並沒有眞正碰到我，他只是拍拍我的臉頰，朝我露出一抹高深莫測的微笑，然後轉身離去。

我臉紅地杵在原地想了很久，還是摸不透他的意思。

第三章

媽說我最近很怪，老是悶悶不樂的，很不像夏寧甯。

由於我實在過於反常，她非常擔心，還因此在某一天的晚上召集全家，開了我人生中第一場家庭會議。對媽來說，這可能只是女兒青春期的正常發揮；但是對夏寧甯來說，卻是一連串的酷刑。

自從認識曹棣棠後，又過了兩個月，我跟簡丹可以說是窮途末路，舉目無依。曹棣棠的出現未能帶給我們實質上的幫助，只是多一個人分擔我們的祕密。

之前的錄影試驗沒有任何新發現，八個小時長的影片就只是一段「兩個人抱在一起睡覺，第三個人坐著發呆後來睡死」的畫面，爲了這件事，簡丹不停叨念，至今仍堅持要把曹棣棠拖進暗巷毒打。

前期，我們三人時常聚在一起，討論如何解決我和簡丹靈魂對調的問題；到了後期，我和簡丹則進入放棄狀態，只剩曹棣棠還在想辦法。

這段日子裡，我和簡丹白天代替對方上課、社交、跑社團；晚上換回自己的身體後，我必須去他的房間繼續努力做功課、打報告，覺得才大一的自己就像雙主修簡丹的科系，身心俱疲。

幸好籃球隊練習時間是奇數日的晚上七點，那時我們已經變回原本的自己，簡丹可以親自指導隊員，不需要我上場。

簡丹帶隊練球時，我就坐在一旁注意球隊成員的狀況，有時坐著坐著不小心睡著，醒來還會被大家圍觀恥笑，各種捏臉頰調戲。

無所謂，在疲累面前，我的自尊形同虛無。

不對，我其實沒有自尊，很久以前簡丹就把它踩進垃圾桶了……

除了睡覺，其餘時間我幾乎都跟簡丹相處在一起，每天早上一睜開眼睛就看見他（在鏡子裡），回到家睡覺前也看見他（本人），我幫他過他的人生、他幫我過我的人生，弄到最後，我甚至有點精神分裂，以爲自己就是簡丹。

能夠天天見到男神和盼盼，這在以前是件很開心的事，但因爲現在狀況特殊，我和簡丹跟他們說話時變得小心翼翼，深怕露出任何破綻。

當然我和簡丹也不可能做到瞞天過海，好幾次，我們被懷疑不是本人，但眞實情況實在太不科學，即便起疑心，他們也不可能相信我和簡丹互換了靈魂。

上次和男神的直球對決，讓我內心大驚，跑回家質問簡丹，結果簡丹居然連敷衍都不願意，破天荒和我大吵一架，要我少管閒事。

我氣得不行，進浴室洗澡時把東西摔得震天響。

發洩完，覺得自己很無理取鬧，又彎腰把東西一一撿回。

我打開蓮蓬頭，熱水淋下來的剎那突然停電，熱水跳了兩下，秒變冷水，澆得我滿頭涼意。也好，我需要一點刺激讓自己清醒。

我聽見媽大喊：「停電了！是不是有人在浴室？」

佇立在黑暗裡，我默默發抖，無聲地掉淚。

我感覺人生亂成一團，就快要分不清楚自己究竟是簡丹還是夏寧甯了。

一陣急促的腳步聲傳來，那人停在浴室門口，浴室門隨即被打開，一道光照了進來，我立刻嚇得往浴簾後躲。

「停電了。」簡丹開口時，聲音有點沙啞。

我沒有回應他。

簡丹踏進浴室，把手電筒放在洗手台上。我以爲他放下就走，沒想到他竟然反手把門關上。

「你要幹麼！」我忍不住問，話裡帶著濃濃鼻音。

他頓了幾秒，「妳在哭？」

「不干你的事。」我哼了兩聲。

他無奈地嘆息一聲，挪動了下手電筒，讓光源更靠近我。之後我聽見衣服的摩擦聲，他似乎打算洗澡。

「簡先生，我還在這裡耶！」這個人是打算忽略我的存在嗎！

「我知道。我洗澡很快，我洗我的，妳洗妳的。」簡丹打開水龍頭，盛水澆溼自己。

「我有說你可以進來嗎？」早知道就鎖門了。

簡丹沒有回應我，繼續手上的動作。我感到不太自在，把浴簾又再拉得更緊，一個人躲在小空間裡淋浴。

接下來的時間，我只聽得見自己吸鼻水的聲音，和他舀水沖澡的聲音。

這算示軟嗎？

記得每次和簡丹吵架，好像都是他先示軟？我是不是有點過分了？可是，天底下有誰示軟的方式是擠進浴室和對方一起洗澡的啊？

面前的架子上放著簡丹專用的沐浴乳，我還在猶豫要不要拿給他，他竟直接「嘩」的一聲拉開浴簾，走進來，一手越過我的頭，撐在牆上。

事發突然，我甚至忘了驚呼，也忘了遮住赤裸的身體。

他微微彎腰，傾近我，「那張拍立得照片的確是瑾琛給我的，至於曹棣棠發現的那一箱紙鶴……是我摺給喜歡的人的。」他劈頭就告訴我這兩件事，「妳還有問題想問嗎？」

摺給喜歡的人？幹麼回答的這麼拐彎抹角，那人不就男神嗎？

他伸手拿過架子上的沐浴乳，另一手抹去我眼角的淚，「妳最近哭的次數實在有點多了，是因爲我嗎？如果是，我向妳道歉。對不起，我從來就不是個好哥哥。」

「我、我也不是好妹妹，老是無理取鬧，我才要說對不起。」我抽噎回應。

「雖然妳哭鼻子的模樣很可愛，但是我比較想念以前那個寧甯，三八三八的，我比較好對付。請問我還找得回這個人嗎？」簡丹的說法讓我破涕而笑。

我們都累了，都有不像自己的時候。

忽然，電燈亮了，媽又喊道：「哎呀！電回來了。」

浴室內恢復明亮，我才終於看清眼前的簡丹，他淺淺的笑容透著暖意，有我最喜歡的酒窩和虎牙，至於脖子以下……

「你可以趕快洗完澡，然後以最快的速度滾出這個空間嗎？」我撇開臉，雙頰通紅。

「怕什麼？」簡丹笑得有些慵懶，「又不是沒看過。」

我沒回應他。

簡丹迅速沖完澡步出浴室，我獨自待在裡間，將好不容易回溫的熱水調成冷水淋浴，覺得只有這樣才能替自己發熱的臉蛋降溫。

儘管因爲交換身體的緣故，我不止一次看過簡丹的裸體，不過用第一人稱視角看跟用第三人稱視角看，那是完全不一樣的感覺。

回到房間，我看見簡丹盤腿坐在我的床上，對著我笑。

「你到底爲什麼要在我洗澡時衝進來？」我把浴巾往他的臉上一丟。

他笑著扯下浴巾，「沒辦法，有個小姑娘怕黑，連被丟在墓園都能嚇得要死。」

那一晚，簡丹沒離開我的房間。

他硬是擠上我的床，躺在我身旁睡覺。我們在同一個被窩裡互相取暖，抵足而眠，約好一起爲未來的日子加油，積極向上，不管日後會不會恢復原來的樣子，至少我們有彼此。

夏青山沒再來找過我或媽，然而每天早上打開鐵門，我總能看見一袋熱呼呼的飯糰掛在門把上。對此，簡丹並沒多問，只是看著我默默把飯糰吃下肚。

日子一天天地流逝。

扮演簡丹並不輕鬆，有時心裡覺得累，我便會去找曹棣棠聊天，抒發情緒。不過，他畢竟不是當事者，只能當個聽眾，無法為我做什麼，最終只建議我一句：「跟瑾琛、瑾盼坦白吧，有他們關照，生活上也方便一點。」

我暫時沒向簡丹提起這件事，光想像那畫面就感到腦袋一片空白……正常人會相信我們才怪。

我跟簡丹之所以深信不疑，是因為我們是被害者；曹棣棠之所以理解情況，是因為他的思路本就跳tone，他接納世上一切弔詭事物，深諳「不接受，不代表不存在」的道理。

這兩個月發生了很多事。

比如男神又交了新女友，對方是他校的大四學姊，氣質空靈，長得很像中國明星劉亦菲；比如簡丹用他那顆聰明腦幫我奪得系上的獎項，讓媽忍不住摸自家女兒的頭問：「我們家寧甯去哪裡了？把寧甯還來。」簡丹被摸得有些尷尬，我則在一旁笑得跟嗑藥似的。

再比如曹棣棠的社團受到學校高度關注，原因是社員人數超過上限。這情況真的很離奇，一開始大家都是衝著簡丹而來，後來發現塔羅牌其實滿有趣的，紛紛決定留下，無人退社；最後比如……籃球隊奪得全國大專院校聯誼賽總冠軍。

那天晚上，大家決定一起去餐廳慶功，盼盼也跟來了。

在廁所相遇時，盼盼摸著我的臉，眼眶泛淚、嘴唇顫抖，以一種哭倒萬里長城的氣勢對我說：「夏小妹，妳最近的模樣，已經可以用『形同枯槁』來比喻了。看看妳，圓潤的下巴都餓瘦了！還有妳的靈魂之窗，我都不知道妳有這麼大的眼睛，妳是不是被什麼事刺激到，嚇得連飯都不敢吃了！」

我嘴角抽搐，正要彎腰摘鞋甩她臉，她又哭：「欸，妳聽著，不管天塌下來會壓到妳哪個器官，記住，我永遠在這裡。」

雖然盼盼的話很沒邏輯，還詛咒我天塌了一定會被壓到，不管哪個器官，我仍然感動得一塌糊塗，抱著她一起大哭：「娘娘，奴才好累，累得腎都虛了！奴才想要一個脫光光的猛男來安慰奴才受傷的小小心靈，叩請娘娘恩准！」我邊哭邊說，吸鼻涕聲和哭聲夾雜在一起，交織成一首噁心交響曲。

盼盼被我的話逗得不行，她擦掉那些假得不能再假的眼淚，輕笑：「是我的錯覺嗎？我怎麼覺得晚上的妳比較像夏寧甯，早上都一副鬼片女主角的感覺。」

絕對不是妳的錯覺，我好痛苦啊！

好像到了某個年紀，有些話便不能再挑明說白，總要拐著彎繞來繞去，一邊若無其事地說，一邊期待對面那個傻子能聽懂。聽懂，皆大歡喜；聽不懂，只好繼續互相折磨。

顯然盼盼的智商不夠，我只能繼續折磨她。

慶功宴在一波波快掀掉屋頂的吵鬧聲中結束，由於喝了酒，我跟簡丹決定坐計程車回家。上車前，我在路邊狠狠吐了一回，簡丹一言不發地替我收拾善後，他輕輕拍著我的背，像是在說他懂我，他也很累。

球隊隊員在餐廳門口聊天，個個活潑愉悅，就像大學生該有的樣子。

此時曹棣棠走過來對我們說：「你們叫的計程車來了，回去好好休息。」

簡丹向他道謝，扶著我上計程車。我坐在司機的後座，簡丹則坐在另一側，他朝窗外熱情的隊員們揮手道別。

其中一名隊員貼上玻璃，哈了口氣，「簡丹、寧甯拜拜！」

「拜拜。」我有氣無力地回應。

車子駛離餐廳，簡丹轉頭看我，伸出雙手做了一個抱抱的動作。

我終於忍不住委屈，朝他那裡撲過去，整個人趴在他的腿上，把臉埋進他的衣服裡嚎啕大哭。

「不好意思，大哥，我妹妹喝得有點多。」簡丹摸摸我的頭，對著前座的司機說。

「唉，年輕人還有大好前程，別想太多傷心事。」司機爲此感嘆。

我哭了幾分鐘，覺得沒意思，漸漸停止哭泣。

也許難過就是如此，來得快，去得也快。

忽地又想起小時候被同學欺負的那回，我在簡丹面前哭得一把鼻涕一把淚，簡丹直接把他嘴裡那根冰棒塞進我大張的口裡，堵住我所有聲音，眞的超噁……不過也超好笑。

「哭完又笑，妳神經病？」簡丹又開始嗆人。

「簡丹。」我叫他，抓著他的衣服，感覺質料軟軟的，很舒服。

「說。」他繼續摸我的頭，聲音聽來有些疲憊。

「盼盼說我早上是鬼片女主角，晚上才是夏寧甯。」

言下之意：盼盼形容你是鬼片女主角，你假扮我實在假扮得太差勁了，簡丹！

「……嗯。」不用看都知道，簡丹一定額頭猛爆青筋。

「我想向盼盼還有男神坦白。」我低聲說，「這種當雙面人的日子太累了。」

簡丹靜默著沒回應。

車子抵達家門口，他扶我下車，準備掏鑰匙開門時，我卻累得直接跌坐在地上，看著月亮發呆。

「好圓。」我指著月亮，嘴裡飄出一股酒臭味，連我自己聞了都難受。

「跟妳一樣。」簡丹嘴砲鬼。他開門，一把拉起我往裡走，「爸媽不在家。」

家門上貼著字條，上頭寫著爸媽出去逛街了。

「不在。」我重複他的話，打了一個酒嗝。回憶起他上次喝醉時，邊在街上跳舞邊大喊Disco Babe的模樣，突然覺得好笑，於是我笑著攀上簡丹的脖子，把他當尤加利樹抱，「你喝醉超瘋的，呵呵。」

簡丹本來想扶我回房間，但我巴著他不放，他寸步難行，只好就著這個姿勢托住我的臀部，把我整個人抱起來，一路走上二樓。

他洗過澡才出門的，身上有股沐浴乳的淡淡清香，很好聞。我把臉埋進他的頸間，雙腿順勢夾緊他，上樓時，身體一晃一晃的，逗得我直發笑，覺得自己是母無尾熊胸前的那隻小無尾熊。

「簡丹，你是母的。」我下了結論。

「妳才母的，妳全家都母的。」果然是我哥，連回答都一等一標準。

簡丹把我放到床上，替我蓋好棉被，要我睡醒再洗澡，免得浴室被我搞得一塌糊塗。棉被軟綿綿的很舒服，沒多久我就昏睡過去。

睡夢中，我在學校操場的司令台唱國歌，唱到一半突然大嘔吐，惹得全校學生尖叫連連，一向沒品的我就這樣笑醒了。

睜開眼，面前卻是簡丹安詳的睡臉。

牆上時鐘顯示現在時間是凌晨四點，我和他還是原來的模樣。他身旁放著手機，螢幕微微亮著，似乎有人傳來訊息。

我緩緩移動身子，抓過手機，滑開螢幕。是盼盼、男神還有曹棣棠的聊天群組，簡丹已經跟他們兄妹約好明天早上見面，曹棣棠剛剛傳來最後一則訊息：

「好。」

我盯著手機螢幕，頓覺內心一陣波濤洶湧，很想大唱海波浪。原以爲簡丹不會願意的……他大概也掙扎很久吧？

「醒了？」簡丹剛睡醒的聲音低沉沙啞，我還沒反應過來，就被他推了下頭，「妳半夜吐得亂七八糟還唱國歌，連做夢都不忘給人添麻煩。下次不准喝那麼多酒，太可怕了。」

「我爲什麼睡在你的房裡？」我一陣茫然。

「我不敢丟妳一個人在房間，怕妳夢遊跑去煩爸媽。」簡丹從床上爬起，走進浴室洗臉、上廁所。

「我才不會夢遊。」我皺眉，「頂多唱唱國歌。」

簡丹沒理我，逕自說道：「去洗澡。」他趴回床上，把臉埋進枕頭裡。

我下床，穿上拖鞋，聞到空氣中隱隱帶著一股嘔吐味……噁。

「簡丹，謝謝你。」我站在原地，盯著簡丹隨著呼吸頻率微微起伏的背，「謝謝你讓我相信，不管以後有什麼難關，我們都能一起度過。謝謝你一直不離不棄。」

簡丹半晌沒說話，最後只抬起一隻手揮了揮，表示不客氣。

*

「你們爲什麼這麼安靜？」

一早，我們靜靜地在咖啡廳裡等男神和盼盼，提早到的曹棣棠坐在我和簡丹的對面，他手裡抱著一隻店內裝飾的粉紅豬布偶，臉上掛著燦爛笑容。

「曹棣棠，如果盼盼不相信我們怎麼辦？」手指頭敲著桌面，我開始有點煩躁。

「順其自然吧！」曹棣棠笑看著懷裡的粉紅豬，「人生有許多事是你做之前不知道結果，努力做完後，成果卻出乎意料地好。就像這隻少女豬，她也從未想過自己有天會搖身一變成爲打擊壞蛋的英雄，甚至變成小朋友的偶像，風靡全球。」

「什麼豬？」簡丹原本癱死在桌上，聽見曹棣棠的話，整個人詐屍，爬了起來。

「飛天少女豬。」曹棣棠把手中的豬布偶舉高高，因為太顯眼了，店裡客人們的目光突然都聚焦在我們這桌。

簡丹蹙起眉頭。我猜他下一句話一定是：放下那隻豬。

果然，我沒猜錯。

「把夏寧甯放下，很丟臉。」

我立刻拿起桌上的盤子作勢砸他。

「砸，把我砸死。」他把頭靠過來，抵在盤子上，彷彿死了就一了百了，不用再煩惱等等該怎麼向夏家兄妹解釋。

我非常孬種地把盤子放回桌上。

孬，眞孬！普天之下，就我一個小孬孬最稱職！

「別擔心，隨順因緣。」曹棣棠笑咪咪地摸摸懷裡的豬，拿起叉子，又再叉了一口蛋糕吃。

曹棣棠是螞蟻，我今天才知道。桌上的盤子明明已經疊得跟一〇一大樓一樣高了，他仍是不斷地吃，臉上掛著非常幸福的笑容。

「短短十五分鐘內，你吃了一、二、三……九、十，十塊蛋糕。」簡丹數了數盤子的數量，語氣帶著些許不可思議。

簡丹相當討厭甜食，看曹棣棠吃得津津有味，他除了佩服，還是佩服。

「其實我早餐還吃了兩塊草莓蛋糕。」曹棣棠開心說著，「所以我總共吃了十二塊。」

「……數學不錯。」簡丹單手支著下巴，看得出簡丹很想翻白眼，但他忍住了。

我對曹棣棠說：「看不出來你這麼愛甜食，你散發出的氣息就是無欲無求。」

曹棣棠點點頭，手裡叉子指向我，「嗯，妳說得對，我的確無欲無求，只有蛋糕是我的罩門。」

「那還算什麼無欲無求？」簡丹瞇眼看向曹棣棠。

曹棣棠嚼完他嘴裡最後一口蛋糕，吞下去，然後問：「簡丹，你對這個社會是不是有什麼不滿？」他問得太直接，好像在暗示什麼，我頓時笑出聲。

簡丹瞪了我一眼，他伸手沾了空盤子殘餘的奶油就想往我臉上抹，驚得我馬上往後躲。

「還好，沒什麼特別想法，目前也沒有從政的念頭。」

曹棣棠聽了，溫和一笑，「我更正，你不是對這個社會不滿。」

簡丹挑起眉頭看他，要他繼續說下去。

「你跟我差不多。」曹棣棠含著叉子，想了想，接著說：「我不滿的不是這個社會，是造物主。祂給了我們太多情緒，喜怒哀樂和七情六慾總是綁住一些念頭，繼而影響我們內心的決定，或是承受很多痛苦。」

我親眼見證了非常難得的畫面……簡丹居然對曹棣棠露出笑容，表示贊同。

「不然你覺得造物主應該要給我們多少情緒？」我有些好奇地問曹棣棠。

「『樂』就夠了吧。」曹棣棠頓了下，「樂跟愛一樣，能夠推動這個世界像摩天輪一樣緩慢地咻咻咻轉動。」

「甜食吃多了會傷腦嗎？你講話像個神經病一樣。」簡丹忍不住拿紙巾丟他。

合理懷疑，如果造物主只選一種情緒放在人類身上，簡丹被分到的八成是「怒」。

就在這時，一陣風鈴聲響起，店門被推開，先走進店內的是男神，接著是他的女朋友，那個很像劉亦菲的學姊，跟在後頭的是盼盼。

「欸，劉亦菲、劉亦菲啦！」我用手肘撞撞簡丹，興奮無比，「你的情敵來了！」怕曹棣棠聽見，我壓低了聲音說。

簡丹看向門口，表情有點不自然，「……喔。」

「呵呵。」曹棣棠一直看著我們，笑咪咪的。

倏地，我又想起《賭神3》的反派角色，他好像永遠對著你笑，笑得你心裡發寒……

「學長！」盼盼越過自家哥哥跟不知道第幾任的「大嫂」，直衝到我面前，打斷我亂七八糟的幻想，甚至抓住我的肩膀前後搖晃，「早安！」

我被她晃得頭暈目眩，「早安、早安。」內心不斷OS：快把鹹豬手拿開，我不是妳的學長！

「忽然把我們約出來，是有什麼急事嗎？」男神一如往常地帥氣，跟劉亦菲站在一起可謂郎才女貌。

「夏瑾盼、夏瑾琛，你們先坐。」之後簡丹轉而對劉亦菲說：「麻煩學姊迴避一下，我們之間有點私事要談。」

劉亦菲沒有生氣，她點點頭，「好，我去另一張桌子坐，你們談完了再叫我。」

就這樣，簡丹成功支開了他的頭號情敵。

我試圖從簡丹的臉上找到一絲得意，不過我看了很久還是看不出個所以然。

男神頭上彷彿冒著問號，坐下後還有些恍神，大概是因爲我從未用這麼man的口氣喊他全名，通常都是甜膩膩又噁心巴拉地喊他學長。

大家都坐定後，一陣沉默突然蔓延，簡丹沒開口，我沒開口，自然也還輪不到曹棣棠說話。

「呃，夏寧甯，所以現在是怎樣？你們剛剛是用心電感應聊天，然後只有我一個人沒聽到嗎？」盼盼最討厭安靜，她看向簡丹，率先發問。

簡丹嘆了口氣，「我現在要說的事情非常不科學，在我講完之前，請別打斷我，也別發問，Q＆A時間留到最後再進行。」

男神笑了出來，一口潔白牙齒漂亮得能拍廣告，「到底是什麼事情這麼神祕？」

簡丹眼神銳利地掃向男神，「我不是夏寧甯。」

下一秒，盼盼立刻沒品地拍桌大笑：「哈哈哈哈哈，夏寧甯我跟妳說，其實這個梗我也想玩很久了！我告訴妳，其實我不是夏瑾盼，我是臥底探員，金城武是我老公，哈哈哈哈哈！」

我跟簡丹都瞪著她，男神也是，不過他應該是嚇傻的成分居多。

「夏瑾盼，把妳的海豚音笑聲收起來。」此刻我也沒必要再假裝自己是簡丹了。

盼盼面露錯愕，我猜她心裡應該在想：怎麼回事，溫柔的丹葛格怎麼會這樣對我說話？

「我是簡丹。」簡丹先指著自己，再指向我，「她才是寧甯。」

盼盼跟男神的表情頓時變得扭曲。

簡丹迅速把事情從頭到尾說了一遍，自車禍開始，一字一句完整交代，這三個多月的糟心事，在他嘴裡成了輕描淡寫的一個故事。

他說完後，桌上又是一陣安靜。

曹棣棠補充說明：「從簡丹自昏迷中甦醒的那一天起，你們在早上看到的簡丹其實是寧甯，寧甯則是簡丹；到了晚上，他們才會變回原來的自己。」

彷彿過了一世紀那麼久，盼盼才囁嚅地說：「今、今天是愚人節，對不對？」

「妳見過愚人節在冬天的嗎？少女夏瑾盼？」我一臉鄙夷。

盼盼訝然張大嘴巴，「你、你……」

我猜盼盼大概覺得我講話方式真的很像夏寧甯，只是她還掙扎著不願相信這樣荒謬的事會是真的。

「這兩個多月，妳在學校騷擾的『我』，其實是簡丹。是的，妳不斷找簡丹索要他的裸照。」我笑得非常邪惡，給予她致命一擊。

盼盼瞠大雙眼，伸手摀住嘴巴，她先是看向簡丹，接著看向我，然後再看向簡丹，最後視線回到我身上。

她想尖叫了，我知道。她一定開始回想，這段期間她有沒有對「夏寧甯」說了什麼不該說的話。

我只能說，絕對有。

「深呼吸、吐氣，深呼吸、吐氣，放輕鬆，妳會沒事的。」曹棣棠用手掌幫她搧風。

男神意外地冷靜，他挑起眉頭，一臉不以爲然。「我就覺得你最近很怪。」他看著我說，後來想想不對，又轉頭對著簡丹。

「哪裡怪？」我問，簡丹眼中也流露出好奇。

「神韻啊，還有說話的樣子，總給我一種很不『簡小丹』的感覺。你向來穩重、運動神經發達，可是最近幾週你突然變得非常活潑，走路蹦蹦跳跳的不說，叫你投顆三分球，你除了miss以外還自摔……坦白說，確實蠢出新境界了。」男神支著下巴看我，隨後又轉向簡丹，「哥哥爸爸眞偉大，下一句是什麼？」

「名譽照我家！選我選我、選我選我！」我搶答。

男神搖搖頭，失笑地推了盼盼一把，「還眞有寧甯的感覺。盼盼，妳醒醒，別當機了。」

盼盼依舊石化在原地，一雙眼直瞪著簡丹。

「快回答，哥哥爸爸眞偉大？」男神又問了一次。

簡丹面無表情地接下去：「寧甯沒回家。」

兩人先是對看幾秒，之後男神突然放聲大笑。

……這都什麼跟什麼，兒歌可以亂改的嗎？而且爲什麼是我，我每天都有回家啊？

「再來呢？」男神笑到流眼淚。

「每天找帥哥，哥哥苦哈哈。」簡丹毫無障礙地背出下兩句歌詞，眼角有些抽搐。

曹棣棠同樣笑出聲，「這首歌也太可愛了吧！」

你才可愛，你全家都可愛！你曾祖母也可愛！你家小狗也可愛！

「好，我信了。雖然這件事超出我的理解範圍，但這首歌只有我跟簡丹知道，我不得不信。」男神笑看著我，「原來我最近都是和寧甯在一起啊！真的像顆小太陽一樣……謝謝妳時常逗我開心。」他笑得好溫柔，不愧是我永遠的男神。

盼盼跟男神的反應有著巨大反差，她看著我，一副快哭了的模樣，「妳也……說一件……只有我們兩個才……」

她還沒說完，我馬上打斷她：「裸照是我傳給妳的福音，體育館半裸體是我給妳的福利，那疊《Playgirl》……」

「不准提《Playgirl》！」她驚聲尖叫。

霎時間，原本人聲鼎沸的咖啡廳，立刻安靜得跟……對啦，安靜得跟伊藤博文和李鴻章簽馬關條約的那間會議室一樣啦！哈哈，店長應該很想把我們轟出去吧？

其實我和盼盼之間沒什麼大祕密，都是一些小八卦，雖然小，卻很見不得光、很致命。比如說，盼盼暗戀的對象就坐在我旁邊，每天喊我六師弟、肉球；比如說，盼盼每天都看著暗戀對象的照片流口水。

盼盼舉起雙手揮來揮去，「妳絕對是夏寧甯！我相信啦！」

曹棣棠跟男神忍不住大笑，我很高興終於能在盼盼面前做回自己，盼盼卻哭喪著臉，她大概是回想起自己這兩個月對著「夏寧甯」有多放蕩了。

＊

離開咖啡廳，我們一群神經病頂著胃食道逆流的風險跑去爬山。

當年剛考上大學，我們兩對兄妹曾經一起去過那座山，那裡有個神祕的「一萬階梯願」傳說。

所謂「一萬階梯願」，就是你必須從快要攻頂的倒數一萬個階梯開始，閉著眼睛往上走，中途不能有人扶你，邊走還要邊數數，只要走到最後一階時，剛好數到一萬，你就可以向山神許願，善良的山神會幫你達成心願。

聽起來很簡單對不對？

呵呵，不好意思齁，代誌不是憨人想的那麼簡單！

傳說之所以叫做傳說，就是因爲很少人成功。

當年我挑戰過一次，數到一萬階睜開眼，結果面前還有三個階梯，不過我還是許了願，希望家人平平安安、快快樂樂；盼盼也試過，但最後她卻差了八個階梯之多，氣得她直接飆罵三字經……我想山神應該很想踹她下山。至於簡丹和男神，這兩個人直接在山頂等我們，沒有跟著我們發瘋。

這個傳說到底存不存在，我不知道，我只知道沿路看見好多塊政府告示牌，上頭寫著：

親愛的民眾，爲了您的安全，爬樓梯請緊握扶手，並睜大您的眼睛，小心腳步。

快到山頂時，一旁插有更大的一塊告示牌，寫著：

自殺不能解決問題，勇敢求救並非弱者，生命一定可以找到出路。

透過守門一二三步驟——一問二應三轉介，你我都可以成爲自殺防治守門人。

※安心專線：〇八〇〇—七八八—九九五（〇八〇〇—請幫幫—救救我）

※張老師專線：一九八〇

男神簡直是從山腳下一路笑上山頂，說政府很有才。

其實我個人覺得這立牌治標不治本，要想眞正解決問題，政府不如考慮把階梯剷平，將山路變成一個大斜坡，讓他們怎麼數、怎麼算都只有一階。

「我要再挑戰一次。」盼盼捲起袖子，蓄勢待發。

過了一個小時，簡丹他們早已攻頂，只剩下我、曹棣棠、盼盼這三個弱雞還在後面慢慢爬。

「夏瑾盼，妳上次譙山神譙成那樣，人家沒跟妳算帳，妳都要謝天謝地了，別做春秋大夢啦！妳看劉亦菲，她根本不相信傳說，我們應該學她，當一個理智的公民。」我把手搭在曹棣棠的肩膀上撐著身子，邊喘氣邊說。

「劉亦菲？」盼盼大概是放棄了，睜開眼睛斜斜看過來。

「演《你是風兒我是沙》的女演員，寧甯說瑾琛的女朋友長得很像她。」曹棣棠好心說明。

他的話讓我差點被口水嗆到，「不對吧？劉亦菲演的是《神雕俠侶》裡的小龍女，楊過的姑姑；〈你是風兒我是沙〉是《還珠格格》的片尾曲，一齣武俠劇、一齣言情劇怎麼湊一起啊，曹棣棠？」

聞言，曹棣棠頭一歪，陷入思考。

「皇上，您還記得大明湖畔的夏瑾盼嗎！」盼盼內建環珠格格模式，我一說出關鍵字，她立刻又發作。

「不記得啦！朕很忙，待翻牌的妃子都排到韓國去了！」我一腳踹過去，「叫一聲歐巴來聽聽！」

「還我溫柔的簡丹哥哥！」盼盼到現在還不習慣「簡丹」對她做這種事。

「盼盼，妳挑戰閉眼爬一萬階是爲了簡丹嗎？」我問她，「我可以代替山神幫妳解籤，張學友那首〈一千個傷心的理由〉，最後一句歌詞……」

我還沒講完，曹棣棠就接話：「一千個傷心的理由，最後在別人的故事裡我被遺忘。」

我被遺忘。

我被遺忘。

我被遺忘……

他一說完，盼盼馬上放聲大哭：「我不管啦！我不甘心，怎麼可以讓我還沒戀愛就失戀！幹你娘的一萬階啦！」她又譙了一次三字經，這若是座火山，山神應該想爆發了。

我抓抓頭，想起簡丹和男神的情況。「全世界不是很多人跟妳一樣嗎？」差別只在，簡丹沒將心意告訴男神，盼盼卻在這兩個月的相處中，間接透露自己的心思。

爲此，簡丹早上在咖啡店外抱住盼盼，跟她悄聲說了句對不起。

但男神說，其實愛情沒有所謂的對不起，不喜歡就是不喜歡，沒感覺就是沒感覺。

或許是盼盼的表情太讓人揪心，簡丹才忍不住道歉吧。

盼盼愈哭愈大聲，路過的登山客絡繹不絕，大家都在看她、看我、看曹棣棠，好像我們欺負她一樣。

曹棣棠從口袋抽出面紙遞給盼盼，盼盼接過去抹掉鼻涕眼淚，並把垃圾塞給曹棣棠。

「我還是先上去好了。」曹棣棠無奈一笑，把垃圾收進口袋，留下我和盼盼獨處。

盼盼還在哭，只是音量放低許多。

我嘆了口氣，把她攬進懷中，給她一個溫暖擁抱，「盼盼，我給妳五分鐘，讓妳抱，讓妳親，讓妳做everything，妳覺得怎樣？妳可以把我當做簡丹，我們不要告訴他就好。」我向盼盼提議

盼盼沒有推開我，悶悶地問：「不能開房間啊？或是妳掀開衣服讓我摸一下肌肌？」

「不能啦！」我忍住想大笑和打人的衝動，拉著盼盼在階梯旁的空地坐下。她窩在我懷裡，身子緊緊貼著我，不住掉淚。

「你到底喜歡誰？我到底輸給誰？好想看看你的她。」盼盼說。

嗯，這個沒問題。妳等一下爬到山頂，然後去找那個長得最帥、旁邊跟著劉亦菲的，那個人就是妳想看的「她」。

「你爲什麼要告訴我這件事？繼續讓我自欺欺人不是很好嗎？」盼盼嘟著嘴喃喃自語，從前要我幫她追求簡丹的霸氣模樣蕩然無存。

難道在喜歡的男孩面前，女孩都會變得這樣渺小嗎？

我突然覺得心裡沉甸甸的，很不舒服。盼盼一直在我懷裡亂動，但我沒什麼感覺，只想著中國古代的柳下惠，他能夠坐懷不亂，大概只有三種原因：

一、他是gay。

二、懷裡那個人不是他的菜。

三、那不是眞的柳下惠，那軀殼裡裝的是柳下惠他妹的靈魂。

好吧，第三點可以直接刪掉，應該沒人跟簡丹一樣衰。

「盼盼，妳會過得很好。以後妳會在森林裡遇見更多的樹，我只是妳旅途中經過的一株樹叢，沒有妳未來遇見的神木那般好，別太把我當一回事。」我假裝自己就是簡丹，低頭親了下盼盼的額頭。

盼盼埋進我的胸膛，雙手圈住我的脖子，一聲不吭。

後來簡丹一行人下山來找我們，我和盼盼立即從彼此身邊彈開。

「回家吧，累死了。」盼盼佯裝沒事，紅腫的眼睛卻出賣了她，只是大家裝作沒看到。

「不好意思，可以拍個照留念嗎？」劉亦菲拿出手機，「今天跟你們玩得很開心。」

那張照片，我們六個人擠在鏡頭裡，笑得很燦爛。

我想起之前那張拍立得四人照，想起簡丹親口跟我承認，那是男神送他的。

男神為什麼要把照片送給簡丹，還在空白處寫下那句德文情詩呢？

下山的路上，我偷問盼盼，男神是不是懂一點德文，盼盼說：「他交過的女朋友，科系包羅萬象，前一任就是德文系的，可能有跟她學幾句吧。」

我倏地停住腳步。德文系的女朋友？

曹棣棠見我僵在原地，笑笑地問我：「還好嗎？」

「一萬階的傳說到底是不是真的啊？」盼盼意興闌珊地踢著石子，石子打到山壁又反彈回來襲擊她的小腿，痛得她哀號。

曹棣棠瞄了盼盼一眼，低聲對我說：「寧甯，其實上次聽妳說關於一百隻紙鶴的事，我就想到這座山的傳說。要想數到第一萬個階梯，必須非常專心才能做到，何況山上來來去去的人那麼多，途中會有很多外在干擾打斷你數數。不管是上山還是下山，閉著眼睛或是張開眼睛，我聽說都有人挑戰過，也真的有人最後成功許願，可我想那人一定努力試過很多次才做到的。一萬個階梯那麼多，在閉著眼又無人扶持的狀態下，有人怕摔倒，有人怕踩空，很少人有毅力全程走完，也很少人會願意一試再試。人生中有很多事都是這樣，成功的祕訣在於勇敢與堅持不懈，勇敢不難，但鮮少人能做到後者。簡丹房裡那一大箱的紙鶴，就讓我感到他的毅力驚人，很希望他的心願能夠達成。」

我被他的一席話堵得嘴巴大張。

偶滴媽呀，跟我比起來，曹棣棠實在是個內涵深度直達地心的人，他是在跟我聊天、演講、開示還是Rap啊？

「寧甯，記得以後要是遇上這種人，千萬抓緊別放手。」他附在我耳邊，悄聲說了這麼一句沒頭沒腦的話，然後對我露出證嚴法師等級的和藹笑容。

……阿彌陀佛。

下山後，因回程路途遙遠，簡丹提議去附近的圖書館小憩，以防騎車時我們突然交換靈魂，造成交通意外。順利換回原來的身體後，簡丹繼續騎車載我，但他沒有直接回家，而是把我載到以前就讀的小學。

「你要在這個時間點去找以前的老師？老師都下班了吧？」我下車後問。

「只是來逛逛母校，這裡對我很重要。」

我對小學生活沒什麼印象，只記得自己當過路隊長，平常天不怕地不怕，最討厭別人罵我胖，六年級被班上男同學罵過，回家哭了一整個下午，然後簡丹……對，他幫我收拾了那傢伙。

我到現在還是不知道，當年簡丹對那個男同學說了什麼，讓他後來一看到我就躲。我曾問過簡丹，可是他死都不告訴我，只要我一問，他就白眼我。

我跟著簡丹走進學校川堂，角落的牆上掛著一面全身鏡，讓小學生整理服裝儀容用。

簡丹杵在原地盯著鏡子看，鏡子裡，我和他站在一起，畫面卻沒有絲毫違和感。

我很久沒照鏡子，這麼一看，才發現盼盼說得對，這三個多月的折磨讓我消瘦許多。

以前盼盼總是調侃我跟簡丹加起來是10分，因爲簡丹身材很好，而我的體型卻像顆球，我們一個1，一個0，站在一起就是數字10；現在她說我們是11分，只不過右邊那個1短了點，看得她一陣鼻酸。稍早吃飯時，盼盼還邊吸鼻子邊把菜夾進我的碗裡，要我多吃一點，再吃回0，以免簡丹愛上我……靠，嘴巴眞壞，到底酸我還是誇我，我都分不出來。

「簡丹。」我盯著鏡子裡的簡丹，他回望鏡子裡的我，沒有應聲。

一旁的教室似乎有活動，裡頭傳來吉他聲，有人邊彈邊唱：「親愛的，我多麼幸運，人海中能夠遇見你；親愛的，我多麼盼望，每一天在這裡，永遠永遠有家的感覺……」

我們都沒說話，直到聽完那首歌，我忽然有種想哭的衝動。

好美的歌，好像在說我們。

我們的爸媽在人海中遇見對方，兩人相愛，進而決定相守組成家庭；而我身邊的簡丹，他永遠都會是最特別的存在，我在他身上找到了家的感覺。

「盼盼不知道你是gay。她今天跟我說，全宇宙的好男人不是死光了就是gay，有女朋友或是老婆的，也被歸類在死掉的那一塊。」我吸吸鼻子，用手臂擦掉湧出眼眶的一點點淚水，試圖把氣氛弄得輕鬆些。

簡丹挑起眉頭，伸手抹去我臉上的淚漬，捏了捏我的臉頰，「所以在她的認知裡，我屬於哪一類？」

「盼盼說你是壞男人，好男人名單上沒有你。」我聽了非常贊同。

「幼稚。」簡丹的表情瞬間扭曲。

我猜他八成在想：TMD，又上當！再也不跟夏寧甯說話了！

他伸手想抓我，我躲開他的攻擊，笑著往後跳，「你才幼稚！你全家都幼稚！你家小狗也幼……啊——」我被絆了下，差點跌倒，幸好簡丹反應快，及時拉住我，我硬生生撞上他的胸膛，疼得喊出聲。

「不痛不痛，撞一撞會聰明一點。」他輕笑，摸摸我的頭。

「屁啦。」要真是這樣，我的智商早就超越簡丹，MIT、哈佛，手到擒來！

「驗證一下就知道了。快，把圓周率後面的循環數字背來聽聽。」簡丹又笑了，胸口一陣震動，衣服棉絮跑進我的鼻子裡，引得我打了個噴嚏。

「怎麼？」簡丹低頭看我，「感冒了？」

「沒有啦，我對王八蛋過敏。」我揉揉鼻子，好癢。

*

「我的右眼皮一直跳。」塔羅牌社團時間，我跟上次那位偷拍我照片的田徑隊女生說。

她叫李晴，今天跟我同組。

李晴才剛把塔羅牌擺好，聽我這麼說，一直低著的頭突然抬起來，「上眼皮還是下眼皮？」

和李晴混熟後，我發覺她是個帥哥控，平生最大嗜好就是偷拍帥哥。上次我不小心看到她手機裡有個相簿，裡頭居然收集了從各種角度偷拍的簡丹照片，足足有一百多張，打籃球的簡丹、跑步的簡丹、正在笑的簡丹、和男神在一起的簡丹……近期我看她又新增一個相簿，開始蒐集我男神的照片。

唉！只能說，如果我是用夏寧甯的身分認識她，我們兩個一定能組個少女團體，團名就叫：男神My Love。

我想了一下，「右上，右上眼皮一直跳。」

李晴驚悚地瞪大眼，伸手從我的左上眼皮依序往左下、右上、右下開始數：「喜、怒、哀、樂。簡丹，是哀！你最近會發生不好的事！」

我沉默地回望她，她趁機拿起手機又對著我拍照。

「靠，妳別玩了！」我大叫，那些照片賣一賣都能賺五、六千了！

「你真的很帥。」李晴臉頰微紅地說。

天啊，我雞皮疙瘩掉滿地！帥就帥，用不著一直拍我的照片吧！

見我怒氣沖沖，李晴立刻掀開其中一張塔羅牌，「幫你算最近運勢。」

牌一掀開，我倆都安靜了，是死神牌。我從來沒抽到過死神牌。

「意味……意味某種狀況的結束。」李晴嚇呆了，我猜她也由塔羅牌聯想到了剛剛眼皮跳的不祥預兆，「其實也不一定是壞事啦。」她試圖安慰我。

「我要換人。」我快哭出來了。

曹棣棠後來到我們這一桌，又幫我重新占卜一遍，弔詭的是，不論我怎麼抽都是死神牌，但要是換李晴抽牌，就會出現其他卡牌。

我向曹棣棠提起自己的右眼皮在跳，他神情凝重地表示，有時候眼皮跳是反應身體的主人最近時常失眠，有時則確實是所謂的預兆。無論如何，他要我多加留意，小心爲上。

自從和夏家兄妹坦白後，我跟簡丹都感到如釋重負，再也無須在他們面前特別注意言行舉止。不過只要現場還有其他人，我便覺得彆扭，因爲男神那次在咖啡廳說我把簡丹演得很浮誇。男神的話，我無法不在意。

浮誇是什麼？能吃嗎？陳奕迅唱過：你當我是浮誇吧！誇張只因我很怕。

嗯，很有道理，然而我浮誇不是因爲怕被忽略，相反地，我是怕被大家發現所以拚命隱藏自己，結果……結果就反效果了。

只是，現在收回演技好像也來不及？

男神後來安慰我，說簡丹演得比我還差勁，要我別把他的意見放心上，可這番話不但沒讓我釋懷，反而加深我的困擾。拜託，簡丹毀的是我的形象耶！

根據盼盼和男神的小道消息，認識我也認識簡丹的同學都說：「夏寧甯最近變得很女鬼，然後……簡丹是嗑藥還是得了亨汀頓舞蹈症？」

眞讓人感慨，不知道「很女鬼」和「嗑藥」，哪個評價比較好？

「都不好。」盼盼說完，吸光手中的利樂包飲料，發出好大聲響。剛失戀的她，最近磁場跟「簡丹版夏寧甯」雷同，就是隻渾身散發怨氣的女鬼。

晚上七點，籃球隊正規練習時間。

本來我獨自坐在學校走廊等男神的前女友下課，剛好盼盼打電話問我人在哪裡，她得知我要找德文系學姊，隨即殺來這裡和我一起等。

「妳今天怎麼有閒情逸致陪我？」平常這個時候，盼盼都會去體育館看簡丹打球。

盼盼居然回我：「我要戒掉簡丹，就像妳戒掉炸雞一樣。」

我眼角一陣抽搐。仔細想想，這的確很符合盼盼行動派的個性，這幾天她不但沒像以前那樣騷擾簡丹，甚至對簡丹避之唯恐不及，我猜是因爲她在簡丹面前暴露心事，尷尬得不敢再靠近他，索性往我這裡跑。

簡丹沒跟我提過盼盼躲他的這件事，是我自己發現的。

「你們兩個戲演得都不好。」盼盼還在碎碎念，陰氣超重。

「閨女，妳怎麼還在這兒？快錯過投胎的時間了，說好下輩子輪迴畜生道啊。」我轉頭看盼盼，她硬要跟我背靠背坐，說這樣很舒服。我不是很懂她所謂的舒服，只知道她一直往後撞，以舒服之名，行攻擊之實，搞得我脊椎很疼。

「我不投胎，我要當一隻快樂的孤魂野鬼。」盼盼斜睨我一眼。

「請便。」反正哪天想投胎了，還有曹棣棠可以幫忙超渡。

「夏寧甯，我要扒妳的皮、啃妳的骨、吃妳的肉、啖妳的血。」盼盼瞪著我，邊說邊慢慢捏扁手裡的利樂包，擠壓聲不斷刺激我的腦神經，「我要將妳挫骨揚灰，讓妳灰飛煙滅！我死也不祭拜妳，要妳跟我一樣，永遠當一隻孤魂野鬼，生生世世和我綁在一起！」

……阿拉耶穌佛祖聖母瑪利亞曹棣棠，我覺得我要不是已經嚇尿，就是盼盼剛剛擠出的利樂包飲料濺到我褲子上了。

我腦袋不停運轉，想著該去換褲子還是安撫盼盼，但盼盼顯然沒給我太多選擇，她很快冷靜下來，淡淡地說：「這是昨天《藍色瞳鈴眼》女主角抓姦時跟男主角說的台詞，挺有趣的。」語畢，她把利樂包塞進我的手裡。

其實我聽過《藍色蜘蛛網》、《玫瑰瞳鈴眼》，就是沒聽過什麼藍色瞳鈴眼，不過現在吐槽盼盼不太好，總覺得她背包裡藏著菜刀和電鋸，而我手中唯一武器只是一個扁掉的利樂包。

「你們男人就是賤，總是用下半身思考。」盼盼嗓音平靜，說出的話卻像把利刃，刀刀刻在我心上。

「……這也是台詞嗎？」嗚嗚嗚，誰來把這個瘋女人拖走？

「對。」盼盼點頭，「我把整集看完，感到很痛快。那個負心漢最後死了，警方一直沒找到兇手，結局是女主角在外面玩夠之後，跑去警局自首。編劇超厲害的，一定曾被男人狠狠傷過。」

……我看妳也是吧？台詞那麼激進，聽起來就不是普通人吞得下的，妳居然把它看完，只能說I服了you。

我還是比較喜歡《小魔女Do Re Mi》和《哆啦A夢》，至少主角們在說「霹靂卡霹靂拉拉，波波力那貝貝魯多」和「大雄，你又闖禍」時，手裡拿的是魔杖或銅鑼燒。

等待學姊的時間遠比我想像中要漫長許多，我個人認爲應該是盼盼在身旁的緣故，沒多久，我開始有些恍神，當學姊從教室裡走出來時，我甚至差點錯過。

「夏寧甯，快！」盼盼首先反應過來，她起身將我拉起。

學姊手裡抱著德文課本，身邊圍著幾個朋友，她們好像在聊什麼有趣話題，笑得非常開心。

我擠過人群跟上去，要出聲喊她卻發現自己不知道對方的名字，只好轉頭問盼盼：「欸，學姊叫什麼？」

見我一臉茫然，盼盼一副恨鐵不成鋼的樣子，低聲罵道：「廢物。」

「妳哥的前女友叫『廢物』？」我還沒反應過來。

盼盼沒理我，逕自越過我，直接衝到廢物學姊旁邊攔住她：「學姊！」

唉，早說嘛！我就知道她也不知道學姊的名字，估計連男神現任女友的本名她也不曉得，所以才跟著我喊「劉亦菲」。

學姊嚇了一跳，看清來人是盼盼後，笑問：「瑾盼，有什麼事嗎？」

男神的菜好像都是這種類型，講話非常溫柔，氣質也脫俗。

我記起第一次看到學姊是在體育館，當時學姊身後跟著一群朋友，她們大喊說要找男神，學姊就站在人群中間微笑，美得跟維納斯一樣。後來我們一起聚餐，她和男神還在我跟簡丹面前不停晒恩愛，閃得我眼睛都瞎了。

盼盼朝我招手，我加快腳步走上前，向學姊問好：「學姊好，我是瑾盼的朋友，我叫夏寧甯，之前和妳一起吃過飯……我有些關於德文的問題想請教學姊，不知道學姊方不方便？」

學姊笑笑地看著我，「寧甯好。我正要去學生餐廳吃飯，不如我們一起用餐，我順便回答妳的問題？不過我只是個夜間部學生，程度可能沒那麼好，妳確定要問我嗎？」

非常確定，是妳！就是妳！我用力點頭，誇張地動作惹得學姊輕笑出聲。

來到學生餐廳，我們找了個位子坐下。學姊的男朋友也一起來了，他是外校學生，跟我和盼盼同年，我請教學姊問題時，他就安靜地坐在旁邊，盯著我看。

我事先把那句德文抄在一張紙上，拿給學姊過目時，她揚起一抹非常神祕地笑容。

「這是女詩人Kathinka Zitz的作品，也是歌德引用過的一句話。」

「對、對、對！」我彷彿看見一道曙光從天堂射向人間，學姊背後因此長出一對巨大翅膀，「學姊，瑾琛學長有問過妳這句話的意思嗎？」

「這段話妳是從那張拍立得照片看來的？」學姊不答反問，且語出驚人。

就這麼一瞬，我彷彿聽見《名偵探柯南》的主題曲響起，矮子新一用他短短的手指揮向一頭霧水的觀眾，十分霸氣地說：眞相，永遠只有一個！

「學姊知道些什麼嗎？」我激動得幾乎要整個人爬上桌子，要不是盼盼把我拽回座位，我大概已經跟學姊鼻子碰鼻子了。

「事關瑾琛的隱私，我不好說。」學姊有些爲難。

「學姊，」一直旁聽的盼盼終於加入討論，她拿著筷子敲碗，「妳跟我哥早就分手了，現在妳走陽關道、他走斜張大橋，你們互不相干，就別再有所顧慮了！快告訴我們，我們保證不讓他知情！他最近心情非常不好，不肯告訴我原因，所以我們才會來找學姊，只有學姊可以幫我們了。」

盼盼似乎也很想知道自家哥哥的祕密，因此花招百出。不過斜張大橋是什麼鬼，好好使用俚語很困難嗎？

學姊先是盯著我看，又低頭摸了下右手手腕，顯得有些侷促不安。我跟盼盼都沒說話，屏氣凝神地等著。

就在我以爲她要拒絕我們時，她緩緩開口：「那句話，是瑾琛寫給某個男孩的。」

她一說完，我跟盼盼當場石化。

腦海中的柯南主題曲被中斷，矮子新一站在原地大叫，表情扭曲至極，就像孟克畫的〈吶喊〉，嘴裡嚷嚷著：八嘎壓囉，這不是我要的眞相！

「那張照片，瑾琛最後給了籃球校隊隊長簡丹。」學姊嘆了口氣，她看向我，語氣沉重：「我記得簡丹是妳的哥哥？希望這些話有幫到妳們，我也不想瑾琛難受。」說完，她轉向盼盼，試圖獲得盼盼的回應。

盼盼還沒回過神，此刻模樣像是親眼看見日本女鬼貞子爬出古井，貞子爬到一半還被勾到裙子，摔了一跤。

「學姊，妳是因爲……因爲知道那個……所以才……分……嗎？」我難以組織自己想要說的句子。

「算是吧。」學姊竟然聽懂了，她托著腮幫子，緩緩應道：「我們是和平分手，之後還是有以朋友的身分聯絡，所以我大致知道瑾琛的狀況，他的內心也很煎熬。」

盼盼還在神遊。貞子終於把裙子拉好，非常優雅地繼續爬，結果爬沒多久又碰上一塊牌子，寫著：入內請穿鞋，違者查封土地。

貞子立刻崩潰，因爲她的井馬上就被警察用水泥封起，爬出來的她永遠回不去了。

回不去了。

回不去了。

回不去了……

我感到心臟有些難受，消化這些資訊需要好一段時間。想到之前四人同桌吃飯時，這對情侶是如此地恩愛，難道男神當時那些舉動都只是在演戲？演給誰看？簡丹？

「我之所以喜歡瑾琛，是因爲在他面前，我可以做自己。瑾琛不避諱讓我知道眞相，告訴我，我們是不可能的，可是我仍相信自己能夠創造奇蹟。先愛的人先輸，也許戀愛就是這麼一回事吧？但我不後悔，瑾琛雖然調皮搗蛋，骨子裡卻是個很溫柔的人，我慶幸擁有他這個朋友。他一直說很對不起我，但我知道錯不在他，在愛情這場沒有贏家的遊戲裡，我們都是受害者。」學姊由衷地說。

男神和簡丹互換角色後，一切好像都說得通了。

之前男神跟簡丹之間莫名其妙的氣氛、男神偶爾曖昧不明的話、那張拍立得照片上寫著的「我愛你，與你無關」，還有很多數不清，我以為是自己第六感有問題的moment……原來情有可原。

只是揭穿了事實，問題瞬間被拉到一個全新層次：簡丹為什麼不跟男神在一起？

他們兩情相悅，照理可以寫下BL第一章了，簡丹到底在等什麼？而且……敢情男神從過去到現在交往過的所有女朋友，包括劉亦菲，統統都是障眼法嗎？

這些問題成了一堆跑馬燈，在我腦裡不斷盤旋發光。

然而更糟糕的事在後頭。

學姊說要去旁邊的便利商店買東西，但她的男朋友卻沒跟著過去，我正覺得奇怪，沒想到他突然開口。

「夏阿呆。」他撐著下巴，打趣地看著我。

我一臉莫名地回望他。呃，這傢伙是簡丹開的分身嗎？不對啊，又不是在玩線上遊戲。

「妳忘記我了？」

他這麼說，好像我應該認識他，但我對他完全沒印象。

「妳的眼神跟小學一樣，還是呆呆的，但是妳瘦下來變得好可愛，雖然以前胖的時候就滿迷人的。」

……馬麻，這種狀況我該說謝謝嗎？

「一開始我還不是很肯定是不是妳，直到聽見簡丹的名字，我才確定眞的是妳。你們現在還好嗎？」他笑笑地問道。

我在腦中key入「小學、簡丹、呆」這幾個關鍵字，始終想不起眼前這位仁兄是誰，沒辦法，我的大腦容量不足，對小學的記憶所剩不多。

「抱歉，你是誰？我記性比較差，麻煩你稍微提示一下。」我有些尷尬。

「不會吧？也太傷人了。」他大笑，「我以前暗戀過妳耶。」

暗戀誰？平行時空的夏寧甯？

看我沒回話，他接著說：「妳也知道小男生就是幼稚，遇見喜歡的人就想狠狠欺負，博得她的注意。我以前就是欺負妳，結果妳回家哭給妳哥哥看，妳哥隔天跑來學校找我。」

媽呀，他這麼一說，我立刻像是吃了記憶吐司，回想起一切。他就是那個惹哭我，害我被簡丹往嘴裡塞冰棒的討厭鬼，我記得！

「冬瓜鑫！是你！」我起身指著他大叫。

小學時他坐我隔壁，動不動就拉我辮子、掀我裙子、藏我飯盒……各種惡霸行爲，不勝枚舉。順帶一提，他叫冬瓜鑫不是因爲他矮，而是因爲他家是賣冬瓜的。

見我終於想起他，他笑得溫和，「對，不過請把『冬瓜』二字去掉，我家現在不賣冬瓜了。」

才不要咧。

「好巧喔，冬瓜鑫！你跟學姊交往多久了啊，恭喜你們！冬瓜鑫，太棒了！有空約出來吃頓飯、敘敘舊啊，冬瓜鑫！」我要報復你過去的惡霸行爲，你今天就領著這三個字回去吧！

冬瓜鑫的笑容有些扭曲，「妳還是沒變，很活潑。」

「怎樣？」咬我啊。

「我剛剛旁聽了好多祕密，難道妳跟簡丹現在還是兄妹關係嗎？」冬瓜鑫轉移話題。

「嗄？不是兄妹關係不然是什麼關係？你詛咒我爸媽離婚啊，冬瓜鑫？」我感到莫名其妙。

冬瓜鑫沒回話，表情突然變得非常奇怪，一副欲言又止的模樣。

我想起當年他被簡丹抓去……據簡丹的說法，抓去說悄悄話，至於說了什麼，我不知道，只知道從那之後，他一看見我就腳底抹油地落跑，就像盼盼看到簡丹一樣。

學姊從便利商店出來，冬瓜鑫起身，準備帶女朋友離開，我看了一眼盼盼，她仍然死在桌上沒反應。

我送他們到餐廳門口，冬瓜鑫忽然轉頭對我說：「簡丹當年抓我進了間廁所，拿童軍繩把我綁在馬桶上，還打了一百多個死結。」

……我覺得我也開始看到貞子了，眞相總是殘酷的。

「他跟我說，想追夏寧甯，先自己把結打開，不准求救。」冬瓜鑫邊說邊笑。

我訝異他居然還笑得出來，顯然當年簡丹打的結不夠多。

「然後他說……」冬瓜鑫頓了幾秒，存心吊我胃口。

「他說什麼？」我意思意思問了句，滿足他。

冬瓜鑫笑著搖搖頭，隨即拉著學姊往外走，留我一個人在原地譙他。

就在我感到心已死，而貞子倒地不起時，遠遠地，冬瓜鑫又回頭對我大吼：「他說夏寧甯是他的，誰都不能跟他搶！叫我Fuck off！」

不知道你有沒有遇過這種狀況？有些事你當下做起來爆炸開心，但開心過後，理智回來了，你卻拚命想要時間倒轉，好讓你回去原本的單純世界。

我想，「找學姊」這件事，就是我跟盼盼想讓時間倒轉的第一名。

學校停車場裡，我跟盼盼六神無主地坐在機車上。

「盼盼，如果上帝讓每個人都能擁有一項超能力，妳想要什麼？」我問盼盼。

「亞斯伯格症。」盼盼秒回我。

「……那不是一種超能力。」我的媽呀，她怎麼了？

「我覺得是啊，我不想感受這個世界的一花一草，只想沉浸在自己的世界裡。」

盼盼眞的當機了。

「我想要讀心術，這樣我就不用費心猜疑，一下子就知道對方在想什麼，是不是在騙我。」我感慨地說。

「那樣妳只會活得更累。」盼盼睨了我一眼。

唔，也是。面前那個人明明長得人模人樣，說話非常誠懇，擁有讀心術的我卻知道他在騙人，感覺也滿悲哀的。盼盼說得對，讀心術不好。

我嘆了口氣，今晚眞漫長。

手機忽地亮起，是簡丹傳來的訊息。

「夏胖，在哪？」

我沒回他，我不知道該怎麼回。

手機響起，我直覺地接起電話：「簡丹你這個神經病。」

彼方沒回話，大概是聽到我吸鼻水的聲音，知道我哭了而有些無措。

我不喜歡這種安靜的感覺，正想結束通話，電話那頭突然問道：「妳是夏寧甯嗎？」

是個陌生男性的聲音，我連忙看了眼來電顯示，發現是未知號碼。奇怪，是詐騙電話嗎？

「我認識你嗎？」我小心翼翼地探問對方，做好隨時掛電話的心理準備。

一旁的盼盼聽對話有些古怪，她跳下機車，走到我的身旁。

「妳是夏寧甯嗎？」電話那頭安靜幾秒，又問了一次。

「誰啊？」盼盼把我的手機搶過去，「你是誰啊？」她朝手機彼端大喊，接著皺眉看向我，「……竟然掛我電話，眞沒禮貌。」

「會不會是詐騙電話？」我說。

「欸，妳好多通未接來電，還有一封簡訊。」盼盼不經意地瞥過手機螢幕，尷尬地說：「都是簡丹。」

「喔。」聽見簡丹的名字，我有些恍神，滿腦子都是不久前接收到的那些訊息，好雜好亂。

冬瓜鑫轉身說的那句話，我乍聽之下，以爲簡丹當年的意思是「夏寧甯只能給我欺負，冬瓜鑫你Fuck off」，可是冬瓜鑫的表情很奇怪，似笑非笑，像是有後話，但他不想說完。

我忍不住追上去，問他是什麼意思，冬瓜鑫只意味深長地看著我。

後來我跟他互留電話號碼，說有空約出來敘舊，他又說：「簡丹很保護妳，應該是不會讓妳跟我見面。」

「保護？什麼意思？」我差點沒學周星馳大笑三聲哈哈哈，如果「保護」指的是各種床上過肩摔、言語辱罵和肢體霸凌，那他大爺確實很保護我，保護得我身心俱創，天天以淚洗面。

「說妳夏阿呆，妳眞是實至名歸。」冬瓜鑫一陣失笑，顯然覺得我的智商跟他不在同一個水平上。「『保護』就是字面上的意思，妳都沒感受到嗎？」

看著他的笑臉，我突然發覺以前簡丹看他不爽不是沒有原因的，冬瓜鑫笑起來好淫……不，好賊啊。

「什麼意思？」我隱約感到不太對勁，似乎自己錯過了什麼。

「我不知道現在是怎樣，但簡丹以前喜歡妳。」冬瓜鑫邊說邊留意著我的神情，趁我愣住時拿手機偷拍我，「借我設一下來電照片。」

……這傢伙跟李晴有親戚關係嗎？我現在不是簡丹的模樣，居然還有人偷拍我！這都什麼世道啊！還有，他剛剛說了什麼？簡丹以前喜歡我？他說的是中文嗎？還是梵文的「今天天氣很好」，只是發音剛好跟「簡丹以前喜歡妳」一樣？

不，媽媽，我怕怕！

「先走嘍！改天聯絡，小初戀。」冬瓜鑫說完，拍拍我的肩膀，轉身離去。

「誰是你小初戀！」我朝他大吼。

盼盼沒聽到這些對話，她那時還宛若一攤死水趴在學生餐廳裡，我也不認爲讓她聽見是好事。

冬瓜鑫離開後，我一個人坐在餐廳外的台階上無聲崩潰。

如果他和學姊沒有騙人，就代表簡丹從頭到尾都撒著漫天大謊，而這套謊言他編了六年，他到底圖什麼？他以前喜歡我？他怎麼可能會喜歡我？我完全看不出他有喜歡我的可能，而且，我明明看到的是他暗戀男神，戀情卻無法開花結果，至於男神……男神……

慘了，我完全沒勇氣打電話向簡丹確認，思緒亂成一團，無法思考，也笑不出來。

之後盼盼出來找我，我們決定一起回家，說是回家，兩個人卻都坐在機車上沒動，她想她的哥哥，我想她的和我的。如果有人經過，看到我們失魂落魄的模樣，一定會以爲這兩個女生剛從精神病院出來，而我的確有這種感覺。

失落、失戀、失智、失心瘋、施華洛世奇……我的腦袋好錯亂啊。

「只有我一個人覺得今天很難熬嗎？」盼盼趴在我的背上，大嘆氣：「我哥出櫃了，他還喜歡我的前暗戀對象。」

「盼盼，準確地來說，學長沒出櫃，他不打算公開；」我反駁她，「同樣地，簡丹也不是妳的前暗戀對象，全世界都知道妳喜歡他。」

「夏寧甯，我的心好亂啊。」盼盼在我身上磨蹭。

其實我又何嘗不是呢？

男神喜歡男孩，這個男孩不是別人，正是簡丹，而簡丹顯然早就知道這件事。他知道，可是在我面前演戲，假裝自己不知道，假裝暗戀很苦。

原來那天在體育館新生徵選，簡丹聽見我說「我愛你，與你無關」時露出的驚恐表情，不是我的錯覺，莫非這就是他不能說的終極祕密？他和男神互相喜歡？這算什麼祕密？如果他喜歡男神，男神也喜歡他，兩情相悅難道不能直接在一起嗎？

但是不對啊，冬瓜鑫說簡丹喜歡我，那又是什麼意思？

「寧甯，電話。」我想得出神，直到盼盼搖晃我，把我晃得差點摔下車，我才回神。

低頭一看，又是未知號碼，我乾脆拒接來電，把手機關機。

「夏瑾盼，我們回家吧。」該面對的，遲早都要面對。

盼盼聞言，用力抱了我一下，「總覺得，回家該跟我哥好好聊聊了。」

「其實妳不該跟學長聊這個。我們都暫時假裝不知道這件事吧，等他們想說再說，畢竟人家不想說，一定有他們的理由，作爲家人，我們應該支持他們的任何決定。」我抓抓頭，把手機放回口袋。

盼盼應了聲，我們於是又擁抱一次，替對方加油打氣。

騎車回家的路上，我不斷回想簡丹這七年來的言行舉止。

不知道是我太遲鈍還是怎樣，我完全感受不出簡丹小時候有任何一絲喜歡我的傾向，他老是罵我、打我、玩我、酸我、踢我、笑我，雖然從未眞正欺負過我，卻也沒讓我享受到被喜歡的尊榮感，呃，可以這麼說嗎？尊榮感？總之就是，我確定他不討厭我，卻也不清楚他是不是喜歡我。

話又說回來，喜歡一個人是什麼感覺呢？

簡丹曾經說過，喜歡一個人，便會將整副心思放在對方身上；對方的一顰一笑足以左右你心臟跳動的頻率；你會一一記下對方的喜好與習慣，對他瞭若指掌，只爲了在適當的時刻送上溫暖；甚至，卯足全力欺負那人，好博得對方的注意，讓對方在意你……而最後這招，簡丹玩上了癮。

我當時直覺他是在說男神，現在回想起來，最後一句話……其實指的是我嗎？

我只能說，呵呵，完全想像不出來。

結論就是，冬瓜鑫大概在開玩笑吧！只是這個笑話我非但不捧場，還有一種想把冬瓜煮來吃的衝動。

俗話說得好，屋漏偏逢連夜雨。我都快騎車到家了，卻在附近的巷口突然沒油，導致我奔騰的思緒被迫按暫停。晚上十一點，距離最近的加油站已歇業，這麼一台重型機車只能靠我短短的腿和手慢慢牽回家。

沿路沒什麼車經過，走著走著頗有幾分陰森感，再加上這一帶的路燈年久失修，總是一閃一閃的，稍有風吹草動都讓人害怕。街上完全沒人，整座社區像被按下靜音鍵似的，靜得我有些耳鳴，也因爲周遭太過寧靜，我才能察覺到身後有人跟著，亦步亦趨。

我猛然回頭一看，後面沒人，嚇得我汗毛直豎，加快腳步之餘，趕緊掏出手機試圖開機，可按沒幾下，螢幕就又因電力不足而暗了下去，我非常緊張，手心開始流汗，連機車都差點扶不穩。

「站住！」一道陌生的男性嗓音自身後響起，語氣凶狠。

後頭的腳步聲愈來愈大，那人似乎正急速朝我迫近。我缺乏勇氣回頭，走沒幾步就丟下機車拔腿狂奔，途中還摔了一跤。

我跑過巷口，拐彎進社區，還沒抵達前方有明亮路燈的區域，便先撞進別人懷裡。

「啊——」我忍不住尖叫，對方立刻摀住我的嘴巴，我慌亂地抬頭一看，是簡丹，他正擰著眉頭看我。

「夏小豬。」他的語氣透著擔心，「這麼晚才回家，妳是跑去哪裡了？」

「唔唔……」學校。但他仍摀著我的嘴，我無法說話，於是我指了指他的手，他這才意識過來地鬆開手，我馬上躲到他的背後。

「幹麼？」他感到莫名其妙，伸手往後一探，將我揪回面前。

「有人在追我。」我邊喘氣邊應道。

「追妳？」他的眉頭始終緊蹙著。

「剛剛有人一路跟著我，後來還追著我跑……」我心有餘悸地說。

簡丹終於聽懂，臉色逐漸陰沉，「我有沒有傳訊息給妳？」

「有。」我感到慚愧，頭低下了幾公分。

「我有沒有打電話給妳？」他逼問，伸手捏住我的下巴，要我看著他。

「有。」我持續羞愧中。

「那妳爲什麼不回、不接甚至關機？我還騙爸媽說妳在盼盼家做報告，讓他們別擔心。現在很晚了，妳知不知道？」

雖然語氣平靜，但簡丹看起來很生氣，似乎下一秒就會下令：來人啊，朕不爽，立刻把民女夏寧甯拖出去五馬分屍，讓朕爽！

「對不起。」我知道，這三個字永遠都是他的死穴。

果然，簡丹不說話了，他眉頭深鎖地瞪著我，頭上彷彿有跑馬燈閃過，上頭寫著：我TMD拿妳沒辦法！我就是拿妳沒辦法！

「妳有看清楚對方的長相嗎？」他嘆了口氣，探頭察看附近的狀況。

我抓住他的衣角，往巷口轉角指了指，「那邊，我是在那條巷子遇到那個人的。」

「妳的機車呢？妳不是騎車出門的嗎？」他又問。

「車子剛好騎到沒油……我剛剛是一路牽車走回來的，後來為了逃跑，就把車子丟在路邊了。」我掏出口袋的鑰匙給簡丹。

「沒油？」他感到荒唐地看著我，「沒油就算了，妳沒我的電話號碼嗎？」

我一陣無語，總不能跟他說：嘿，簡丹，是這樣的啦！我到今天才發現你一直都在騙我，還很棒棒的騙了我六年，所以我很生氣，不太想看到你，只想一個人靜一靜，沒想到竟被個神經病搞夜襲，才會跟你打了照面。喔，並且我的手機沒電了。

簡丹看我半天不回話，也沒生氣，逕自把家裡的鑰匙塞進我手裡，「妳先回家，我去那邊看看。」

「不要。」我不敢自己一個人走夜路，而且，要是簡丹出事怎麼辦？

我抓住簡丹的右手臂，整個人幾乎貼著他走，他回頭白了我一眼。

「妳這樣我怎麼走路？後退一點。」

「你可以走。」只是走得比樹懶還慢。

他不再說話，帶著我走到機車倒地的現場，四周很安靜，沒半個人影。

簡丹四處巡視，甚至撥開草叢仔細察看，什麼都沒發現。我扶起地上的機車，簡丹接手過去並要我走前面，我照做。

回到家，一進房間他便宣布：「明天開始，我們一起回家。」

我還在想要怎麼拒絕簡丹，手機居然回魂的響了，我看了眼來電顯示，又是未知號碼，我開始覺得有點恐怖，難道這通電話跟剛剛那男人有關？

簡丹看我一直沒接電話，問道：「妳今晚就是這樣拒接我的來電？」

「不是，是今天一直有未知號碼打來，對方還知道我的名字，卻不說自己是誰。」我有些不安地說，「我覺得奇怪，才乾脆關機。」

簡丹拿過我的手機，直接接起電話，「你找夏寧甯有什麼事？」下一秒，他一臉莫名地看著我，「竟然掛我電話。妳知道那人是男生還是女生嗎？」

「男生。」我回應，「他還不只一次的問我是不是夏寧甯。」

簡丹面露鄙夷，伸手推我的額頭，「妳別亂給別人手機號碼，垃圾詐騙都是這樣找上門的。」

「我才沒有亂給！我很小心的。」看著簡丹皺眉思索的模樣，我腦中靈光乍現，「該不會是你白天用我的身分在外面遊蕩時，隨便把我的手機號碼給了哪個奇怪的大叔吧？」

「誰會……」簡丹頓時怔住，嘴裡喃喃自語：「大叔……夏……可是我明明請他別在晚上打來。」

「什麼？誰！」我抓住他的手，在原地又跳又叫。

「電話那頭的聲音，妳認識嗎？」簡丹恢復鎮定，他雙手抱胸，挑眉問我。

「不認識……難道你認識？」我緊咬著他那句話不放。

「很好。」簡丹一掌往我的額頭拍過來，「妳不認識，我就不認識。」

「什麼意思？你是不是偷偷跟誰聯絡，不讓我知道？」我滿腹狐疑。

「其實我前陣子聯絡了星際總部，問他們何時能把妳接回去。不過他們覺得妳這個星際外交官實在有點腦殘，拉低他們星球居民的平均智商，謹慎評估後，對方決定把妳扔在地球，永久放逐。夏小姐妳現在滿意了？一定要我說得這麼白嗎？」簡丹唬爛道。

見我氣呼呼瞪著他，簡丹笑了笑，捏捏我的臉頰，坐到書桌前，敲起筆電鍵盤，「人沒事就好。已經很晚了，去洗個澡睡覺，好嗎？」

我盯著他的側臉看，想著該不該跟他坦白今天發生的一切，想著他過去說過的那些是眞話還是假話，想著想著，頭都痛了。

進浴室洗澡時，我脫下褲子才發現膝蓋有傷，應該是剛剛逃跑摔傷的，傷口還在流血。

我沒當一回事的照常淋浴，沒想到傷口碰水竟疼得半死，更遑論沾上泡沫時的痛楚，好不容易忍著痛沖完澡，想要回房擦藥，卻在踏出浴缸時，因爲地板溼滑，「碰」的一聲跌坐在地上，痛得我好半天沒能爬起。

「妳在裡面開趴啊？」簡丹聞聲趕來，他邊敲門邊問。

「跌倒啦！」今天怎麼那麼衰呢？先是右眼皮狂跳、抽到死神塔羅牌，然後遇到冬瓜鑫說了些奇怪的話，接著被怪人跟蹤、在路上摔跤，現在又在浴室滑倒……對了，塔羅牌！該不會眞被塔羅牌預言中了吧？

我扶著浴缸邊緣想站起來，簡丹卻在這時打開浴室門。我身上只圍一條浴巾，來不及穿衣服，甚至忘記叫他滾出去。

「爲什麼地上有血？」他皺眉問。

我低頭一看，這才發現膝蓋的傷口又裂了，地板的水跟血和在一起，一路流進排水孔。

「沒事啦。」我擺擺手叫他出去，但他不理我，逕自走進浴室將我打橫抱起，我不敢亂動，也不知道雙手該抓哪裡，只好扯著他的衣服，「你幹麼？」

「傷口不能碰熱水，妳是笨還是蠢，是蠢還是笨？」

……只有這兩個選項嗎？

回到簡丹的房裡，他把我輕輕放到椅子上，我想起身，卻被他壓回座位。

「擦完藥再走。」

我沒好氣地白了他一眼，「先讓我穿回衣服吧。」

「先穿這件。」他隨手拿起掛在椅背上的球隊帽T，扔給我。

我趁他去拿醫務箱時穿上衣服，還是暖和的，似乎簡丹才剛剛脫下。因爲是男生版型，穿在我身上顯得特別大件。

簡丹拿著醫務箱回來，坐在地上幫我擦藥，期間我一直盯著他瞧，他不慍不火地說一句：「再看就把妳的眼珠挖出來餵狗。」

但我還是目不轉睛地看著他，看到他幫我纏完繃帶，看到他對著我白花花的膝蓋露出滿意的笑容。

我隨口聊起：「曹棣棠幫我算塔羅牌，要我注意自身安全，最近可能會有小意外。」

簡丹收拾著醫務箱，幾綹劉海隨意垂在眼前，慵懶模樣讓人頗爲心動，「所以，說的是妳還是我？」

「曹棣棠也不知道。」我哀怨地瞧了眼膝蓋，「不過我覺得應該是我，你看，我今天好衰。」

「是滿衰的。」簡丹點點頭，表示贊同。「大概是因爲妳沒接我電話，這叫報應。」

我只好催眠自己，跟他對話是在練耐性。

我揪住他的衣領，「我今天去找男神的前女友，她告訴了我一些事。簡丹，你是不是有事瞞著我？」

「我該說的都說了。」

本想從簡丹的表情來判斷冬瓜鑫所說是否屬實，但簡丹只是笑看著我，雙眼彎如月牙，世上有一種機器能夠透過脈搏頻率，測試對方是否說謊。這一刻我突然很想知道，如果沒了測謊機，該如何做，才能辨識一個人的眞心？

簡丹，你是不是喜歡我啊？

不知爲何，這句話我始終問不出口。

第四章

我摸不透簡丹。

人有選擇權，這件事我了解。想吃什麼早餐、要見什麼人、跟誰做朋友、找哪種工作、過何種生活等等，很多事情都取決於自己的抉擇，別人無從置喙甚至干涉，這我懂，我真的懂。人都是獨立個體，當然有不同的想法，試圖說服或洗腦別人很不道德，尊重他人的決定也因此變得難能可貴。

這幾天，我渾噩度日，不問也不鬧，試著設身處地理解簡丹選擇緘默的原因，最後只是讓自己變得非常神經質，老是緊張兮兮。

我猜不透簡丹。

「簡丹，你可不可以不要咬手指？我要拍照，請給我一個帥氣的pose。」

社團時間，帥哥搜集狂李晴，拿著她那支萬惡手機，不耐地指揮。有人混熟前、混熟後是兩種樣子，李晴就是非常標準的這種人。

「老子憑什麼聽妳的？讓老子焦躁一下都不行嗎？」我故意舔舔手指，甚至略帶挑釁地揚起眉頭，笑得像個流氓。真是糟糕，我愈來愈像簡丹了。

李晴「喀嚓喀嚓」的拍了十來張，連我比中指跟挖鼻孔的畫面都入鏡了，一旁的盼盼和曹棣棠注意到這邊的情況，立刻靠來我們這張桌子。

「搞什麼？別把髒手吃進嘴巴，學長！」盼盼用力捏我手臂，不准我搞砸簡丹的形象。

曹棣棠抓住我準備二度塞進鼻孔的手指，用衛生紙擦擦我的手，「我個人相信，妳這麼做的後果不堪設想。」

不得不說，曹棣棠眞是我腦海裡的理智之音，要是李晴不小心將這些照片外流，讓簡丹看見，他大爺不知要扒我幾層皮才夠賠。

想到這裡，我馬上把手放下，調整好坐姿及臉部表情，讓自己看起來像個憂鬱帥哥，只可遠觀不可褻玩。

李晴見狀，拿起手機又要拍，盼盼立即伸手搶過，迅速刪掉剛剛的系列醜照，同時發現相簿裡有個男神專區。

盼盼不可思議地抬頭李晴，「這位同學，妳有病，得治。」

李晴不知道盼盼跟男神是親兄妹，紅著臉回應：「他很帥。」就像她第一次見面對我說的話一樣，還有後來數不清千百萬次的「你很帥，帥得人神共憤」。

其實撇開蒐集帥照這點執著以外，李晴這個人挺有趣的，不但不吝於稱讚別人，說話也是直來直往。重點是，我們同樣視夏瑾琛爲男神！一直沒機會以夏寧甯的身分跟她交朋友，也許改天該試試。

「我要檢舉妳！」盼盼指著李晴大叫，引起社團的好多同學側目。「妳偷拍！妳變態！妳不倫不類！」

李晴起身奪回手機，背上書包，像陣風似的「咻」一聲不見蹤影，只留下一句：「棠棠我先走了，我家母狗生小狗難產，很急！」

……她家母狗怎麼總是難產？

不只我，曹棣棠跟盼盼也都愣在原地，半晌沒反應過來。李晴不愧是田徑隊，腳程實在太快了，簡直光速。

「李晴是不是對簡丹有意思？」盼盼坐到李晴的位子上，雙頰氣鼓鼓的，雙手抱胸，一副準備談判的模樣。

我摸摸下巴，嘴角勾起一抹得意的笑：「我覺得她是對我有意思，畢竟她根本不認識眞正的簡丹。」

「妳少用簡丹的容貌勾引少女！」盼盼奪過曹棣棠手上的一疊傳單，用力往我頭上巴。

我頓時有種她是元配，而我是混帳夫君的錯覺。但冤枉啊大人！我只是一介民女，被困在簡丹這個惡霸的身體裡。

我可憐兮兮地蹲下身，撿起被盼盼當作武器的傳單，「這是什麼？聯合社團聯誼？」瞥見傳單標題，我忍不住問曹棣棠。

「是啊。」好脾氣如曹棣棠，不但沒對盼盼生氣，反而在盼盼還他傳單時，溫柔一笑。「戲劇社、魔術社、塔羅社、熱音社、舞蹈社要辦聯誼活動，上次開會決定去泛舟，順便露營。」

「泛舟，這麼棒！為什麼沒找籃球隊一起？」我眼睛一亮，抓著曹棣棠問。

「在冬天泛舟、露營，你們是白痴還是蠢貨，蠢貨還是白痴？」盼盼撐著下巴，百無聊賴地冷言冷語。

我從以前就認爲盼盼應該和我交換哥哥，她實在太適合當簡丹的妹妹了，連說的話都換湯不換藥。

曹棣棠摸摸盼盼的頭，盼盼馬上打掉他的手，曹棣棠也沒不高興，默默收手。可他縮回去沒幾秒，盼盼又直接把他的手抓回來，放到她大小姐的頭上，甚至自來熟地抓著他的手前後移動，活像那是隻假手。

我彷彿發現新世界，睜大眼睛看著他們自然的互動。

曹棣棠倒是沒什麼反應，好像那隻被盼盼移來移去的手根本不是他的。他笑笑地對我說：「之前我打過電話詢問簡丹意願，他不願意，說這麼冷還玩水上活動，笨蛋才去。」

我猜原文該是夾雜著髒話，只是曹棣棠盡量溫文儒雅地傳達。眞可惜，隊員們本來可以認識一堆女孩的良機，就這樣毀在憤世嫉俗的隊長手裡。

「夏瑾盼，妳乾脆去戶政事務所辦入籍手續，進我們家當簡丹的妹妹吧！」我拍桌大笑。這兩人理念相同，將來如果簡丹想競選議員，盼盼絕對能爲他擋掉一堆白痴提案。

「少揭我瘡疤。」盼盼惡狠狠地瞪了我一眼，臉色陰沉。

我知道她要的從來就不是「妹妹」這個位置，不過簡丹把她定位在那，她臉皮又薄，不肯多次挑戰，註定兩人無緣。

「瑾盼不去，寧甯妳想去嗎？」

曹棣棠這麼一問，我才想到就算籃球隊沒參加聯誼活動，我還是可以用塔羅社社員的身分參加。

「我要去！我要去！」我興奮地舉起雙手。從小到大我都沒泛舟過，只在電視上看別人瘋，完全無法理解那群人在尖叫什麼，也許道理跟高空彈跳一樣，要親自體會才能明白其中樂趣。

「妳可以跟李晴作伴，她也會去。」曹棣棠笑笑地說。

「什麼！妳要去？那我也要去！」盼盼連忙報名。

大概在盼盼的眼裡，我要去，等於簡丹要去。沒辦法，自從發生靈魂互換這種爛事，我和簡丹就成了連體嬰，擺脫不了對方。

回家途中，我跟簡丹提起社團聯誼的事，簡丹卻有些心不在焉，似乎根本沒把我的話聽進去。

「簡丹！」我前後搖晃他的肩膀，機車跟著一陣搖擺，搞得他又崩潰了。

「豬蹄拿開！」簡丹怒吼，但吼出的聲音是我夏寧甯的，實在很沒魄力。

「齁，你有沒有聽到我剛剛說的啦？我說，我要參加曹棣棠辦的社團聯誼，有泛舟的那個！」我把下巴擱在他的肩膀上，用確定他會聽見的音量又提了一次。

「妳不覺得我們目前的狀況不適合幹那種事嗎？」他趁紅燈停車時，回頭看我，安全帽跟我的撞在一起，發出好大聲響。

「那什麼樣的狀況才適合幹這種事？」我敲了他的安全帽一下。

「等一切恢復正常的時候，做起來才不奇怪，也有爽勁。」他回答。

「就是因爲不正常，才要藉此發洩情緒啊。」我據理力爭。

隔壁停著一台一百C.C.小綿羊，上頭坐著一對母子，兒子看起來頂多六、七歲，他好奇地看著我們，那位媽媽則似乎誤會了我們的對話，悄悄地把機車往前挪了幾公分，試圖離我們遠一點，以免聽見什麼小孩不該聽的話題。

我尷尬地咳了幾聲，跟那位媽媽說：「呃，不是您想的那樣。」

「弟弟，非禮勿聽。」媽媽轉頭對兒子說。

簡丹斜睨他們一眼，接著薄唇輕吐：「妳要幹就幹吧！妳爽就好，妳爽我就爽，這種爽度是雙向的。」

……他絕對是故意的。媽媽，我想回家。

號誌燈由紅轉綠，那對母子以非比尋常的速度騎離現場，我立刻用力搥向簡丹的後背，「你亂講什麼話！你現在是個女孩耶！」

簡丹沒有回話，透過後照鏡，我隱約看到他在偷笑。

此刻我眞的很想把曹棣棠的名字倒過來念，狠狠發洩一下了。

＊

連續幾天，我的右眼皮仍是不斷狂跳，但最近也沒什麼特別的事發生，我告訴自己只是因爲晚睡，身體暗示自身疲勞而已，這麼一想，心也就安定下來。

五社聯誼那天，我起得很早，特地衝去房間找賴床鬼簡丹，用手機播放張雨生的歌〈我的未來不是夢〉，還將音量調到最大聲再湊向簡丹的耳邊，他立刻把自己埋進枕頭裡哀號。

「起床！起床！」我在他的身邊蹦蹦跳跳，像小學生第一次郊遊般地興奮，「夏寧甯，起床！」礙於媽在一旁拉開窗簾，我只好自我呼喚。

「寧甯，小心趕不上遊覽車的時間。哥哥在等妳呢！」媽瞥向我的眼神就像是看到神經病，但她沒多說什麼，只提醒床上那具屍體快還魂。

「我不去了。」簡丹翻了個身，語氣極爲不耐煩。

「好，那我走嘍！我要去找盼盼玩，我要跟很多女生抱抱、跳舞！我要嗨爆現場！媽，我愛妳，拜拜！」我邊說邊跳出房間，留下傻眼的媽和驀地詐屍起床的簡丹。

一大早被我挖醒，簡丹最後掛著黑眼圈無奈上車，我雀躍地跟在簡丹身後，意外瞥見籃球隊的成員也來插花了。

曹棣棠一見到簡丹，笑得合不攏嘴：「早，小熊貓。」

「你MD小熊貓，你全家都熊本熊。」江山易改，本性難移，睡鬼簡丹就算想睡覺，也不忘毒舌。

李晴隨後上車，我向她熱情招手，要她坐來我旁邊，她馬上又拿起手機想拍我。

「妳再拍，我檢舉妳啊！」盼盼跟在她的後面，一把搶過她的手機，對著我小聲罵道：

「可惡，招蜂引蝶妳最會！」她用力捏我的臉頰。

之後盼盼自動自發地擠到曹棣棠身邊坐下，我跟李晴坐在一起，簡丹則一個人睡死在最後一排的五人座，頭上蒙了件我的外套，口水流得滿地都是。

「最後一排那個人是誰？丐幫幫主嗎？」李晴看得差點沒咬舌。

「我妹妹啦！改天介紹給妳認識，妳們的氣場很像，一定很合得來！」我伸手搭上她的肩，笑得十分開心。

李晴朝我看過來，忍不住笑出聲：「傳言眞的是不可盡信。」她打掉我的手。

「什麼傳言？」我掏掏耳朵，洗耳恭聽。

「女生們都說你冷若冰霜，很難親近，不笑的時候常常給人一種生人勿近的感覺，所以比起你，平易近人的夏瑾琛，人氣始終高一些。」李晴坦白直說。

唉，怎麼大家都喜歡這樣形容平行時空的簡丹？

「實際相處後，妳認爲我這個人怎樣？」我一時興起，究竟在她的眼中，夏寧甯版的簡丹是個什麼樣的人？

「你啊？雖然才認識你沒多久……」李晴歪著頭，非常認眞地思考。

我突然有些後悔開口問她，她說話向來直率，常常把人毒得氣急攻心。

「我看你有時候挺怪的，動作很娘。至於個性……好的時候很好，賤的時候很賤。橫批：大起大落。」

我頓時無語。算了，只要不是亨汀頓舞蹈症，什麼都好。

「可能還有一點過動兒傾向。」李晴又補槍。

後來的車程，我完全不想跟李晴說話，她也樂得輕鬆，補眠補到大打呼。

順利抵達營區後，大家紛紛提著行李下車，活動負責人之一的曹棣棠數人頭，發現少一個，奔上車去找，原來是丐幫幫主在後座睡到忘我。

簡丹迷迷糊糊被叫醒，頭髮睡得亂七八糟，邊揉眼睛邊下車，一個沒踩穩，整個人從階梯上滾下來。

見狀，我忽地想起國中一年級讀過的某課課文，是作家楊喚的新詩〈夏夜〉，裡頭有句：夏天的夜就輕輕地來了。來了！來了！從山坡上輕輕地爬下來了。

眾人瞠目結舌看著趴在地上的簡丹，我只想到：簡丹的蠢就輕輕地來了。來了！來了！從遊覽車上輕輕地滾下來了。

「我操，摔得不輕，腦子不會摔壞了吧？」塔羅社某男社員說。

我這才反應過來，連忙衝上前去扶簡丹，他仍處在恍神狀態，搭著我的背，喃喃自語些我聽不懂的話。

「寧甯，妳昨天熬夜了嗎？」曹棣棠幫我扶人，低聲問。

「對。」我覺得有點對不起簡丹，禍是我惹的，後果卻是由他承擔。簡丹本人怕起不來，昨天很早就睡了，所以我現在精神狀況非常好，反觀他……簡直悲劇，我好像不該熬夜的。

搭好帳篷後，我把簡丹扔進去補眠，順便幫他擦了點跌打損傷的藥。

男神經過我們，好奇一問：「聽說簡丹從三層樓高的地方摔下來？」

媽呀……以訛傳訛這成語不知道是哪位大師說的？說得可眞好、眞棒。從三樓摔下來還能活嗎？簡丹又不是九命怪貓！

嘴角不住抽搐的我回答：「學長，是遊覽車的第三層階梯啦！」

男神立刻笑出聲：「喔，原來如此，合理多了。」

這是自從我知道男神的祕密後，與他的首次見面。雖然沒半分尷尬，卻很快陷入詞窮局面。幸好，身爲熱音社社員的男神似乎還有別的事要辦，確認簡丹沒事後，隨即離開現場。

我把帳篷拉鍊拉上，透過紗網望向裡頭呼呼大睡的簡丹。

「簡小丹，你這個連下樓梯都會出事的衰鬼，跟男神到底是怎麼回事啊？兩個都這麼帥，不一起搞基實在太可惜了。冬瓜鑫說你喜歡我，是騙人的吧？這樣好了，你想造福全球女性就請搞基，想嚇死我就請喜歡我。你意下如何？」我自言自語地發問，彼方當然沒半點回應。

晚上換回自己的身體後，我在帳篷裡醒過來，看見簡丹坐在角落的睡袋旁滑手機，螢幕透出光，映照著他那張五官分明的臉。

「簡丹。」我出聲叫他。

他面無表情，看都不看我一眼，視線直盯著手機螢幕，好像瞪久了就有錢拿。

「簡丹。」我又出聲喊了一次。

他還是面癱，修長手指在螢幕上滑了兩下。

「簡丹。」我趴在墊子上，伸手朝他揮舞，他大爺仍然不理我。

於是我默默往旁邊翻滾，「簡丹你看！」我滾啊滾啊滾，滾過盼盼的行李袋，「我是熱狗！」帳篷很大，我順著原來方向滾回去，直到撞上角落的簡丹。

簡丹側頭看我，低聲道：「沒見過這麼腦殘的熱狗。」

「今天見過了。」我仰頭看他，笑嘻嘻的。

「幼稚鬼。」簡丹一巴掌拍過來，捏起我的臉頰，左拉右扯。

「啊啊啊——你才是幼稚鬼，放手！」我拍打他的手，阻止他粗魯的動作。

「膝蓋還會痛嗎？」他不繼續鬧我，靠過來想檢查我的傷口。

我立刻躲開他，「不痛了，你別動，別靠近我。」

最近只要簡丹一靠近我，我就渾身不對勁，總覺得哪裡怪怪的，一種說不上來的感覺。不討厭，可是我暫時不想與他太親近，一旦他在我身旁，我的腦袋就鈍得無法思考。

簡丹愣在原地，似乎意識到我在躲他，嘴角不甚自在地勾了勾。

他起身走出帳篷：「不痛就好。」

＊

營火晚會開始後，盼盼拉著我在曹棣棠身邊坐下。

「曹棣棠我跟你說……」還沒坐穩，盼盼張嘴就對著曹棣棠嘰哩呱啦說個不停。

我發現她這陣子跟曹棣棠非常有話聊，動不動就拉著人家說東說西，曹棣棠也總是笑著回望她，就像以往的簡丹。

想起前段時日，盼盼對我說要戒掉簡丹，我不禁有點感傷。

我望向與男神坐在廣場另一邊的簡丹，他手裡抱著一把電吉他，表情有些憂鬱。

晚會主持人是魔術社社長，他變著戲法從布幕下冒出頭，博得全場讚嘆鼓掌。後來熱音社、舞蹈社陸續上台表演，男神和熱音社社員一走，就剩簡丹一人在台下孤零零的坐著。

他的神情抑鬱，教我看得有些出神。

簡丹簡丹簡小丹，能否請問一下，你現在在想什麼呢？能不能把你的腦袋剖開，讓我看看裡面裝著什麼？

突然有人戳戳我的肩膀，我頓時被嚇到，回頭一看，是曹棣棠。

「寧甯。」曹棣棠揚起溫和笑容，「我們要不要過去陪簡丹？上台表演過的人不會再坐回原位了，他看起來好孤單。」

「干我屁事。」別忘了他是那個叫你「棣棠糙」的人啊！

盼盼和曹棣棠見我的回應有些激進，兩人面面相覷，我擺擺手，要他們別來煩我，腦海裡卻不斷重播簡丹從遊覽車上滾下來的畫面，使得我良心不安。

「煩死了，我過去啦！」我起身，拐了個大彎才跑到對面，越過人群，坐到簡丹的身旁。

一坐下，簡丹睨了我一眼，面露嘲諷，我彷彿從他眼裡看見「熱狗，妳不是在躲我嗎？」這句話的跑馬燈。

「幹麼？沒看過會自主換位的熱狗啊？」我哼氣，順便朝對面的盼盼和曹棣棠比中指。

簡丹勾起嘴角，輕聲笑了笑，半句腦殘話都沒回，這反應好不像他。

原以為營火晚會就是看看別人的表演、吃吃大餐，但我忘了這是聯誼性質的活動，當主持人拿著籤筒要大家一人抽一支籤，找到自己的配對對象時，我臉都綠了。

「請大聲唱出暗語，找到你的另一半！」主持人拿著男孩籤筒和女孩籤筒，我跟簡丹抽完籤後，他繼續往旁邊走。

「你的暗語是什麼？」我還沒看籤上的內容，聽到遍地哀號，不禁好奇地轉頭問簡丹。

「我們是正義的一方，要和惡勢力來對抗。」簡丹念了一遍，又唱了一次，似乎挺樂在其中。

我被他逗笑，邊移動腳步邊看自己的籤，準備去找分組夥伴。

簡丹跟過來想偷看我的籤，我不想讓他看，於是跑給他追，他追到一半就放棄了，大概認為我們不可能同組，沒意思吧。

我跑到曹棣棠身邊，想看看他的籤，一旁的盼盼卻哭喪著臉說：「我們是正義的一方，要和惡勢力來對抗……這什麼啊？」

這什麼？沒什麼，就是有人走衰運而已。盼盼愈想躲，老天爺愈不讓她躲。

「妳跟簡丹一組耶，哈。」我笑得有些尷尬。

這位想戒掉簡丹的女士沒有多想，伸手就搶走我的籤，然後把自己的籤塞給我，「交給妳了。」

「殘忍也不失慈悲，這樣的關係你說多完美。」盼盼低頭念出籤文。

聞言，曹棣棠驚呼：「咦，瑾盼妳跟我一組？」

「靠！曹棣棠你是跟我一組，那張籤是我的！」我跳著想奪回盼盼手上的籤，她卻將手愈舉愈高，擺明不讓我拿。

男神在這混亂的時刻登台，向主持人借了麥克風，清清喉嚨，「請問『初戀愛情酸甜，五種氣味唷』是哪位小姐？」

他一說完，全場立刻爆笑，同時有個留著妹妹頭的女孩紅著臉舉手，大家一陣鼓譟，拱她上台。

「抱歉，我是幫別人問的。」男神指了指台下一名熱音社社員，「他今天喉嚨不舒服，不太能說話。」大家笑得東倒西歪，男神接著說：「『我們是正義的一方，要和惡勢力來對抗』又是哪位女孩呢？」

我跟盼盼當場愣住。

「她！這裡！夏寧甯！」盼盼先發制人，又跳又叫，引得全場目光齊看向我。

我瞬間覺得自己要尿褲子了。

「這麼巧？正義的另一方找到了。簡小丹，請帶著你的女伴，手拉手一起去對抗惡勢力吧！」男神在舞台上笑得好甜，還比了個勝利手勢，台下的人爲此瘋狂尖叫。

「我們是正義的一方！要和惡勢力來對抗！」

附近的同學們唱起《無敵鐵金剛》的歌，賣力鼓掌，簡丹就在這樣的氛圍下朝我走來，沉默地將我拉走。

「別唱了。」我跟他異口同聲。

聯誼性質的團康活動，不外乎是一堆肢體碰觸遊戲。我無法理解，兩個不認識的人要怎麼拋開羞恥心進行這些活動？就連我跟簡丹認識這麼久，也不禁覺得難爲情。

好比其中一場遊戲是男方背著女方跑，女方必須拿充氣槌攻擊其他人，並想辦法弄破別組女生頭上的氣球，倖存者獲勝。因爲這活動實在又累又尷尬，很多人乾脆直接放棄遊戲，跑到台下當觀眾。

不知不覺，觀眾愈來愈多，場上的競爭者愈來愈少，直到剩下最後五組，主持人突然叫停遊戲，更要求男方在這段時間必須一直背著女方，不能休息。

我趴在簡丹早已汗溼的背上，雙手圈在他的胸前，聽見主持人這麼一說，我愣了一下。

「簡丹，我下來喔？你這樣太累了。」我附在他的耳邊說。

「別動。」簡丹忽然轉頭，我反應不及，嘴唇擦過他的臉頰。他深吸一口氣，又把我拋高托住，不讓我掉下去。

主持人揚聲問：「場內的男孩、女孩們，有沒有人想放棄啊？」

我朝另外四組看去，其中一組是曹棣棠他們，另外三組好像都是情侶，動作非常親密，這麼一比較起來，反倒顯得盼盼跟曹棣棠的組合非常吸睛，我和簡丹則非常突兀。

思至此，我感到有些彆扭，挪動身子準備從簡丹的背上下來。

簡丹回頭看我，雙手用力掐了我的屁股一把，「夏小豬，叫妳不准動！」

「啊！」我被他突如其來的冒犯舉動嚇得驚呼一聲。

簡丹語氣透著堅持：「別動，我要拿到獎品，妳再撐一下。」

三對情侶中，有兩對體諒男方的緣故，主動棄賽，場上只剩一對情侶，加上曹棣棠組跟我們，總計三組。

「王八蛋，你不會累嗎？」我訝異於簡丹的體力，瞧他渾身出汗，連頭髮都溼了。

台上主持人問我們，總共擊敗了幾組。

「不累。」簡丹低聲說，同時朝主持人喊道：「十一！」

全場歡聲如雷，我看見男神在觀眾群裡笑得燦爛，還朝我比了個大拇指。

主持人讓大家躁動了一陣子，再度炒熱氣氛地說：「我們現在換個方式玩！請男方以正面環抱女方，讓女方進行攻擊。」語畢，現場一片譁然，大家紛紛鼓掌叫好，只有我跟盼盼的臉黑得跟熬過夜的肝一樣。

「簡丹，你真的要繼續玩？」我從簡丹背上跳下來，瞥見一旁的情侶已經準備好重新迎戰，曹棣棠跟盼盼則還在溝通。

「妳怕尷尬？」本來對社團聯誼興致缺缺的簡丹似乎玩上了癮，他雙手撐在膝蓋上，彎腰看我，「怕尷尬，那就棄賽嘍？」

倏地，我想起冬瓜鑫說過的那些話，想起這陣子簡丹若有似無的肢體碰觸，想起自己最近莫名排斥親近簡丹，索性一咬牙地跳進簡丹懷裏。

簡丹抱住我，深深看了我一眼，我和他平視著，距離近得連呼吸都能噴上對方的臉。

我感到身體一陣燥熱，記得上次我喝醉時，他也是這樣抱著我上樓，任由我吃盡他的豆腐，不過，那是在冬瓜鑫告訴我那些事之前，當時，我還不覺得自己和簡丹之間的相處模式有任何不對勁。

「夏寧甯。」他低聲喊了我的名字，我愣愣回望著他。

「遊戲……開始！」

主持人的聲音透過麥克風傳進我耳裡，簡丹視線一轉，立刻抱著我向前衝。

「啊——」被人抱著衝刺的感覺非常可怕，尤其簡丹是與我擁抱著奔跑，等於我完全看不見前頭的情況，恐懼感遽升。

一衝到情侶組面前，簡丹馬上轉身，讓我和那女孩迎面對戰，對方沒來得及掌握狀況，不停尖叫，並不斷地用充氣槌子攻擊簡丹，我伸手奪過她手裡的槌子，另一手直接捏爆她頭頂的氣球。

曹棣棠抱著盼盼加入戰局，但他才剛跑過來，盼盼甚至沒能轉頭看清情勢，我已伸手捏破盼盼頭上的那顆氣球，讓盼盼歇斯底里的尖叫聲爲這場瘋狂比賽劃下句點。主持人在台上笑瘋了，恭喜贏家產生。

簡丹喘著氣，空出一隻手撥開我汗溼的劉海，我從他身上跳下來，因爲太興奮，整個人有些恍惚地不住傻笑。見狀，簡丹失笑，捏捏我的臉，接著彎腰在我的臉頰親了一口。

*

「靠，酒鬼甯，別喝了！」盼盼搶走我手裡被捏扁的啤酒罐。

「……什麼？」我想搶回來，視線卻無法對焦，試了幾次都撲空。

「妳再不開動，雞都要自己跑走了！遊戲已經結束一個多小時了，妳到底還要發呆多久？」盼盼拿著雞腿往我臉上一抹。

我被突來的油膩感嚇得從椅子上彈起，撞到一旁的柱子。「齁，妳幹麼啦！」我皺著眉頭，用袖子抹掉臉頰油漬。

「大家都跟餓鬼一樣搶著吃手扒雞，就妳自己六神無主的坐在那，看著雞腿發呆，還瞬間喝光六罐啤酒。妳幹麼，思春啊？」盼盼露出色瞇瞇的表情，猥瑣地呵呵一笑：「說，這次看上哪個帥哥了？告訴姊姊，姊姊來幫妳評個分。」

「不用妳管。」我不甘示弱，拿起面前的雞腿大口啃咬，好像那是盼盼的肉似的。

看我啃雞腿啃得這麼賣力，盼盼的表情有些遲疑。

她清清喉嚨，伸出纖纖細指，指了指她手上的雞腿，「這隻雞腿才是妳的，我剛剛怕妳搶不到，就先幫妳搶了一隻。妳手上那隻雞腿是簡丹的，他才咬了兩口就被抓去跟其他社長開會了。」

此話一出，在場所有人都爆笑出聲，特別是李晴，笑得超級無敵大聲，還拿出手機，趁我反應不及時按下快門，「哇！不愧是丐幫幫主，雞腿就是要搶哥哥的吃才夠味。」

我打了個酒嗝，默默把那隻雞腿放回盤子上，手指顫抖地指著李晴，「妳、妳給我刪掉照片。」

「哎呀，我家母狗難產，很急，我先走了！」李晴迅速抓過雞腿跟手機，左腳往凳子上一踩，帥氣地躍起，落地，拔腿就跑。

我氣急攻心，雖然我不知道自己在氣什麼，總之我追了上去，在她身後怒吼：「李、李晴妳這個烏龜王八孫子！妳、妳家母狗到底難產幾次，小狗到底有沒有生出來！妳今天絕對要給我交、交代清楚！」

隱約聽見盼盼在後頭喊了什麼，但我沒聽清楚，剛想轉頭問她，卻在下一秒撞上一堵肉牆，我正打算咒罵肉牆的主人，可在抬頭看見那人的瞬間，頓失聲音。

簡丹被我撞了那麼一下，腳步險些不穩，他抓住我的手腕，擰起眉頭，「跑什麼？早上才剛從遊覽車上滾下來，摔不怕嗎？」

我喘著氣，覺得雙頰鼓鼓的，才發現嘴裡的雞肉還沒吞下去。

我抬頭看簡丹，簡丹被我的模樣娛樂了，笑問：「妳是松鼠嗎？」

這明明是一句再平常不過的玩笑話，此刻莫名惹得我一陣委屈。我甩開他的手，深吸一口氣，惡狠狠地嚼著嘴裡的雞肉，一雙眼直瞪著簡丹。

「你、你快說！王八蛋簡丹，你究竟在想什麼！」我意圖指著他的鼻子罵人，不過他實在太高了，我只戳得到他的下巴。

簡丹被我噴了一臉的雞肉，瞬間瞇了眼，他伸手抹掉肉末，發出一陣低嘆：「小朋友，麻煩妳衛生一點。」

「我不要！我就要那麼噁！」我在原地跳腳，大吼大叫。

「妳喝酒了？」簡丹察覺不對勁，捏住我的雙頰，聞了聞我嘴裡的味道。

我想推開他，然而他的力氣比我大，整個人不動如山。

「都是酒味，」他臉色沉了下來，「誰讓妳喝酒的？」

「我自己！我滿十八歲，成年了，可以喝酒！」這是他對我說過的話。

簡丹嘆了口氣，想說些什麼，最終選擇沉默。

他牽起我的手，一語不發地看著我。他的手心好熱，包裹住我冷冰冰的手，我感覺自己碰到世紀大暖爐，有些不想撒手。

但就算是暖爐又怎樣？

我用力甩開他的手，朝李晴逃逸的方向走。

簡丹不讓我如願，打算把我拖回晚會，「回來，妳都沒辦法直線走路了。知道妳像什麼嗎？像隻大閘蟹。妳看過大閘蟹走路嗎？牠們橫著走，夏寧甯，妳現在就是一隻酒鬼大閘蟹，妳的蟹螯呢？讓我看看。」

「你、你才大閘蟹，你全家都大閘蟹。」我試圖往反方向走，但簡丹拉著我，我只能原地踏步。

「妳到底要去哪裡？」簡丹有些發笑。

「我、我要去沒有你的地方。」我指向天空。

「我知道妳想飛，但妳今天是大閘蟹，不是飛天少女豬。」簡丹想帶走我，我抵死不從，我們兩個僵持不下，他耐性全失，索性把我扛上左肩。

我感覺自己的胃像坐了趟雲霄飛車，裡頭的東西隨時都會從我嘴裡冒出來。

我張嘴想跟簡丹求救，忽地一股酸意湧上，「嘔……」我摀住嘴巴，嘔吐物卻從指縫大量溢出，濺在簡丹的襯衫上。

「天啊！天空下起了胃酸雨！」不遠處的李晴見狀，急忙拿著塑膠袋跑到我面前，穩穩接住接踵而至的穢物。

我抽空瞪她一眼，李晴一陣乾笑：「幫主，袋子拿好啊。」

抓住袋子，我虛弱地跟她道謝，說完又吐個不停。

「不謝、不謝，我去搬救兵。」李晴說完，馬上朝晚會奔去。

李晴離開後，簡丹顯然還是沒有要把我放下來的意思。

他扛著我經過盼盼一群人，一路走向公廁外的洗手台，沿路我每顛簸一下，就吐一點，等到了洗手台邊，手中的袋子已經滿了。

簡丹像卡車卸貨一樣把我放到地上，我一時腿軟地向後栽，他立刻站到我的身後，以雙腿把我卡在洗手台邊緣，並將我手裡那袋嘔吐物收走。

「我想吐……嘔……」我攀著洗手台吐個沒完，像是要把今天吃的所有食物統統吐出來似的。

簡丹輕拍我的背，動作極其溫柔，讓我有股莫名想哭的衝動。

最後，我也眞的哭了，哭得驚天動地，哭得肝腸寸斷。

「嗚嗚嗚……嗚嗚嗚……」我不知道自己在難過什麼，也許是酒喝多了情緒異常失控。我不知道，我眞的不知道。

「眼睛閉上，」簡丹扭開水龍頭，以手掌接過自來水，替我洗去狼狽，「張嘴，漱口。」

我有些木然，他叫我做什麼，我就做什麼，我發現這樣能讓腦袋冷靜一點，不再胡思亂想。

我坐在洗手台邊緣，披頭散髮、兩眼無神地盯著簡丹。

簡丹本來穿著一件白色坦克背心，外面罩著丹寧襯衫，可那件襯衫幾乎被我的嘔吐物給毀了，慘不忍睹，但他物盡其用，脫下襯衫，用乾淨的那面替我擦臉、下巴和頸部，一雙手在我面前忙碌著，手臂的肌肉線條盡現，好漂亮。

「……你、你爲什麼要對我那麼好？」我問，打了個酒嗝。

他抬眼，「因爲妳是我妹妹。」

「但、但我們沒有血緣關係。」我又打了個酒嗝。

他瞇起眼睛，「我爸跟妳媽是夫妻，所以妳是我妹妹。」

「喔。」我點頭，呆呆地凝視著他，「簡丹，你爲什麼長得這麼帥啊？」

簡丹停下手邊動作，看了我一眼，又看了手上的襯衫一眼，似乎在計算著把襯衫塞進我嘴裡的可能性。

「你、你、你跟男神到底是、是怎樣？不要說謊，好、好回答我。」我指著他問，但我分不清楚哪個是他，眼前的簡丹一分為二，身影看起來好朦朧，我感覺酒精正瘋狂毒害我的腦袋。

簡丹完全不理我，他走到旁邊，扭開另一個水龍頭，就地洗起那件可憐無比的襯衫。

「簡、簡丹……我、我在跟你說話欸。」

簡丹還是沒理我，把我當空氣，一團喝醉酒的空氣。

「我把她的衣服送過來了。曹棣棠去男生帳篷那裡拿你的衣服，說待會過來找你。」李晴拿著我的衣服出現時，簡丹已經把襯衫洗好了。

他朝李晴點頭，「好，謝謝，麻煩妳幫她換一下衣服。」

於是我迷迷糊糊地被李晴扒去上衣、換T恤，期間簡丹背對著我們，雙手抱胸的靠著洗手台。

換好衣服後，李晴拍拍我的臉頰，還偷捏了一把，「丐幫幫主喝醉了竟然這麼可愛，要是早點認識妳，我的人生一定多很多樂趣。」

我搖搖晃晃地揮開她的手。

「從遊覽車上滾下來也很可愛。」李晴仰頭大笑，她朝簡丹揮揮手，說要回去接著吃手扒雞大餐。

簡丹點點頭，目送她離開。

之後簡丹睨了我一眼，朝我伸出右手掌心。

我默默跳下洗手台，把手交給他，他牽著我，朝女生帳篷走去。

世紀大暖爐。

「你的雞。」快走到帳篷時，我悶悶地說。

「什麼？」簡丹沒聽清楚，反問我。

「……我不小心吃了、你、你的雞。」我又打了個酒嗝。這是第幾個了？

簡丹沒回應我，只低笑了幾聲。

來到我和盼盼、李晴的帳篷前，簡丹掀開帳篷，要我進去休息。

我看著他，「我的雞。」正常人都會覺得這是一句沒頭沒尾的話，但簡丹居然聽懂了。

「我幫妳留幾塊肉，妳明天早上再吃，今天不行，妳都吐成這樣了。」簡丹壓著我的頭，將我送進帳篷。

我以爲他送我回來就會再回去開會，沒想到他跟著鑽進帳篷，就趴在我的睡袋旁。

「睡。」他像蓋死人眼皮那樣蓋住我的眼皮。

「你、你……爲什麼不走？」我睜開眼，一雙眼眨巴眨巴地問他。

「等妳睡了我再走。」他低聲說。

「爲、爲什麼要等我睡了再走？」我鍥而不捨地問。

微弱燈光下，簡丹那雙眼睛看起來格外明亮，此刻正深深凝望著我。

「簡丹，你是不是喜歡我？」我以爲我會繼續問蠢問題，拖延時間，但很顯然酒精全面接掌了我的意志，等我回神時，我已經問出自己早就想問，卻一直沒膽提出的問題，而且完全沒結巴。

簡丹眼也不眨，還是那副酷酷的樣子，好像我又做了什麼白痴舉動，而他懶得理我。

「簡丹，你是不是喜歡我？」我又問一次，還伸手摸上他的眼睫毛，又長又濃密，是簡丹全身上下最不陽剛的地方。

簡丹扯了扯嘴角，似乎笑了。他握住我的手，貼上他的臉頰，我摸到他面頰上的凹陷，我一直都好想戳的酒窩。

「簡丹，你是不是喜歡我？」我吸吸鼻子，嗚咽地說：「讓女孩問第三次，這是非常不禮貌的。」

簡丹還是沒回話，他撐起身子，一張臉向我趨近，溫熱地呼息迎面撲來，我的心臟撲通跳著，霎時間有些頭暈目眩，無法對焦。

我下意識地憋氣。

簡丹低下頭吻我，先是含住我的上唇，接著撬開我的嘴，我感覺到他的舌頭和我的舌頭推來擠去，在我嘴裡一陣胡攪蠻纏。

好熱……好奇怪的感受。

我覺得自己就快要喘不過氣，忍不住伸手推他，他退開，在我唇上輕輕啄了好幾下。

「夏寧甯，再問我一次剛剛那個問題。」簡丹啞聲命令我。

我喘著氣，胸口劇烈地上下起伏，「簡丹……你是不是喜歡我啊？」

他再次低下頭，將嘴靠在我的右耳，一字一句，緩緩吐出：「寧甯，我喜歡妳，從十一歲那年喜歡到現在。」

耳朵一熱，我瞬間紅了臉，腦袋完全無法消化這句話的意思。

「但十二歲那年，妳成了我的妹妹。」他偏頭看我，語氣裡藏著某些我不懂的情緒，「從此以後，我愛妳，與妳無關。」

我默默看著他，正想說什麼，卻聽見一群男生的爆笑聲由遠而近地傳來。

「欸，寧甯，聽說妳早上在遊覽車上體驗自由落體，剛剛又像灑水器一樣吐了簡丹一身，還沿路滴去洗手間？現在大家要去洗手間都不用問路，直接沿著那些痕跡走就可以了。」其中一人出聲調侃，是籃球隊隊員的聲音。

大概是聽說了我的狀況，他們全部聚到帳篷外，此起彼落的嘻笑聲，在這個寧靜的夜晚顯得特別刺耳。

簡丹從我身上爬起，看向帳篷外，人影幢幢，不知道有沒有人聽見我們剛才的對話。

「好可怕，我剛剛彷彿看到一台人體灑ㄆㄨㄣ車。」盼盼的嗓音響起。

「寧甯喝了多少酒？」男神也來了。

「應該有六罐，那傢伙趁我們不注意的時候，跑去後台偷拿了幾罐。」盼盼回答。

「寧甯，妳還好嗎？」曹棣棠關心地問。

「她要睡了。」簡丹不耐地說。

「哎呀，那我們別吵她了。」某個隊員說。

「欸，隊長，唱首搖籃曲給寧甯聽吧！助眠！」突然有人起鬨。

「是啊！」

大家在外頭鼓譟著，我聽見曹棣棠和盼盼說「讓她休息啦」，但聲音很快便淹沒在騷動裡。

簡丹面無表情地看著我，忽地低聲開唱：「螃蟹一呀爪八個，兩頭尖尖這麼大一個，」他比出螃蟹的一對蟹螯，「眼一擠呀脖一縮，爬呀爬呀過沙河。」

帳篷外的人都笑翻了，只有簡丹看起來像被人倒了幾百萬會似的。

簡丹拉上我的睡袋拉鍊，捏捏我的臉頰，「晚安，大閘蟹。」他起身走出帳篷外，順道把那群人都帶走了。

我縮起雙腳，把整顆頭埋進睡袋裡，好像只要躲起來，剛剛發生的一切就都不算數了。閉上雙眼，我試圖分析簡丹一連串失控的行爲，腦海裡卻不斷迴響著他唱的那首兒歌。旋律響起時，我彷彿看見一隻叫夏寧甯的大閘蟹正要越河，沒想到牠竟碰上漁夫簡丹。大閘蟹膽小如鼠，一見天敵漁夫，嚇得拔蟹足狂奔，可惜漁夫手長腳長，不費吹灰之力便逮住可憐的大閘蟹。

大閘蟹在漁夫手中掙扎、哭喊，眼角流下兩行鹹鹹的淚，牠向漁夫求饒，拜託漁夫給牠一條活路，甚至拍胸脯保證，會把海底那棟價值兩千萬的不動產雙手奉送給漁夫，只求漁夫放了牠。

漁夫不以爲然地笑了笑，「可是我只喜歡妳，我要把妳拆吃入腹。」說完，漁夫張大嘴巴，一口吞了大閘蟹。

大閘蟹死前只來得及罵了句：「啊啊啊——簡丹你這個烏龜王八蛋！啊啊啊——」

啊啊啊——啊啊啊——啊啊啊——

這場惡夢把我嚇得夠嗆，我大叫一聲，從睡袋裡彈起，整個人驚魂未定。

「還好嗎？」男神的聲音自我後方響起。

我回頭看他，腦袋空白了幾秒，才意識到自己現在是簡丹，難怪男神會跟我睡在同一個帳篷裡。

「沒事，我做惡夢。」我乾笑幾聲，卻在聽見自己的笑聲時，訝然止住。

咦？

「寧甯，別慌，先聽我說。」男神傾身向前，壓低聲音說：「妳跟簡小丹好像恢復正常了，剛剛他睡醒也嚇了一跳。」

「什麼？」聲音一出，我驚得摀住自己的嘴。這、這、這……這的確不是簡丹的聲音，是我原本的聲音！

我低頭看手錶，指針顯示爲七點半，再看看外頭的天色，天亮了，可是我沒變成簡丹？

我摸摸臉頰，還捏了幾下，會痛，代表這不是在做夢，再往後摸摸後腦勺，摸到一頭長髮，接著我的雙手移往胸部探去，有料……再往下半身移過去，沒料……

當我正摸著平坦的三角地帶，兀自驚嘆時，男神尷尬地咳了一聲：「眞的不用檢查得那麼仔細，我跟妳打包票，妳現在的外表不是簡丹。」

我哭喪著臉，「學長，我的小雞雞不見了。」

男神愣了幾秒，隨即爆笑出聲：「妳本來就沒有小雞雞啊！妳只是恢復正常，變回原來的自己，這不是很好嗎？」

「對，我本來就沒有小雞雞，對……」我驚魂未定地看著他，「不對呀，我怎麼會恢復正常？」

男神笑到流眼淚，他伸手捏我的臉，「哈哈，妳眞的超逗！」

「夏寧甯，妳醒了？」帳篷拉鍊突然被拉開，盼盼的頭探進來，「醒了就快滾出來洗澡，妳聞起來像個放了三百年的廚餘桶。快，洗完澡，我們來開個緊急會議。」

「什麼緊急會議？」我仍然無法消化新訊息。

我眞的恢復正常了？但是，我跟簡丹究竟是做了什麼，才讓一切回歸正常的？難道是因爲他昨晚跟我說的那些話，還有那個……吻？

我滿臉通紅地望向男神，男神還在笑。

「妳人過來就對了。」盼盼一副恨鐵不成鋼的模樣。

「大家早安啊！」曹棣棠也跟著探頭進帳篷。

「曹棣棠，嗚嗚……我終於恢復正常了。」看見曹棣棠就像看見天堂的曙光，我伸出雙手想擁抱曹棣棠，卻被盼盼一把推開。

盼盼用力巴我的額頭：「廚餘桶，先出來洗澡啦！」

於是我誠惶誠恐地抱著換洗衣物起身，跟著盼盼走去公共淋浴間，淋浴間外的洗手台已經有一堆人在盥洗，嘴裡叼著牙刷的李晴向我打招呼。

我朝她揮揮手，盼盼立刻打掉我的手：「不准搭理變態。」

李晴一聽，氣得七竅生煙，邊比中指邊對盼盼叫囂，只有她自己才聽得懂的話隨著嘴裡的牙膏沫噴射而出，方圓十里的人都閃得老遠。

直到洗完澡、吹完頭髮，我還是處於非常恍惚的狀態。貼心如男神，他溫柔地摸摸我的頭，說我這是昨晚喝多了的緣故，要我趁泛舟活動前多休息，之後他把我帶到廣場中間的休憩區，讓我坐下後，人就離開了。

我呆望著人群來來去去，嘻笑如常，總覺得好像少了點什麼。我趴在桌上，打了個哈欠，視線落向遠方，看見有個人抓著一隻巨型豬，朝這裡走來。

嗯？巨型豬？我再仔細一瞧，原來是一隻大布偶。

而抓著布偶的那個人有雙大長腿，身材精實，行走間恣意揮灑出強烈的男性荷爾蒙，帥得人神共憤。

可是等對方走得再近一些，我瞬間愣住。

TMD，那不是漁夫簡丹嗎？

我瞪大雙眼，眼睜睜看著簡丹愈走愈近，四肢卻像被點了穴似的，動彈不得。因此，當他走到我面前，面無表情地將那隻巨型豬砸到我臉上時，一切爲時已晚。

「喂，烏龜王八蛋！」我把布偶從臉上推開，站起來大吼，台詞正是我夢中那隻大閘蟹的遺言。

簡丹抬眼看我，我下意識盯著他薄薄的嘴唇線條看，想起他昨晚對我做的那些事，忽地渾身燥熱，整個人都不對勁。

他把手裡的另一包東西擺上桌，裡面裝著的居然是昨晚的手扒雞，還冒著煙，似乎剛加熱過。他不知道從哪裡變來免洗刀叉，仔仔細細地將手扒雞去骨、切成塊狀，接著把餐具塞進我手中。

「吃。」他說。

我瞄了他一眼，非常沒骨氣地坐下，享用美食。沒辦法，我的罩門就是食物。

簡丹把巨型豬布偶放到我身邊，自己則坐到我的對面，隻手撐頭，一雙眼睛緊盯著我。

我不敢看他，自顧自地埋頭解決那盤雞肉。

簡丹也沒試圖跟我搭話，後來甚至趴在桌上，好像打算睡個覺。

我以眼角餘光偷偷觀察情況，見他動也不動，大概眞的睡著了，這才有勇氣抬頭。可我一抬眼，才發現他根本沒睡，只是趴在桌上凝視著我，嚇得我又急忙垂下頭繼續瞪著盤子，嘴裡不停嚼著雞肉。

簡丹不禁笑出聲：「『窜』以食爲天，看妳吃東西很療癒。」

「你才療癒，你全家都療癒。」我愈說愈小聲。

曹棣棠、盼盼跟男神到我們這張桌子會合時，我剛好把雞肉吃完，打了個飽嗝。

「所以，你們現在是眞的恢復了吧？」男神摸摸我的頭。

「如果是眞的就再好不過了，之前那種事眞的很邪門。」盼盼擠到我的身邊坐下。

「不過，到底爲什麼會突然恢復正常？難道你們昨晚有發生什麼特別的事嗎？」曹棣棠笑咪咪地看著簡丹。

「能發生什麼事！什麼事都沒發生好嗎！」我先發制人，拿叉子戳他。

曹棣棠之前提出的解決辦法之一，就是要我和簡丹接吻。可是當時我們試過，結果並沒有用呀？如果這次眞是因爲接吻才讓我們恢復原狀，爲什麼上次不行呢？

「曹棣棠說得對，你們怎麼會突然回歸正常啊？」盼盼表情困惑。

「鬼才知道。」我回應得有些心虛。幸好昨晚簡丹跟我說的那些話，他們一句也沒聽見。

「再觀察看看，如果明後天沒再交換身體，大概以後也就沒事了。」簡丹撐著頭，低聲說：「現在討論這種問題也沒有意義。」

「也對。」男神拍拍手表示贊同。

之後這四人又聊了一會兒，曹棣棠忽然提起：「簡丹，你知道昨晚團康的籤，寧甯其實不是抽到你嗎？」

「什麼籤？」簡丹皺起眉頭。

「昨晚遊戲分組的籤。原本寧甯是跟我一組，她抽到這張籤，可是後來被瑾盼搶走。」

曹棣棠將籤條放在桌上，隨手捏了捏巨型豬布偶，「如果當初是我背著寧甯跑全場，寧甯可能就得不到這個獎品了，我體力很差。」

盼盼耳根微紅地叫曹棣棠閉嘴，曹棣棠愣了一下才露出歉意，摸摸後腦勺，靦腆一笑。

「殘忍也不失慈悲，這樣的關係你說多完美。」男神念著籤上的句子，「是陳奕迅那首〈兄妹〉的歌詞。」

〈兄妹〉是一首悲歌，描述愛上的那一方沒有勇氣去愛，於是與對方保持距離，和自己的所愛，維持一種殘忍又曖昧的兄妹關係。

這歌詞實在太引人遐想，我悄悄覷向簡丹，只見他側著頭望向遠方，態度顯得有些漫不經心。

直到活動總召要我們到溪邊集合，準備泛舟時，我都沒能跟簡丹一對一的好好聊聊。

「簡丹！」

我聽見有人呼喚簡丹的名字，下意識地往簡丹那裡看過去，一不小心跟他對上眼，我慌得急忙移開視線，裝作若無其事的樣子。

我注意到簡丹在這件事上表現得非常被動，似乎一直在等我開口問他，但只等到我的裹足不前。

如果我不主動靠近，他是不是就會繼續保持沉默？

我發現我討厭這種感覺，很討厭。

活動總召和兩名泛舟教練用擴音器引導我們登上橡皮艇，我、盼盼、李晴、曹棣棠、男神、簡丹和其餘四位籃球隊成員同坐一艘橡皮艇。

登艇時，盼盼對李晴說：「變態不許登船。」

李晴朝她扮鬼臉，一屁股坐在我的旁邊。盼盼和曹棣棠坐我前面，簡丹和男神最後上船，理所當然地坐在我的正後方。

盼盼拿起手機想自拍，叫大家擠進鏡頭裡，「夏寧甯，妳出鏡了！進來一點。」她看著手機畫面指揮，我只好再往裡面擠，同時察覺後頭的簡丹將手搭上我的右肩。

手機「喀嚓」一聲，盼盼低頭檢查照片，大叫：「齁！寧甯，妳幹麼回頭啦！」她把手機往後舉給我看，只見照片中的我側過頭盯著簡丹，全部人都知道鏡頭在哪裡，只有我一個人看起來像個智障。

一旁的李晴看了，樂得不行，指著我呵呵笑。盼盼本來還想再拍一張，卻聽見泛舟教練在前頭喊道要出發了。

小艇下水後，我們聽從盼盼的口令划槳，因爲彼此默契太好，甚至超前進度，成了隊伍中唯一領先的橡皮艇。

教練開著小船在後面用擴音器叮嚀，要我們當心前方的急流、深水區和石頭，話才剛說完，我們乘坐的橡皮艇立刻朝左邊傾斜，船身劇烈搖晃了下。

「媽呀呀呀——那什麼啊啊啊——」盼盼歇斯底里大叫。

「別緊張，只是鯊魚啦！」李晴好像嫌盼盼還不夠慌張似的。

「是顆大石頭。」曹棣棠笑翻。

曹棣棠話聲一落，橡皮艇又一陣猛烈晃動，我反應不及，整個人被往外一甩，上半身懸掛在橡皮艇的邊緣。

我驚魂未定，湍急溪流就在我面前不到一公分的距離。

李晴急忙想拉回我，同一時間，我感到有好多隻手抓著我的身體，要把我拉回去。

「小心！」

隨著一聲驚呼，橡皮艇又撞上另一顆巨石，「碰」的一下，還沒來得及穩住身子的我，應聲掉入溪水，大量的水灌進我嘴裡，幸運的是，我沒被急流沖走，因為有雙手一直緊緊抓著我。

周遭激起一片水花，我勉強睜開眼，發現拽著我的是簡丹，他似乎為了救我，奮力撲向前，此刻僅靠著單腳的力量撐掛在艇邊。

見狀，男神和曹棣棠立刻放棄划槳，試圖將簡丹拉回去，此舉反而使得小艇重心不穩，嚴重傾斜。

再僵持下去，可能整艘橡皮艇都會翻覆，簡丹與我對望一眼，下一秒，他咬牙一跳。

「寧甯！」

「學長！」

「簡丹！」

大家同時呼喊著，我被急流捲去，雙手不停拍打水面，在我快被溪水嗆暈前，有雙手從後面穩穩抱住我。

「不要慌，妳身上有救生衣。」

遠遠地有哨聲響起，兩名教練開著小船，在短短幾秒的時間內追上我們，並將我和簡丹拉上船，以浴巾包裹住我們。

我渾身無力地躺在船上，咳嗽咳得快把肺給咳出來了，簡丹則趴在我的身上不斷喘氣，樣子相當狼狽。

教練看我的臉色不對勁，和另一名教練商量後，決定把我跟簡丹先送去終點。小船經過盼盼那艘橡皮艇時，他們見我們安然無恙，鬆了一口氣，紛紛朝我們送上飛吻。

上岸後，我和簡丹走到教練指示的涼亭裡休息。

大家都還在與溪流奮戰，終點只有我們兩個人和一望無際的風景，有那麼片刻，氣氛甚至是尷尬的。

坐在涼亭的石椅上，我把自己緊緊裹在浴巾內，兩人都沒說話，只是靜靜盯著對方看，像是要在對方的臉上瞪出一個窟窿。

彷彿過了一世紀那麼久，簡丹終於開口：「爲什麼這樣看我？」

我豁出去了，閉上雙眼，問道：「你昨天說你喜歡我，你爲什麼喜歡我？」

對面的他安靜幾秒才反問：「爲什麼問這個？」

我張開眼睛望著他，老實回應：「我只是覺得，我應該是你最不可能會喜歡的人了，要是你哪天喜歡上我，絕對是因爲地球上沒其他人了。而且你以前明明親口說過你喜歡男神，你爲什麼要騙我？」

「妳爲什麼會覺得我不可能喜歡妳？」他二度反問我，那雙漂亮的眼睛眨了兩下。

我氣呼呼地指著他，將心底疑惑一口氣全吼出：「王八蛋你老是罵我！剛剛還拿豬砸我！你怎麼可以拿一隻豬砸一個淑女！正常人怎麼可能天天欺負自己喜歡的人！」

他單手撐著頭，用一種無奈的表情看著我，「夏寧甯，我不是正常人。妳要記住，我只欺負妳一個。」

我忽地想起曹棣棠之前曾經說過的話：

「簡丹對妳很寬容，簡丹對妳很好。」

儘管嘴巴臭得要死，什麼難聽話都曾對我說過，事實上簡丹卻是刀子嘴豆腐心，很容易拿我沒辦法，也很容易對我妥協。這樣的簡丹，連曹棣棠這個局外人都看得清楚，是不是只有我一個人始終狀況外？

我不知道現在是哪件事讓我比較激動？是簡丹說他喜歡我？還是他騙我？

「你這個大騙子。你小雞雞會變短，會從小雞雞變迷你雞，再從迷你雞變成奈米雞。」

我開始口不擇言，起身離開涼亭。

簡丹追了過來，沒拉住我，只跟在我身後走。

「你別跟著我，王八蛋！你昨晚在夢裡還把我吃了，有沒有這麼飢不擇食！我都還沒煮熟，是一隻生的大閘蟹耶！噁心，流氓，噎死你！」我一邊罵一邊往前走。

簡丹倏地抓住我的手，把我拉進他的懷裡。

「放開啦！」我想掙脫，但他的力氣比我大，我掙了幾下只能放棄。

他伸手輕撫我的臉頰，沒說話，只是用浴巾擦拭我的臉，然後突然低頭在我的唇上親了一下，見我沒反應，又親了第二下，我一臉驚恐地看著他，他竟然又親了第三下，這時我已經呈現當機狀態，他索性撬開我的唇，以舌汲取我嘴裡的溫暖。

昨晚我喝醉了，記憶非常模糊，只記得他吻了我，但今天我意識清醒，所有感官放大到極致，渾身因爲他的吻而發熱，無法思考。

眼前這個男人，正以一種最親暱的方式讓我冷靜下來。

「有、有你這麼揩油的嗎？」那個吻結束後，我因爲太震驚，居然結巴，實在有夠丟臉。

簡丹附在我耳邊低語，語氣溫柔得像在安撫小朋友，內容卻十分流氓：「對不起，以牙還牙，以眼還眼。我讓妳揩油回來。」

「……吃大便！」我拿浴巾用力甩在他身上，他低聲笑了笑。

看著眼前的簡丹，這三個多月的疲累頓時煙消雲散，好似完全不值得一提。大概因爲陪在我身邊的是簡丹，只要有簡丹在，天塌得再厲害，都有他扛著。簡丹是我的家人，也是我的朋友，我甚至覺得這個人對我的意義，已然超越世俗所能定義的任何關係。

我伸手環住他的脖子，跳進他懷裡，他反應極快地抱住我，重現昨晚那場團康遊戲的姿勢。我們靜靜抱著對方，他不斷地輕撫我的背，彷彿在安慰我。

「這陣子辛苦妳了。」他說。

「你也辛苦了。」我莫名有些鼻酸。

簡丹抱著我走回涼亭的石椅坐下，我跨坐在他腿上，姿勢非常奇怪，但我反而覺得很溫馨，因爲這樣的畫面讓我聯想到無尾熊媽媽抱著無尾熊寶寶。

「簡丹，對不起，我這段時間帶給你不少麻煩。」我閉著眼睛靠在簡丹身上。

他從鼻子悶哼一聲，「妳是不是人格分裂？」

「你才人格分裂，你全家都人格分裂。」我立刻回他。

簡丹一陣悶笑。

「我好累。」我低喃。

簡丹在我的額頭印下一吻：「睡一下。」

「好。」我應了聲，雙腿更是夾緊他。

微風徐徐吹過，昨晚沒怎麼睡好的我，現下睏得不行，趴在簡丹的肩膀上半睡半醒，直到我因爲全身溼答答而打了個噴嚏，簡丹才扯掉我的浴巾，抱著我起身，站到涼亭外，接受烈日曝晒。

要是現在有人經過，就會看到人高馬大的簡丹正以一種詭異的姿勢緩慢走路，身前還掛著一坨狂滴水的肉。然而此刻別說是人了，泛舟終點站簡直荒蕪到連麻雀都懶得拉屎，舉目所及，盡是樹叢與石頭，偏僻無人煙，這也是我之所以安心賴在簡丹身上的原因。

「熱。」可是炎陽炙人，晒久了皮膚不免有些刺痛，我在簡丹耳邊低聲嘟噥，想讓他走回涼亭休息。

「熱總比感冒好。」簡丹不吃我這套，他騰出一隻手摸摸我的臉，「下來走一走，活動一下身體，好不好？」

有神轎坐，鬼才願意自己走。我歪著頭，吸吸鼻子，沒回話。

簡丹好像看出我那一點心思，身子左晃一圈，右晃一圈，想把我甩下來，但我也不是那麼容易被甩開的，一雙手攀著他，愈抓愈緊。

他於是湊近我唇邊問：「妳是我身上的蟲蛹還是體外腫瘤？多大了，還賴在別人身上不走？」

「我很重嗎？」我賊兮兮地笑。重死你才好。

沒想到簡丹竟然說：「很輕，妳最近瘦太多了。」

「你把簡丹還我，你不是簡丹。」我瞪大眼睛，不可思議地道。這傢伙霸凌我多年，卻選在這一刻幡然悔悟，眞是浪子回頭金不換，簡丹從良王八蛋啊！

「妳已經不是六師弟了，現在要叫妳二師兄。」簡丹面不改色地說。

……好，剛剛的從良原來全是錯覺。

「妳以前的肉跑去哪了？」簡丹空出一隻手，捏捏我的臉頰，悻悻道：「我變成妳的時候，一點都沒少吃，妳爲什麼還瘦得下來？每天三更半夜不睡覺，是不是偷運動了？把妳的肉吃回來好嗎？我想捏。」

拜託，就我這懶人天性，補眠都來不及了，那可能花時間去運動！

我努了努嘴，回想互換靈魂的這段日子，應道：「只能說，我被雙重生活折磨得不成人樣。要我這麼一個人比花嬌的女生去學習怎麼當一個男生，很累耶！」

簡丹鬆開捏著我臉頰的手，挑起眉頭：「不好玩嗎？」

「不好玩，」我如喪考妣，垮著臉回答：「當男生一點都不好玩。」

尤其這個男生在普羅大眾的眼裡，簡直俊得不食人間煙火，我以這身分生活的同時，還得分神留意自己的言行舉止會不會毀了他的偶像包袱。

我承認，大部分的時間我都很克制自我，直到李晴出現……唉，要是簡丹哪天突發奇想，跑去查李晴的手機，只怕他會氣到腦溢血，當場魂歸西天，因爲那手機裡存有我身爲簡丹時，對李晴做出的各種挖鼻孔、鬥雞眼和鬼臉等，不堪入目的照片。李晴對這些醜照如數家珍，每次社團時間都會點出來欣賞。

「是嗎？但我覺得當妳很好玩。」簡丹突然冒出一句震撼我人生觀的話，他薄薄的唇抵著我額頭，輕聲說：「只除了……jesus，妳學校那些朋友不是蠢蛋就是神經病，還眞是物以類聚，盼盼跟曹棣棠可能是唯一正常的人。」

「胡說八道，夏瑾盼跟曹棣棠最不正常好嗎！」我從他身上跳下來，指著他大喊。

他笑著握住我的手指，「知道我最喜歡妳身上哪種特質嗎？」

我彷彿嗅到耍流氓的氣息，不由得倒退一步。簡丹沒有逼近，只深深凝視著我，見我不說話，甚至羞紅了臉，他這才輕輕一扯，將我整個人往前拉去。

我失去自主能力，二度走進他懷裡，被他溫暖的胸膛、結實的雙臂環繞。

「大概是絕頂聰明吧！」我悶聲說道：「我有時候也會被自己的高智商嚇到，左鄰右舍都說我太天才了，顯得我哥愚蠢至極，連幫我提鞋的資格都沒有。這麼聰明，原來也是一種煩惱啊！」我說的明顯與事實不符，還加油添醋一番。

簡丹本人聽了卻非常受用，他開懷大笑，似乎被我的一席話收拾得心服口服，可能連他自己都快相信夏寧甯很聰明了。

「就是這點。」

「嗄？」我剛剛說了什麼？

簡丹一手牽起我，十指緊扣，另一手則撥開我額前的一綹髮絲，緩緩開口：「無厘頭，妳總是一副無厘頭的樣子。每回與妳過招，我都氣得想殺人，同時又想著，妳怎麼可以那麼可愛？這些年我老是問自己：『夏寧甯有沒有可能再蠢一點？應該已經到極限了吧？』後來才發現，妳是個沒有下限的人。跟妳相處久了，一定變成神經病，而我在神經病這條路上走得坦坦蕩蕩，一走就是七年。謝謝妳這麼毫無保留的待我，謝謝妳出現在我的生命裡，像顆小太陽，用盡全力溫暖我，有妳在的每一天，我過得很快樂，也很珍惜。夏寧甯，我喜歡妳，我愛妳。」

我丈二金剛摸不著頭腦，臉色一陣青一陣紅。

簡丹這是在損我呢？誇我呢？還是表白呢？怎麼有人可以把這種陰毒至極的話說得那麼溫柔深情？句句不離「夏寧甯妳TMD就是個神經病」，但又包裹著「慶幸有妳，我愛妳」的糖衣。見人說人話，見鬼說鬼話，見夏寧甯說神經病話……王八蛋簡丹，你不去從政實在太可惜了！

簡丹看我不說話，直接摟住我，把下巴擱在我的頭頂，不疾不徐地說：「剛剛看見妳掉進水裡，我嚇得心臟差點停了，後來又想，要是我沒能抓住妳，妳被溪流沖走了，我就跟著跳水，隨著妳漂，看水流最終會把我們帶去哪裡。」

「然後呢？」我居然有些嚮往他說的情節。

「然後？然後我就被撈起來了，後面那些劇情完全機會沒發生，好煞風景，我本來還想浪漫一把。」簡丹邊說邊笑，我聽了也跟著笑出聲。

莫名地，我想起簡丹仍困在我身體裡時，頭一次體會生理痛的那幾天。

子宮劇烈收縮讓他痛不欲生，只能蜷縮在床上，我因此把平常對付經痛的武器全拿出來用，甚至逼不得已，餵他吃了顆止痛藥。

我在他身邊伺候半天，直到藥效發作，他累得沉沉睡去。

簡丹清醒後的第一件事，是向我索要第二顆止痛藥，沒多久，他二度睡去，再次醒來已是晚上八點，他變回原來的簡丹，而我成了床上剛醒的夏寧甯。

我感覺到有隻手正摀著我的腹部，側頭一看，才發現這隻手的主人是簡丹，他躺在我的身旁，眼也不眨地盯著我。

人只有在害怕時，才知道自己有多麼脆弱。

與他對視，不知為何，我內心一股委屈感油然而生，平時能忍住的痛楚竟有些受不住，扁扁嘴，我悶聲說了句：「簡丹，我好痛喔。」

我想我當時一定哭了，不然簡丹怎麼會露出那種難以言喻的表情，還把我連人帶被抱得非常緊，好像怕我死掉似的。

他低聲在我耳邊說：「不痛了，我在這裡。」溫柔繾綣的嗓音，直至今日我仍難以忘懷。

盼盼說得對，簡丹很溫柔，而這種溫柔，體現在他每一個下意識的動作裡。

「能不能告訴我，你跟男神到底是怎麼回事？」我躺在涼亭石椅上，歪頭看向身邊的簡丹，終於下定決心開口問他。

本來靠著石柱假寐的簡丹睜開眼，朝我輕笑，「男神。」

「什麼？」

「在妳眼中，夏瑾琛是男神，那我是什麼？」簡丹低頭看我。

「惡霸。」我答得毫不猶豫。

「我哪一點不比妳的男神好？」他捏住我的臉。

「每一點都不好。」本人已備好不自殺聲明。

簡丹作勢要拿浴巾抽我，嚇得我立刻閉上眼。

等了幾秒，沒等到他發動攻擊，一睜眼，簡丹那張臉距離我不到一公分，看得我幾乎要鬥雞眼了。

「有些事情不該由我告訴妳，這樣對瑾琛並不公平。如果妳想知道我跟妳的男神究竟怎麼回事，回家後，我可以請他親自說明。」簡丹刻意把呼出的氣噴到我臉上，我半瞇起眼，他笑了下，在我眼皮上落下一吻。

我沒有告訴他，我其實很喜歡他說回家這兩個字時的語調，聽起來特別溫暖。

＊

當所有橡皮艇陸續抵達終點時，時間已屆中午。我們組明明一開始領先許多，不知爲何，竟成了最後抵達終點的一組。

泛舟教練清點人數時，盼盼和李晴正一路從溪邊扭打上來，兩人之間還夾著一個勸架的曹棣棠。

離奇的是，男神夏瑾琛居然目不斜視，逕自越過與李晴互扯頭髮的盼盼上岸。他摘掉安全帽，右手耙過溼淋淋的頭髮，左手甩了安全帽一下，即使渾身溼透、狼狽至極，整幅畫面仍是宛如西洋愛情片裡，帥氣男主角登場般的慢動作放映，看得我口水直流。身處戰場的李晴不斷爲重度帥哥控，打著架還能分神注意男神，她掏出口袋裡的手機想拍男神，盼盼立刻張牙舞爪地阻止她，中途還不小心搧了曹棣棠好幾巴掌。

曹棣棠被打得眼冒金星，本來白嫩的臉龐布滿巴掌印，三秒變關公。

「靠，這兩個瘋女人……」跟我們同艇的籃球隊同學涼涼地說了一句，他嘴裡正嚼著泛舟教練給的烤香腸，一副事不關己的模樣。「從妳跟簡丹落水開始，她們一路吵到現在。」

我踮起腳尖，伸手想搶他手上的香腸。

他低頭瞄了我一眼，直接把剩下的香腸遞給我，「給妳吧，剛剛橡皮艇晃得太厲害，我有點想吐，不吃了。」

頭頂。

「哇，謝謝！」我興奮不已，正準備開吃時，簡丹一把搶走我手上的香腸，高舉至他的

「還我！」香腸啊啊啊！

簡丹把一包小饅頭零食塞進我手裡，「只准吃這個，等一下坐車才不會想吐。」

我接過小饅頭，默默拆開包裝吞了幾顆，眼睛卻直盯著簡丹手上的香腸。

簡丹注意到李晴那邊的騷動，問了旁邊的同學一句：「她們怎麼了？」

「李晴一直想偷拍瑾琛學長，盼盼覺得她變態，想搶下她的手機，之後兩個人便吵得沒完沒了，嘴巴不夠用了，就派拳頭上場。」同學嘆了口氣：「我們本來可以第一名抵達終點，就因為她們添亂，搞得我們那艘橡皮艇好幾次差點翻覆，教練看不下去，只好開著小船用勾子把我們拉回終點。什麼泛舟嘛……根本犯太歲！」

「沒人勸架？」簡丹像是發現新大陸一樣，驚奇地望向盼盼。

就見盼盼雙腳踩在李晴的腰間，騰空叫囂，像隻金剛一樣攻占李晴大樓。

簡丹看得瞠目結舌，「……我不知道盼盼的戰鬥力這麼強。」

「誰敢勸啊！你看曹棣棠那張臉，被抓得亂七八糟，不知道的人還以為他昨晚睡在老虎旁邊咧！」同學說完，戲劇性地抖了一下，「靠，她們打過來了，我先走了！」眼見李晴跟盼盼逐漸逼近，他腳底抹油地跑了。

「夏瑾琛。」簡丹叫住正要往廁所走的男神。

男神看過來，那銷魂的一眼把我看興奮了。

夏瑾琛擰著眉頭，從口袋捏出一支手機，「你們的手機掉進水裡，我只來得及撈出你的。」他把手機遞給簡丹，「剛剛有人打給你，可我一接起電話，手機就直接關機了，不知道是沒電還是壞了。」

「是喔？」簡丹叼住香腸，試圖開機未果。

「寧甯，妳的手機被教練撿走了，妳記得去找他們拿。」男神抹了把臉，疲憊地說。

「學長，你還好嗎？」看上去好沒精神啊。

「別說了，我被盼盼一腳踹到後腦勺，到現在仍覺得頭暈。今天才知道，原來這頂安全帽是用來防妹妹的大力金剛腿，不是防落石。」男神唉聲嘆氣道：「還是寧甯最乖了，起碼不動手動腳，只會吃。」

……我不懂，這是讚美嗎？

「對了，妳媽剛剛打給我，但這裡收訊不太好，我沒能接到電話，再回撥給她，卻沒人接聽。」男神從另一個口袋掏出他裝在夾鏈袋裡的手機，遞給我：「妳再試試用我的手機回撥吧，我先去洗把臉。」說完，他朝廁所的方向走去。

「還是開不了機嗎？」我問簡丹，看他不管怎麼重開機，手機都毫無反應，應該是真的報銷了。

我滑開男神的手機，發現設有螢幕密碼鎖，底圖是簡丹和男神的合照，簡丹燦笑，臉上掛著酒窩，眼睛彎成兩道月牙，而男神雖是面對鏡頭，視線卻朝著身邊的簡丹望去，目光如炬。

「夏瑾琛的手機鎖住了嗎？」簡丹瞧我愣愣地盯著螢幕看，湊過來說：「密碼是一〇〇九。」

我依照簡丹所說的按下密碼，手機果然解鎖了，不禁抬頭看向簡丹，「一〇〇九……十月九日，你的生日。」

「是嗎？」簡丹輕笑，「我沒注意。」

我撥打媽的手機，接著開啓擴音，簡丹抬手擦去我嘴邊的小饅頭碎屑，一起等著與媽通話。我們連撥了五通，媽都沒接電話，後來又撥去爸的手機，爸也沒接。

「大概是深山裡的訊號不好。」簡丹對我說。

我點點頭，卻不由自主地想起最近右上眼皮一直狂跳，以及塔羅牌的預言。想了想，還是決定將我的憂慮告訴簡丹。

簡丹聽了，不以爲然地笑說：「李晴是從左上眼皮開始，依序數出喜怒哀樂，如果妳從右上眼皮開始數，不就是『喜』了嗎？」他看我一副痴呆的模樣，又說：「就算眞的有事，不是說了，不管什麼狗屁倒灶的事，我們都一起面對？」

我頓時感到眼眶一陣發熱，彷彿有什麼東西湧了出來，才想說什麼，後腦勺突遭重擊，我一時反應不及外加重心不穩，往前一撲，整個人趴倒在地！

回過神，我發現背上趴著李晴跟盼盼，我們就像三胞胎連體嬰一樣黏在一起，妳中有我，我中有妳，好濃烈。

「靠，高鐵進站了，還一次來兩班！」剛剛送我香腸的那位同學在不遠處抖了抖。

身爲近距離目擊證人的簡丹被這一幕嚇得不輕，他傻了幾秒才跟著曹棣棠把人扶起，頃刻間，大家都圍了過來，關心著我們三個的傷勢，誰知道檢查半天，地上這三個毫髮無傷，反倒是扶人的曹棣棠滿臉是傷，活像被家暴似的。

我對盼盼大叫：「夏瑾盼妳夠了沒！那麼能打就去報名奧運跆拳道，爲台灣爭光啦！」

盼盼大概已經把所有不愉快發洩光了，她向我道歉，也轉向李晴，不情不願地跟她道歉，之後盼盼拉著曹棣棠往一旁走去。

眾人本以爲她是想拉曹棣棠去旁邊繼續開打，不免焦急，直到看見盼盼在急救箱的旁邊坐下，大家才鬆了口氣。

簡丹攙扶著我，擰起眉頭看向李晴，「妳腦子是不是有病？」

李晴快手拿了香腸，吃得津津有味，「沒病，眾人皆醉我獨醒。」趁簡丹不備，她掏出手機朝他拍照。

「手機拿來！」簡丹氣炸了，原來怒氣這東西會傳染。

「我家母狗生小……」李晴又想逃之夭夭，我在她落跑前搶過她的手機。

「難產是大事，快去處理，別等了。」她看了眼我奪下的手機，表情驚呆，從來沒被人成功攔截的她，此刻猶豫了。

簡丹看李晴似乎有想撲上來的意思，一把將我拉到身後。

「放心，我會保護好妳的照片。」我在簡丹身後朝她眨眼睛。

我可沒忘記李晴手機裡的那些私密相簿，裡頭全是我身爲簡丹時，被拍下的不雅動作照，這些照片絕對不能被簡丹看到，絕對。

「妳是不是背著我幹了些奇怪的事？」簡丹聽我那麼一說，沉著臉回頭，儼然有秋後算帳的打算。

「哪有。」我驚覺李晴的手機在我這裡肯定不安全。

「手機拿來。」簡丹伸手向我討要。

「不要，這是李晴的，應該還給人家。」我把手機遞給李晴，要她快跑，好歹她是田徑隊主力戰將，簡丹應是跑不過她。

李晴接過手機，拔腿就跑，邊跑還邊回頭，一臉莫名其妙地看著我。

我猜她八成覺得簡丹跟我都人格分裂了，這個簡丹，怎麼和她之前相處過的那個簡丹完全不一樣呢？而這個夏寧甯，又怎麼會和她之前認識的那個簡丹一模模、一樣樣呢？

一群人上了遊覽車準備回家，簡丹一手扛著那隻他贏來的巨豬布偶，一手扛著行李，一路走到遊覽車盡頭的五人座，他好像特別喜歡坐在那裡，之前也是一個人躺在後面睡大覺。

本來想跟李晴坐的我想了想，決定跑去最後一排座位找簡丹。

他倚靠著椅墊，還在試圖將手機重新開機，神情緊繃，見我來了，直接說：「我們待會先回家一趟。剛才手機螢幕好不容易亮了，我看到很多通未接來電，都是爸媽打來的，我想回撥，結果手機又故障。」

我點點頭，心想這樣也好。

我的手機確定不能用了，從泛舟教練那裡拿回來時，整支手機都在滴水。稍早用男神的手機撥電話回去，爸媽也都沒接聽，我隱約覺得事有蹊蹺，一股強烈的不安感縈繞心頭，希望只是我跟簡丹多想了。

回程因為太累的關係，所有人皆沉沉睡去，車上一片死寂。我趴在巨豬布偶上睡覺，由於沒有繫安全帶，差點在緊急煞車時飛出去，簡丹見狀，直接把布偶放到前排空位，再把我整個人抓去他的身邊，讓我枕在他的腿上。

「豬。」我想念巨豬布偶的柔軟，起身想抓它回來。

「乖乖睡覺。」簡丹將我按回原位，一手握住我的手，一手拉過外套蓋在我身上。

「豬。」我把臉埋進他的腿裡，緊緊握住他的手。世紀大暖爐。

我在遊覽車規律的晃動下進入夢鄉，再次被叫醒時，車子已經抵達家附近的公園。司機放我跟簡丹下車，我們朝車上的人揮手道別，曹棣棠靠在窗戶邊對我們微笑，我看著他那張慘不忍睹的豬頭臉，心中不勝唏噓。

簡丹讓我抱著比較輕的布偶，他自己則提著雙人份的行李走在我後面，一副心不在焉的樣子。

過馬路時，我看見對面攤販在賣冬瓜，頓時想起之前遇見冬瓜鑫的事，於是問簡丹：「簡丹，你還記不記得冬瓜鑫？」

「什麼？妳想吃冬瓜？」

「我前陣子巧遇冬瓜鑫，他說小時候你用童軍繩把他綁在廁所裡，還打了一百個結。」

我盯著號誌燈，盡量不去看簡丹的表情。

簡丹顯然沒料到這件事會有東窗事發的一天，他遲疑了幾秒才開口：「喔……當初應該打一千個死結的，一百個果然太少了。」

這句話讓我冷汗直冒，我暗自祈禱冬瓜鑫有隨身攜帶護身符的習慣，而且沒事最好別出現在我們學校。

「知道我當年為什麼把他綁在廁所嗎？」簡丹忽然輕笑。

我繼續盯著號誌燈，不敢回應。

「他說妳一定很難追，因為妳粗神經。還說我是妳的哥哥，不可以喜歡妳，我們不可能有結果。」簡丹說完，嘆了口氣，低頭吻了我的左耳一下，「他說中了我的心聲，我好生氣。夏寧甯，我好生氣。」

我呆愣住，感受到左耳還殘留著他的溫度，那股熱度從我的左耳蔓延至臉頰、頸部，直達胸腔裡那顆跳動的心臟，撲通、撲通、撲通，宛如脫韁野馬，一顆心愈跳愈快、愈發失控。

我沒談過戀愛，不熟悉這種感覺，只直覺危險，心中警鈴大作，忍不住想著……這是不是就是傳說中的「喜歡」呢？

「綠燈了，走吧。」簡丹牽起我的手，帶我過馬路。

回家的路上，我低著頭一語不發，他也沒試圖搭話，就著路燈光線，我看見兩道人影在地上一晃一晃的，手牽著手，緊緊相連。

乎在討論些什麼。

*

遠遠地，簡丹便察覺不太對勁，只見家附近的路口處站著幾名警察，他們交頭接耳，似

原以為只是單純的車禍意外，可當我們走近時，發現黃色封鎖線從路口一路拉至我們家的門口，家裡捲門被一台廂型車撞凹，捲門下還卡著一台餐車，怵目驚心。

簡丹和我同時加快腳步，上前攔住警察：「請問這裡發生了什麼事？我們是這間屋子的住戶。」

警察抬眼看我們，「這邊剛剛發生一起持刀傷人事件，有一名男性被砍傷，已經送去醫院了。你們是屋主的小孩嗎？」

「是，請問傷者是誰？」簡丹心急如焚，抓著警察的手不放。

我轉身想繞過封鎖線進家門找爸媽，卻聽警察說：「你們父母現在都在醫院，受傷的是爸爸。」

聞言，我和簡丹趕忙把行李擱置車庫，直接騎機車衝去警察說的醫院，那裡剛好是媽工作的地方。

按照醫護人員的指示，我們終於在急診室找到爸媽，可奇怪的是，兩人看起來皆毫髮無傷。

如果爸沒事，那受傷的是誰？

「爸、媽。」簡丹牽著我走到病床旁。

媽一看見我，便緊緊抱住我，我的視線越過她，看見病床上貌似熟睡的夏青山，他上身赤裸，右胸膛包紮著紗布。

「受傷的是他？」短時間內接收到的訊息量太大了，我的大腦有點當機。

對了，警察只說傷者是爸爸，但沒說是哪個爸爸……

「寧甯，妳最近有沒有接到騷擾電話？」媽在我耳邊問。

騷擾電話？

「我最近接到好多通奇怪的電話，對方劈頭就問我是不是夏青山的前妻，我都直接掛他電話。我以爲這件事就這麼過了，結果今天我剛走出家門，忽然一台箱型車停在我面前，車裡的男人亮出刀子要我上車，還問我妳在哪裡，好像想一併擄走！」媽撫著胸口，心有餘悸地說：「事後警察調閱附近的監視器畫面，才發現早在幾天前就有人跟蹤妳，要不是哥哥剛好跑出去找妳，我眞不敢想像後果……嚇死我了，都怪我不夠有警覺性！」

前幾天我確實接到好幾通陌生電話，對方也開口就問我是不是夏寧甯，如今聽媽這麼一說……原來是夏青山的仇家找上門了嗎？

簡丹似乎也想起那晚的事，他看了我一眼，我朝他擺擺手，示意他別將此事告訴媽。

「媽沒事吧？」我擔憂地問，簡丹也走過來檢查媽有沒有受傷。

「哎唷，我沒事啦！」媽搖搖頭，氣急敗壞地指著床上的夏青山，「但這個臭老頭，就叫他不要再來找我們了，事發當下他不知道從哪裡衝出來，直接跟對方拚命！開車的共犯見引起騷動，想開車逃跑，老頭便推餐車去撞人家的車，安全氣囊瞬間爆開，那人當場暈了過去！另一個夭壽的壞人於是持刀朝我們亂砍，要不是有路人及時報警，我看我們兩個都會被砍成肉醬。」

「媽，妳不要講這種話啦！人沒事就好！」我趕緊說。

媽說警察趕到時，嫌犯一號已被夏青山制伏，嫌犯二號則昏倒在駕駛座。

夏青山向警方供稱，這兩個人是他過去販毒時的死對頭，知道他假釋出獄後，想找他算帳，一時找不到他，才會把目標轉到我和媽身上。夏青山隱隱察覺對方的意圖，所以他每天都會找時間過來家裡附近觀望，想要保護我們母女。

「他說很擔心我們會出事……死人骨頭，這種事他一個人是要怎麼處理啦，眞的是夭壽死老頭。」媽邊說邊紅了眼眶。

我擦去她的淚水，將她擁入懷裡安撫：「沒事了、沒事了，別難過。」

我心中那顆懸掛的大石終於能安穩放下。雖然夏青山受傷了，至少人還活得好好的，這樣就好。

「哥哥，不好意思，讓你見笑了。」媽把簡丹拉過來，一起抱住。

「我才要跟媽道歉，我們兩個的手機因爲泡水，都壞了，不是故意不接家裡電話的，對不起。」簡丹跟媽解釋。

媽摸摸他的臉，「沒事沒事，我們沒事，只是想通知你們一聲，怕你們回家看到家裡變成那樣會緊張。」

也許是覺得自己被冷落了，個性內斂的爸竟走過來，伸臂環抱我們三個。

就這樣，我們四個團團抱在一起，最內圈的是媽，再來是我、簡丹、爸。現在要是有人把一顆保齡球滾過來，我們可能會像保齡球瓶一樣全倒吧？思至此，我頓時感到好笑，一時忍不住，噗哧一聲笑出來。

「妳這個死小孩，妳親爸躺在那裡半死不活，妳還笑得出來！」媽用力打了下我的頭。

我邊躲邊哀號：「對不起啦！我只是覺得我們這樣抱在一起很好笑。」

簡丹聽了也笑出聲，媽又伸手往我身上加倍招呼：「妳不要帶壞哥哥！」

「妳爲什麼不打他，只打我啊！偏心！偏心！偏心！」我立刻躲到簡丹身後，抱住他的腰，簡丹爲了替我閃躲攻擊，跟著媽一起原地自轉三百六十度。

「我就是偏心！我對帥哥下不了手，打哥哥會疼到我，打寧甯比較順手！」媽的病情比我還嚴重，直接承認自己有帥哥情結。

醫護人員嫌我們吵，走過來制止我們，順便跟我們說有空出的病房，可以辦理住院手續了，媽才停止追打我。

爸堅持讓夏青山住高級單人房，媽非常不好意思，爸卻無所謂地擺擺手，「寧甯的爸爸就是我的朋友。」他語氣眞摯，要我們不用在意

我和媽被爸感動得一塌糊塗，坐在夏青山的床頭旁無聲落淚，爸受不了我們這麼感性，又跑過來擁抱我們。

「愛哭鬼母女欸。」簡丹擦去我的眼淚，有些沒轍地看著我和媽。

夏青山一直沒醒，醫生說他沒有大礙，或許是太累了，所以一鬆懈下來便進入深度睡眠，休息過就沒事。

聽醫生這麼說，我跟媽不禁感到納悶。太累？

「其實……我最近都會去跟他買飯糰，」簡丹頓了一下，續道：「給寧甯當早餐。我和他聊過幾次，他說他每天早上五點就推著餐車到附近中學的對面賣飯糰，晚上八點才收攤，十點後再去便利超商值大夜班，直到凌晨三點。」

聞言，我跟媽訝異地轉頭看他。

簡丹是以我的身分去接觸夏青山？原來這陣子掛在家門外的飯糰不是夏青山送來的，而是簡丹買的？他是想讓我以爲那飯糰是夏青山特意爲我準備的？他這麼做的用意是什麼？

「哥哥，你怎麼……」媽有些呆愣。

「有次看到寧甯在門外與他交談，我當時就有點好奇他是誰。」簡丹微笑道：「後來見他又出現在家門口，推著餐車，邊走邊打量家裡，我便偷偷跟著他到擺攤的地方，主動和他攀談後，才知道他是寧甯的爸爸。我猶豫過要不要跟寧甯說這件事，還爲此心情低落了好幾天。」

我內心五味雜陳。我和媽會如此排斥與夏青山接觸，除了對他仍有怨懟，更多的是怕爸跟簡丹發現後感到不快，也怕他們知道夏青山的過去；可萬萬沒想到，簡丹跟爸完全不在意這些，就像我跟媽根本不介意簡丹去墓園看他親媽媽，反倒很支持一樣。

要是不坦白相告，也許對方永遠不會知道你內心眞正的想法，就像男神和盼盼對簡丹的心意，就像簡丹對我的心意，若是不說出來，對方怎麼可能曉得？

我頓時有點釋懷，一時紅了眼眶。

「哥哥，不用這麼包容沒關係，你要是不開心，我可以理解的。」媽啜泣起來，抽了一堆衛生紙塞住自己的鼻子。簡丹說得對，我們是愛哭鬼母女。

「爲什麼不開心？」簡丹單膝跪地，把手放在媽的膝蓋上，「我有一個全世界最棒的繼母，她給了我和親生女兒一樣多的愛，曾經照顧她的男人選擇在遠處守護她，我爲什麼要不開心？多一個人保護妳，我高興都來不及。」

媽一聽，哭得更厲害，淚水幾乎糊了她的妝容。

簡丹笑著拿衛生紙救場，「媽，醫院要淹水了。」

媽又哭又笑地拍了簡丹一下，「你這招應該要拿去撩妹，爲什麼要用來撩一個大嬸！」

這間醫院的確差點淹過水，這是媽以前說的。

我第一次和小簡丹相遇就是在這家醫院，那時簡媽媽剛去世，我和小簡丹抱在一起哭，媽想把我們分開還分不開，之後乾脆把我們兩個人一起拉走，買一送一。

事後媽笑著說：「要是醫院淹大水了，罪魁禍首就是你們兩個小蘿蔔頭。」

媽向來習慣隨身攜帶卸妝用品，此時爸從媽的包包裡取出卸妝棉，遞給簡丹一片，自己也抽了一片，兩個男人跪在媽面前替她卸掉哭花的妝容。

「有你們眞好。」媽忍不住感嘆。

我不由得回憶起媽當年說過的話：

「寧甯，我們以後要過得很好，這個家會好好的，我們要創造屬於我們自己的幸福。」

願望……不知不覺成眞了。

我轉頭看向病床上的夏青山，他雙眉微皺，似乎做了惡夢，我伸手撫平他眉間的摺痕，附在他耳邊說：「爸爸，歡迎回來。」

再抬頭，我看見他的面容逐漸放鬆，眼角滑下一滴淚。

不知道他夢見了什麼？

*

這起尋仇事件一度登上晚間新聞，男神、盼盼和曹棣棠在得知消息後，紛紛跑來醫院關心。不過因爲時間很晚了，怕吵到爸媽和夏青山休息，加上也過了醫院的探視時間，於是我們決定去一樓便利超商外面的露天座椅坐坐。

「簡小丹，你們全家應該去廟裡改個運。」男神喝了一口咖啡，嘖嘖稱奇：「上電視跟進醫院的次數多到我懶得數，每天替你們提心吊膽，日子都不用過了。」

簡丹笑瞇了眼，他摸摸男神的頭，男神馬上嫌棄地拍掉他的手。

原來這才是他們兩個眞正的相處模式嗎？我開了眼界，一直盯著男神看。

一小時前，簡丹對包括男神在內的所有人說了我和他的事情。

讓我覺得奇怪的是，全場只有盼盼一個人張大嘴巴，一臉不可置信的樣子，男神和曹棣棠竟是完全不意外。

男神聽了只是點點頭，苦笑著說：「我明白。」

曹棣棠則笑笑地對我說：「太好了，我很期待你們兩個在一起，等很久了。」

等……等很久了？這是什麼意思？

沒想到更讓我吃驚的在後頭，曹棣棠接著又說：「我也趁此機會向大家宣布，旁邊這位很凶的人現在是我女朋友。」

盼盼瞪大雙眼，立刻對曹棣棠一陣暴打，直接驗證曹棣棠那句「很凶的人」。

「哇靠，棣棠糙！誰准你現在說出來，會不會看場合啊！你知道自己在幹麼嗎，人家吃米粉你喊熱做什麼！討打啊！白痴啊！」啪啪啪啪，四連擊。

曹棣棠就算被打也笑得十分開心，眞是周瑜打黃蓋，一個願打一個願挨。

簡丹看傻了眼，他下意識握住我的手，捏了捏，好像想證明眼前不過是場幻覺，盼盼才沒那麼殘暴。

「好了，這下我成了整桌唯一的單身狗。」男神撐著下巴看戲，轉頭對我和簡丹說：「我一直覺得盼盼是寶可夢裡的可達鴨。」

簡丹好不容易回過神，挑起眉頭問：「爲什麼這麼說？」

「沒人要啊！你要可達鴨幹麼？你把牠從神奇寶貝球裡放出來，牠也只會這樣，」男神把雙手放到頭的兩側，眼神放空，「傻呼呼的，結果居然還眞有笨蛋願意把牠撿走。」

男神說完，睨了曹棣棠一眼，「你手脫臼了沒？急診室就在旁邊，有需要記得說一聲。」

「謝謝大舅子。」曹棣棠溫和地笑。

「誰是你大舅子！」盼盼又抓狂了，她滿臉通紅，聲音拔高三度：「不要亂叫！」

「不客氣。」男神啜飲一口咖啡，用紙巾壓了壓嘴巴，氣質得不得了，跟盼盼儼然是兩個世界的人。

這麼一鬧，盼盼先前的驚訝退去不少，她指著簡丹說：「學長，我之前問寧甯你喜歡誰，她還說不知道，你們兩個是不是早就有姦情了？」

「寧甯當時的確不知道，她什麼都不知道。」男神壓下盼盼的手指，「請對我的初戀好一點，不要指手畫腳。」

盼盼聽自家哥哥這麼說，尷尬了幾秒，她先是看向我，又轉向男神：「哥，你什麼時候出櫃的啊？」

「我不喜歡男生，我只喜歡簡丹。」男神坦蕩蕩地舉起雙手，頗無奈地笑了：「我對其他男生沒感覺。」

「對世文哥也沒感覺？他回國後，每天追著你跑欸。」盼盼賊兮兮地笑。

「他有種靠近我，我就有種斷他後！」男神的眼底閃過一絲殺氣。

見狀，我不禁抖了一下。也對，是我太天眞了，大白鯊的哥哥怎麼可能會是海豚呢？也是聽了這對兄妹的對話，我才發現原來歐世文喜歡男神。我的天啊，光是想到他們擁抱的樣子就覺得血脈賁張，我是不是有腐女基因……

「夏寧甯，妳流鼻血了！」盼盼一陣驚呼，「三更半夜也能火氣大，妳是血氣方剛的少年郎嗎！」

簡丹立刻捏住我的鼻子，要我稍微把頭前傾；對面的曹棣棠撲過來拿溼紙巾擦我染血的下巴；男神則問我是不是這兩天太累了，沒能好好休息才會這樣。

「你每次來我家過夜都故意裸著上身，她很喜歡看你的腹肌，常常看著看著就流鼻血了，所以你不用想太多，她絕對不是因爲身體不舒服而流鼻血，一定是她又想到什麼齷齪的事。」簡丹雖然看著我，這段話卻是說給男神聽的，聽起來特別酸。

「寧甯，應簡小丹私下要求，我講個故事給妳聽吧。」等我的鼻血終於止住後，男神喝了口咖啡，抬頭望向皎潔的月亮，長吁一口氣：「沒錯，我喜歡妳的簡丹，他曾經是我一個人的簡丹，直到妳橫空出現。妳也許以爲自己比我早認識他，但不是，是我先認識他的，妳後來才知道我的存在，是因爲我很後來才出現在妳家，還替簡小丹出了一個把我自己害慘的餿主意。」

我十二歲那年，目睹簡丹趴在男神的正上方，打算偷親男神。

這是我當年看到的景象，但男神說，實際情況是……

「小胖丹說他喜歡妳，可是妳喜歡我，喜歡帥哥，整天只追著帥哥跑，然而小胖丹當時不是帥哥啊，他就只是個小胖子！這該怎麼辦？該怎麼解決呢？蠢蠢的小胖丹誰不問，居然跑來問不安好心的我。」男神閉上雙眼，扯出一抹淡笑：「能怎麼辦？我當然搞破壞啊！」

男神要簡丹假裝喜歡他，更安排好劇本，要求簡丹偷親他，並裝作不經意地被我撞見，惱羞成怒。他還要簡丹對我凶一點，愈凶愈好，最好把所有的力氣都用來欺負我。

簡丹打從娘胎出生以來就沒見過這種操作，問男神爲何要這樣搞，男神隨便呼嚨過去，還說這招必勝，要簡丹別多問，照做就對了。簡丹當年才十三歲，對追女孩的招數所知不多，又見男神一副勝券在握的模樣，只好半信半疑地實行起男神的荒唐計畫。

其實男神當下心裡打的如意算盤，是要簡丹藉著假裝喜歡他，進而「走火入魔」，也許有朝一日弄假成眞，簡丹會不小心喜歡上自己。

除此之外，男神也想過其他方法來「拯救自己」。他交了一任又一任的女朋友，試圖在那些女孩身上找到心動的感覺，或許感情是可以培養的，於是他使盡全力想讓自己愛上別人，好藉此忘記簡丹。可那些長髮飄逸、面容姣好的女孩卻沒一個眞正走進他的心裡。

男神悲哀地發現，她們都很漂亮、都很好，但她們都不是簡丹。

他在簡丹面前與歷任女友演出一場又一場的放閃戲碼，同時矛盾地向老天爺進行各種祈禱，有時是「天啊，希望眼前這名女孩是我的救星，讓我脫離名爲簡丹的苦海」，有時卻是「天啊，我希望簡小丹那雙愛笑的眼睛微微一瞇，有百分之零點一的可能是妒火中燒」。

「可是，去他的鬼妒火！簡小丹眼裡從來就只有傻呼呼的夏寧甯。」男神望向我，「他拚命打籃球，只爲了追上我的身高；拚命練身體，也只爲了比我更強壯。他跟我說，既然夏寧甯喜歡帥哥，喜歡夏瑾琛，那他也要變成夏瑾琛。寧甯妳知道嗎？因爲妳對帥哥的執念，我們還爲妳改編了一首歌，妳一定聽過了，就是〈哥哥爸爸眞偉大〉那首。」

語畢，坐在一旁的簡丹默默笑了下。

男神安靜幾秒後，指著我說：「夏寧甯，妳是被虐狂。」

「我哪是……」我感到莫名其妙地看著男神。

「妳還說妳不是被虐狂？簡丹成天欺負妳、惹妳生氣，妳怎麼還是能喜歡上他？」男神一下子就戳回來。

曹棣棠和盼盼在一旁偷笑。

慘了，好像眞的是這樣。

我往簡丹的方向看去，他雙手枕在腦後，笑看著我，我臉頰瞬間燒紅，尷尬地把臉埋進桌子裡。

「寧甯，我有句話是要給簡小丹的，不過，那時我不知道妳跟簡小丹互換了身體，所以才把那句話給了妳。」男神拍拍桌子，示意我抬頭。

我看向男神，他笑了笑，轉頭對著簡丹說：「簡小丹，有些時候，我覺得你溫柔得很殘忍；更多時候……」

卻是殘忍得很溫柔。那句讓我丈二金剛摸不著頭腦的話，此刻有了解答。

「卻是殘忍得很溫柔。」男神說。

男神沒有解釋這句話的意思，只是又吁了一口氣，「我現在之所以可以這麼坦然地把這些事說出來，是因爲我知道自己沒機會了。」他把手搭在我的肩上，「我試圖把妳當情敵對付，但妳實在太傻了，那種天然呆的樣子，眞讓人狠不下心。」

天、天然呆？

「我的一切弱智手段到此爲止了，從這一刻起，我祝你們幸福。」男神端起咖啡，朝我和簡丹致意，然後轉過去對盼盼、曹棣棠說：「也祝你們幸福。盼盼，對人家好一點，願意收集可達鴨的人，這世上可能只有一個。」

「齁，哥你很煩欸！」盼盼極不樂意被稱作可達鴨。

「單身狗有點想睡了，要進去躺一會。」男神起身，朝醫院大廳走去。

我要他們回家睡覺，他們卻堅持留下來，想明天一早便上樓探望夏青山。盼盼跟曹棣棠隨後加入男神，三個人就這麼睡在大廳的沙發椅上。

由於在遊覽車上睡飽了，我和簡丹暫時沒有睡意。我們跑去媽工作的單位閒晃，媽的老同事們一看見我們，都熱情地打招呼，其中一位阿姨更拉開角落的抽屜，招手要我們過去。

我探頭一看，抽屜裡放著我小時候的塗鴉，還有幾隻紙鶴。

阿姨和我們寒暄幾分鐘後，又繼續去忙，我和簡丹則把抽屜裡的東西裝進袋子帶走。來到樓梯間，簡丹打開袋子，取出其中一隻紙鶴端詳，「妳記得我房間有一整箱的紙鶴嗎？」

「記得，你後來藏去哪裡了？我到處都找不到。」我眯起眼睛。

「在妳房間，我藏去妳的床底下。俗話說，最危險的地方就是最安全的地方。」簡丹用手指彈了下我的額頭。

難怪歐世文跟男神都說我好傻好天眞。

我大受打擊，目瞪口呆地望著他，「你……」

話沒說完，他忽地把我騰空抱起，並將我抵在牆上壓著，我忍不住驚叫出聲，連忙想要掙扎下地，但不管怎麼踢他踹他，他始終不動如山。

「我放了一千隻紙鶴在那個箱子裡。」他低啞的嗓音在我耳邊細語：「每一隻紙鶴的翅膀上都寫著妳的名字。」

我睜大眼睛，「那曹棣棠上次……」

「對，他發現了。」簡丹湊過來輕咬我的下唇，「我說過，我不是個好哥哥，我對妳的感情並不純粹。夏寧甯，我喜歡妳，喜歡了七年，從妳送給我第一百隻紙鶴開始，星火燎原。」他捏住我的臉，重重吻下來，他的吻夾帶著一股氣泡水味。

我試著躲開，他卻不准，額頭抵著我說：「自從認識妳，我人生中有一半以上的時間都拿妳沒辦法。有時候我想，乾脆把妳掐死算了，但若是掐死妳，我就沒了可以仰望的星空了。夏寧甯，妳是我一直仰望著的那片星空。」他的手沿著我大腿緩慢游移，引起我身體一陣顫抖。

他再次低下頭吻我，我漸漸抵不住他熾熱的攻勢，癱軟在他的懷裡。

「我喜歡妳。」他貼著我的唇，邊喘氣邊說。

我渾身發燙，感覺自己就要融化，「我、我也喜……」

「喀」的一聲，突然有人推門走進樓梯間。

來者一看見有人正在發情，立刻退回門後，「不好意……」

最後一個字沒能說完。

樓梯間裡，一陣靜默。

爸幾乎是咬著手手說完整句話：「簡丹、寧甯，你們在幹麼！」

簡丹後來跟我說，他不敢向我告白，除了因爲他一直以爲我喜歡男神，還有這個原因。

「我現在不知道該說什麼，媽媽妳覺得我該說什麼？」爸把熟睡中的媽叫醒，在樓梯間召開了第二次家庭會議。

簡丹和我本來直挺挺站在牆邊，爸看不順眼，叫我們分站媽的兩側。

「我不想看到你們在剛剛那面兩個人磨來磨去的牆前罰站。」

我羞得垂下頭，盯著腳尖看。

「爸，不關寧甯的事，是我……」

簡丹一開口，爸馬上打斷他：「我允許你說話了嗎？」爸難得嚴肅地板起臉孔。

「爸，對不起，是我……」我想打圓場，爸冷冷的視線射過來，我頓時噤聲。

「媽媽，妳認爲這件事情該怎麼處理？」爸轉頭詢問媽的意見。

剛從睡夢中被挖醒的媽，一臉茫然，「我挺喜歡哥哥的。」

「什麼？」爸的表情錯愕。

「我說，隨孩子去吧！如果是哥哥，我可以。」媽打了個哈欠，似乎不太在意這件事。

「我不是問妳可不可以！我是妳老公耶，妳覺得簡丹這樣做對嗎？」爸掏了掏耳朵，簡直不敢相信他聽到的話。

媽聽得一頭霧水，「爸爸，你這話是什麼意思？」

「我們是一家人。」爸加重音量，「簡丹，是寧甯的哥哥。」

「沒有血緣關係，不是嗎？」媽一句話就堵得爸啞口無言，「要是以後哥哥覺得我們家寧甯不錯，想娶回家，我舉雙手雙腳贊成啊！哥哥是我從小看到大的，一表人才又聰明伶俐，那張臉帥得跟偶像明星一樣，我都懷疑他是不是眼睛糊到膠水了，不然怎麼會看上我們家寧甯？優質股有沒有聽過？你兒子就是優質股啦，爸爸！」

媽這段話引得我想笑，但如果我現在笑出來絕對會惹事，所以我緊抿著唇，同時偷偷瞄向簡丹，發現簡丹受寵若驚地看著媽，顯然不敢置信媽居然會開明到如此程度。

不過媽從以前就是這麼粗神經，我想我的個性可能有百分之七十遺傳自她吧？

爸陷入啞巴吃黃蓮的苦境，還想開口說什麼，又被媽搶話：「爸爸，如果你是擔心法律上的問題，這個事小，你只要終止收養寧甯，一切就都解決啦！好啦，我可以回去睡覺了嗎？」

爸瞪著簡丹，簡丹則不卑不亢地回看著爸。

「拆散小情侶會有報應喔！你確定要這麼做？」媽斜睨爸一眼。

爸最終妥協了，他嘆口氣，指著簡丹：「注意你的言行舉止。」

我憋笑憋得更用力了，這句話簡丹也曾經拿來教訓過我。

簡丹點點頭，向爸媽道謝，媽擺擺手，伸了個懶腰說她要回去補眠，夏青山隨時會醒過來，她要有充足精神才能照顧他。

爸跟著她的腳步回去，才走沒幾步又跑回來，我一度以爲他要揍簡丹，但他只是把一張百元鈔票塞給他，「我剛剛本來是要下樓買咖啡，被你們這麼一鬧都忘了，去幫我買一杯熱的美式咖啡。」

這下我終於忍不住了，噗哧一聲笑出來，爸莫名其妙地看看我，又看向簡丹。

「沒事，她常常這樣。」簡丹淡定表示。

完成爸的咖啡外送服務後，我和簡丹回到一樓大廳找盼盼他們，和他們一起窩在沙發椅上睡覺。

*

有人在我臉上親了兩口，我睜開惺忪睡眼，映入眼簾的是簡丹那雙漂亮眼睛。

「妳爸醒了。」

聞言，我急忙翻身坐起，發現四周人潮往來，陽光灑進寬敞的醫院大廳裡。

而我和簡丹，還是原來的自己。

我激動得不行，從椅子上跳起來，用力抱住簡丹。

簡丹回抱我，把臉埋進我的頭髮裡，「早安。」

「早安。」我不由得喜極而泣。

男神他們探視過夏青山，確認我們一家人都沒事後才離開。

我在上樓探病前，先跟簡丹去附近市場買了些食材，接著向醫院借用小廚房，打算煮豬腳麵線給夏青山。

在料理食材時，我趁機一吐滿腹疑惑：「為什麼你要用我的身分偷偷跑去見夏青山？還不止一次？為什麼每天向他買了飯糰，卻把飯糰掛在門把上，不直接拿給我？」

簡丹靠在流理台前，雙手抱胸，目光柔和，「我那天看到妳跟夏青山交談，發覺妳的臉色超臭，甚至藉著我的身分對他說了賭氣的話。」憶至此，簡丹輕笑了下。

「後來我才知道原來他便是妳絕口不提的親生父親。初次見面那天，他非常激動地看著我，說『寧甯妳來了，想吃什麼？爸爸做給妳吃』……妳知道我當時在想什麼嗎？」簡丹凝視著我，「我心想，慘了，還沒追到他的女兒，名聲就先臭掉了。岳父大人，我好冤枉，那個對你不禮貌的傢伙不是我本人，可惜你不知道。」

我拿起湯勺，耳根悄悄泛紅，想回嘴卻不知道該回什麼，只好推了他肩膀一把。

「我猜妳大概是對他有些心結，才不願意與他往來。」簡丹笑笑地摸我的臉，「既然如此，身為盜版夏寧甯的我，當然沒有這份權力替妳求和。妳放心，我待他的態度非常平淡，甚至沒喊他爸爸，只稱呼他為夏先生。」

「我之所以將飯糰掛在門外，是希望妳以為那是他送來的，也許有一天妳想通了，能主動向他釋出善意。至於我為什麼跑去見他那麼多次……是我想藉由側面觀察，多了解他一點，想知道這個爸爸究竟值不值得妳原諒？他決心改過向善了嗎？還有……」簡丹停頓了下，喃喃道：「那飯糰眞TMD好吃。請岳父大人快點好起來，好嗎？我有點懷念他的手藝。」

他最後一句話逗得我發笑，簡丹歪頭看我，「妳爸也許犯過錯，直到失去自由，失去妳和媽，他才眞正學會珍惜自己、珍惜家人，要我說，這是比凌遲還可怕的極刑，妳的原諒，會是他的救贖。」

我沒有回應簡丹，只默默將視線移回食材上，繼續手邊的動作。

豬腳麵線煮好後，廚房也被我毀得差不多了。簡丹留下來收拾善後，我則端著那碗麵線上樓找夏青山。

夏青山見到我，十分激動，嘴裡不斷說：「幸好妳沒事」。

我坐在病床邊，一口一口餵夏青山吃完那碗豬腳麵線，他邊吃邊和我分享這陣子做生意的心得。

我看著他歷經滄桑的臉孔，突然有些想不起當年那個坐上警車的他，是什麼模樣。取而代之的，是他摟著我在客廳看《灌籃高手》的畫面，是他說「寧甯，要成為一個擁有滿腔熱情的人」時的表情。

待他終於解決掉豬腳麵線後，我用衣服袖子抹去他臉上的汗水，笑著喊了他一聲：「爸爸。」

夏青山一震，眼裡難掩興奮。

「謝謝你挺身而出，保護媽媽。」我輕聲說：「等你把傷養好，我們再一起出去走走。」

過了幾天，夏青山正式出院。由於他在假釋期間勇敢保護市民，表現優良，法官最後判他免去剩餘的刑期。

夏青山自由了。

他在我們家附近租了間套房，偶爾會來家裡串門子，和爸媽一起泡茶聊天，媽不再喊他死人骨頭，改以「甯爸」稱呼。

夏青山剛開始還有點搞不清楚我和簡丹的關係，媽向他仔細說明後，他沉默許久，才訥訥地說，希望以後喝喜酒能留個位子給他，爸嫌他想得太遠了，媽則放聲大笑。

日子過得平靜快樂，而我跟簡丹再也沒交換身體過。

某個週末，籃球隊又收到北部友誼賽的邀約，我們應邀前往歐世倪的學校參賽。教練理所當然地再次把我們帶到之前的那座山上進行隊訓。

這次陣仗很龐大，除了簡丹，盼盼、曹棣棠、男神、歐家兄弟之外，連李晴都一起來了。

簡丹起初還一頭霧水，怎麼突然多了那麼多「隨行助理」？一問之下才曉得，原來是關於那座石像的傳說，不知為何傳了出去，大家都想來一睹石像的眞面目。

舊地重遊，我和簡丹的心情今非昔比。

正逢假日，那尊刻著「願天下有情人終成眷屬」的石像前面人山人海，遊客將小小的洞穴擠得水泄不通，盼盼等人花了好大的力氣才擠進去拍照。

蹲在洞穴外休息的我問簡丹：「我們之所以莫名其妙交換身體，該不會是因爲那座石像吧？」

簡丹笑回：「我也不知道，可能只有老天才知道吧。」

這陣子我思來想去，倘若我們眞是因爲石像的某種神祕力量而互換靈魂，並且如曹棣棠所猜測，只要兩人接吻就能恢復原狀，那麼第一次接吻之後無效，第二次接吻卻能成功的原因，會不會是簡丹終於鼓起勇氣，向我坦承了自己心意的緣故？

「簡丹。」我起身，伸手扯了扯簡丹身上擦汗用的毛巾，把他拉到我身邊。

「怎麼了？」簡丹笑得很孩子氣，露出他的招牌酒窩和虎牙。

「你看那裡！」我故作驚訝，飛快地朝天空指去。

簡丹果然上當，視線往天空一飄，我趁機抓住毛巾兩端，使勁將他往我的方向一扯，「啾」的一聲吻上他，不過因爲他個子太高，我只偷親到下巴。

「矮子學別人玩偷襲，失敗率通常很高。」簡丹挑眉，一把托住我的臀部將我抱起，湊過來吻我，「夏小姐，學著點。」

我在他懷裡放聲大笑，他貼著我耳鬢廝磨，低聲問道：「還記得妳十八歲的生日願望是什麼嗎？」

「是什麼？」我忘了，忘得一乾二淨，我是金魚腦。

簡丹在我耳邊細語，聲音充滿磁性，我聽著聽著，忍不住紅了耳根。

十八歲慶生那天，簡丹希望我永遠都是這個夏寧甯，而當時的我替他許了一個願：

「簡丹，我希望你喜歡的人也能喜歡你，希望你能得到屬於自己的幸福。別氣餒，我會幫你一起完成這個願望。」

願天下有情人，終成眷屬。

全文完

番外

近水樓台先得月

古人說：近水樓台先得月，距離目標近的人，一開始就贏在起跑點上。

但古人沒把話說完，站在近水樓台上，能否先別人一步摘到天上的月亮，大家得各憑本事。

我顯然沒這本事。

朋友們，失戀並不可怕。可怕的是，家裡有兩個人失戀，失戀的對象還是同一人。

有些女孩失戀時特別懾人，自家妹妹夏瑾盼就是其中之一。

客廳的桌上堆滿OREO巧克力夾心餅紙盒，癱在沙發上哭泣的盼盼一手握著馬克杯，一手正從紙盒裡取出第一千片OREO，嘴裡念著：「金莎，吃出滿心的感覺。」

「妳在吃什麼？」我走出浴室，用手裡的浴巾甩她臉。

盼盼被我打得抖了下，像是這時才意識到我的存在。她茫然地抬頭，張口說：

「OREO。」

「妳剛剛說的不是OREO的廣告詞。」我把自己拋進另一個沙發，悠哉躺下，雙腿交疊，從口袋裡掏出手機，鏡頭對準盼盼，按下錄影鍵。

「那不然它的廣告詞是什麼？」

盼盼雙眼無神，眼白多於黑色瞳孔，我懷疑她的眼睛已經哭到失去對焦功能，此時此刻，我感覺自己像在跟一個盲眼人士對話。

「轉一轉，舔一舔，泡一泡。」我邊說，邊滑動手指，放大手機螢幕裡的盼盼。

只見她瞪著天花板，把手上那片OREO塞進嘴巴，歇斯底里地朝我大叫：「轉他媽的一轉！舔他媽的一舔！泡他媽的一泡！」餅乾碎屑從她嘴裡大量噴出，如同子彈般射向四周。

我笑到胃痛，趕緊按下暫停鍵，將影片存檔，接著滑開聯絡人，把影片傳給曾說盼盼很有氣質的歐世倪。

歐世倪在短短十秒內回我一個驚恐的表情符號，並傳來文字訊息：

「你妹怎麼了？」

我嘴角失守，手下迅速打字。

「壞了。」

「哥！」盼盼在沙發上又吼又叫，她從沙發底下摸出爸藏起的棒球棍，用力揮向桌上堆積如山的OREO紙盒，「打擊出去——Home Run！」

桌面頓時清空，盒子四散在地，再加上遠處散落的一打啤酒罐，整個客廳彷彿被轟炸過似的無比骯髒。幸好爸媽出國，暫時看不到這滿目瘡痍的慘況。

和歐世倪互傳了幾則訊息，對面的盼盼又開始哭了。

我收起手機，到廚房拿了大型垃圾袋，整理被盼盼愈弄愈亂的客廳。

盼盼趴在沙發上啜泣，雙腳不斷踢沙發墊。

我拖著裝滿垃圾的袋子經過她身邊，順手摸摸她的頭：「好了，男子漢大丈夫，有什麼難關過不去？不過就是失戀而已，振作。」

「哥……」她抓住我的手，不讓我走，幾秒後突然抬頭瞪我，「誰跟你男子漢大丈夫！我是女的！」

我挑起一邊眉頭，故作驚訝：「眞的假的？什麼時候的事？」

盼盼氣惱地張嘴咬住我的手，「啊！我要吃掉你！嘎啊啊！」她發出食人魚的聲音。

「妳這個亂咬人的習慣不改掉，就算以後交到男朋友也會被妳嚇跑。」我捏住她的下巴，迫使她開口才得以贖回我的手。

她懋屈看著我，伸手想討抱，我抓過茶几上的巨型花瓶，直接塞進她的懷裡，盼盼憤怒至極，高舉雙手就想要砸。

我睨了她一眼，「什麼都可以摔，就這個不行，這是爸花了十萬塊買來的，雖然醜，但是爸很喜歡。」

盼盼一口氣噎在胸口無處宣洩。她小心翼翼地把花瓶放回茶几上，從沙發上蹦起來，試圖跳上我的背，卻因爲身高太矮，搆不著我的肩膀，試了幾次後，她放棄了，拉開地上的大型垃圾袋鑽進去，躺在裡面一動也不動。

外頭響起垃圾車配樂，隔壁阿姨朝我們家庭院大喊：「瑾琛，你爸媽要我提醒你們兄妹倆，記得倒垃圾！」

「好！」我打開窗戶吼回去，「謝謝阿姨！」

「不客氣，小帥哥！」阿姨又喊回來。

「空有顏值有個鳥用，還不是腦袋裝屎。」垃圾袋裡的盼盼自言自語。

我懶得理她，繼續撿地上的空罐跟紙盒，順便掃地，再把垃圾統統往垃圾袋裡倒，躺在裡面的盼盼瞬間吃進灰塵，咳了幾聲。

「出不出來？」大致整理好客廳後，我蹲在垃圾袋前問盼盼，她雙腿裸露在外，又長又白，像個道具假人。要是就這樣把她丟進垃圾車，可能也不會有人懷疑這是個真人。

「哥，把我丟掉，爸媽不會怪你的。」盼盼的聲音聽起來悶悶的。

「我也想，但我搬不動，妳最近吃太多了。」

「去你的！」她從裡面砸出一個啤酒罐。

我把啤酒罐丟回垃圾袋裡，罐子打到盼盼的臉，她哀號一聲。

「出來，盼盼，外面有好吃的OREO。」我盤腿坐下，像是哄小朋友一樣拍拍她的腿。

「我不要出去，外面的世界太殘忍了。」

我低頭看了眼自己手上的齒痕，「我覺得妳比較殘忍。」

「去你的！」盼盼又從裡面砸出一個啤酒罐。

「出來，盼盼，外面有帥哥。」我把罐子扔回垃圾袋裡，再次拍拍她的腿。

「外面沒有帥哥，只有一個準備倒垃圾，但是連垃圾袋都提不起來的弱阿伯。」盼盼一貫地毒舌。

手機訊息聲響起，我低頭看了一眼，是歐世倪。

「我在你家附近。」

嘆了口氣，我站起身，把垃圾袋綁起來，期間盼盼完全沒有任何動靜，一副任我處置的樣子。

我彎腰，把裝著自家妹妹的垃圾袋扛到肩上，就聽盼盼一陣怪叫：「啊——天旋地轉！下一站，法國！」我猜她是醉了。

我打開門，走出庭院，再打開大門，踏上馬路。

本來趴在狗屋裡睡覺的鳳梨酥一見我出來，興奮地跟著我來到門外，牠抬頭看向盼盼外露的腿，汪汪叫了兩聲。

路燈下，隔壁阿姨親切地望著我，「瑾琛啊，你……」她發現我肩上垂著一雙細白的長腿，頓時瞠目結舌。

「阿姨好。」我朝阿姨點頭微笑，隨即看見歐世倪迎面走來，臉上的震驚不亞於阿姨。

「夏瑾琛，那是你妹嗎？」歐世倪開口時，聲音有點發抖。

「不是，這是我養的食人魚。魚大不中留，我要把牠丟掉。」

我才剛說完，垃圾袋裡的盼盼立刻大叫：「我是眞珠美人魚！」

「那是你妹！」差點目睹人倫悲劇的歐世倪嚇得雙腿發軟，「快把你妹放出來，你想幹麼！」

後來我在大庭廣眾之下把盼盼從垃圾袋裡倒出來，她邊笑邊抱住我，再抱住一旁驚恐的鳳梨酥，「哥，好好玩！再一次！」

「滾，我才剛洗好澡。」我推開她，拍了拍身上的灰塵。

一旁的阿姨和歐世倪看傻了眼。

＊

「簡丹？簡丹甩了你妹？」

安頓好盼盼後，歐世倪把我帶去他的租屋處聊天。

「不是甩，簡丹只是用很委婉的方式告訴盼盼，他們之間不可能。」簡丹跟誰都沒可能，他心裡裝著誰，昭然若揭。但我總是催眠自己，靠著毅力，我一定能扭轉簡丹的心意。

直到今天，我跟盼盼一起失戀了。

其實呢，內心深處，我早料到會有這麼一天。

簡小丹，這傢伙跟我的孽緣如同海溝一樣深，必須追溯到小學時期。

當年我身為路隊長，最不樂見有人脫隊，簡丹是我這一隊的隊員，然而從某天開始，放學點名時我總是找不到他，人沒到齊，隊伍就不能出發。我向班導報備後，在老師的允許下，將路隊旗交給另一位男同學，自己脫隊去找簡丹。

那天正好下著大雨，我在頂樓的花圃附近找到簡丹，他蹲在花圃旁發呆。我撐著傘走到他身邊，替他擋去大半的雨水，他抬頭看我，雙眼通紅。

「你知道我是誰嗎？」我非常生氣。一個稱職的路隊長不會遺漏任何一個隊員，一個稱職的路隊長還能在學期末蓋五格榮譽卡。我差幾格就可以拿到獎狀了，簡丹很可能毀了我上台領獎狀的機會。

「不知道。」簡丹往旁邊移一步，刻意不讓我幫他擋雨。

我又往前站一步，把傘移到他頭上，「我是你的路隊長，我叫夏瑾琛。你跟我走吧，我帶你回家！」

「不用，謝謝。」簡丹又往旁邊移一步。

我不甘示弱地跟過去，兩個小男生就這樣在雨中的花圃玩起你追我跑，直到最後我受不了，把傘往地上一丟，衝過去揍了他一拳：「跟我回家！」

「我不要！」他氣得不行，用力揍回來，還拿雨傘攻擊我。

我們兩個扭打成一團，打到雨停了才雙雙停手，倒在地上不斷喘氣。

工友叔叔上樓查看電箱狀況時發現了我們，他把我們拎到保健室。校醫見狀，先讓我們換上乾淨的備用校服，接著替我們處理傷口，之後便打電話聯絡家長。

校醫強迫我跟簡丹互相擁抱對方長達十分鐘，並且告訴我們相親相愛、互相尊重的重要性。簡丹當時身高比我高，他彆扭地抱著我，一語不發。

我趁校醫不注意時，悄聲問他：「你為什麼不跟著路隊走？」

他側頭看我，漂亮的眼睛盈滿一種我無法理解的情緒。

「干你屁事。」他憤憤說著。

無可避免地，我們又在保健室打了一架。

簡爸爸來接簡丹時，向校醫連聲道歉，說自己沒教好兒子，並問我有沒有受傷。

我被他問得很是心虛，只好承認是我自己白目，先揍了他的兒子，才惹得簡丹秒變拳王泰森。

我那時不明白簡丹為什麼要獨自在頂樓淋雨不回家，事後校醫跟我說，簡丹這陣子是輔導室重點關心的對象，他的媽媽前陣子過世，他走不出傷痛。

我頓時非常懊惱自己自私自利的舉動，我心裡想著榮譽卡，他卻想著媽媽。

之後我一直找不到機會向簡丹道歉，因為他後來向學校請了長假。

再遇見簡丹，是暑假的籃球夏令營。

我很喜歡井上雄彥的《灌籃高手》，因此對籃球有一股憧憬，徵得爸媽同意後，我報名夏令營，並在報到時看見簡丹。

才幾週沒見，簡丹似乎又長高了。他食指指尖轉著籃球，目不轉睛地望著報到桌另一邊的某個女孩，女孩笑起來很可愛，身材肉肉的，綁著兩條小馬尾，正在跟夏令營老師聊天。

「夏瑾琛！」有同學突然從背後偷襲我，還叫了我的名字。

我分神往後看，和同學一陣寒暄後再回頭看向簡丹，簡丹早已不知去向。

正覺得有點惆悵，忽地，我聽見身旁響起一道聲音：「鞋帶。」

我循聲轉頭，看見簡丹手持籃球，另一手指著我的鞋，「你的鞋帶沒綁好。」

他什麼時候學會瞬間移動的？

簡丹瞧我一臉茫然，不禁笑了下。他蹲下身，把手裡的籃球放在一旁，接著伸手把我左腳的鞋帶拆掉重綁。綁好左腳後，他看了看右腳，再抬頭看我，見我沒反應，於是又重複上一個步驟，替我重綁右腳的鞋帶。

「這樣綁，打球的時候比較不會鬆開，被絆倒的機率也比較低。」

陽光灑下，我看見他的頭頂髮旋泛著一圈光澤，讓我瞬間起了錯覺：眼前這人是上帝派來的鞋帶小天使。

他站起來，將手伸向我：「我叫簡丹，不過你應該已經知道我的名字了。」

我愣了幾秒才想到要握上那隻手，「……我叫夏瑾琛，從今天起你一定要知道，我是你的路隊長。」

簡丹笑了。

我發現他有可愛的酒窩和小虎牙，我以為那是日本女孩才擁有的東西，沒想到放在他的臉上竟毫無違和感。

我被他孩子氣的笑容電得六神無主，但他說出來的話讓我感到一陣失落：「我搬家了，之後會換路隊。」

後來我才知道，他的路隊長換成了夏寧甯。

「我不在乎，一日路隊長，終身路隊長。」我堅持。

「是，路隊長。」簡丹邊笑邊摸摸我的頭。

簡丹一開始老是念錯我的名字，我名字的最後一個字是念「ㄔㄣ」，他卻總念成「ㄕㄣ」；夏寧甯的名字他也有障礙，後面兩個字應該都念「ㄋㄧㄥˊ」，他卻只會念「夏寧」，然後困窘地卡在第三個字。

沒辦法，你不能太苛求一個小學生的識字量。

和簡丹變成好朋友是意料之中的事，我常常去簡丹家玩，陪他打電動、破關、打籃球、追趕跑跳碰、聊女孩等等，我們做盡男孩間會做的事，我非常喜歡這個好朋友的陪伴。

然後有一天，這份喜歡變質了，差不多就在我發覺他喜歡夏寧甯開始。

我感到非常困惑，一直以來，我並不覺得自己有任何喜歡男生的跡象，但我的確喜歡簡丹，不是普通的喜歡。

我接受不了他看著別的女孩的樣子。

我更接受不了他看著的那個女孩居然總是看著我。

這是什麼畸形的關係？

「我覺得夏寧甯好像喜歡你，她說她喜歡帥哥。」簡丹某天沮喪地對我說。

正在看雜誌的我靈光一閃，我爬到簡丹旁邊，盯著他，「我想到一個辦法。」

「什麼辦法？」簡丹不明所以。

我湊近他耳邊，低聲說：「你可以假裝喜歡我。」

「什麼？」簡丹驚訝地從床上翻身跳起，把我撞得鼻血直流。

後來我鼻孔塞著兩團衛生紙，仔仔細細地跟他解釋一遍我的計畫。

簡丹聽完，把整張臉埋進枕頭裡，「這很……這眞的很……」才十三歲的他，想不出任何可以貼切形容這個計畫的語詞。

「用不用隨便你。」我開始用激將法，「要是她被其他人追走，你自己承擔後果。」

簡丹坐在床上，面無表情，彷彿在腦中高速運轉地思考著什麼不得了的事。

驀地，我聽見夏寧甯正哼著歌上樓，於是輕聲對簡丹說：「機會來了。我現在裝睡，你假裝親我，讓寧甯看到，接著你必須表現得非常震驚，非常不甘願被她撞見這件事。」

也許演久了，有一天就成眞了。我當時是這麼想的。

我把雜誌扔到地上，擺出仰躺姿勢，閉上眼，又對他補了一句：「盡量對她凶一點，罵她、欺負她，引起她的注意。」

「爲什麼？」簡丹爬到我身上問。

「電視上都是這麼演的，男人不壞女人不愛！」我胡扯道。其實我心裡打的算盤是，簡丹對夏寧甯惡言相向，夏寧甯除非是被虐狂才會喜歡上簡丹！

事實證明，寧甯的確是個被虐狂。

事實證明，電視上演的是眞的。

我的計畫弄巧成拙，敗得一場糊塗。

我失戀了。

*

宿醉引起的各種後遺症簡直讓人生不如死，比如現在，我出現幻覺。

我裸身側躺在歐世倪租屋處的床上，身上蓋著一條棉被，腰間沉甸甸的，像是有東西壓著，我轉頭一看，發現歐世倪同樣赤裸著躺在我身旁，他睡得很沉，另一隻手還抱著我。

幻覺。

我翻身坐起，下了床，抽起棉被圍在自己身上，目睹歐世倪皺起眉頭，睜眼看我。

不，這眼神帶著殺氣，他不是歐世倪，而是歐世倪的雙胞胎哥哥，歐買尬。

他本名當然不是叫歐買尬，沒有任何一對腦殘父母會替孩子這樣命名。不過歐世倪的爸媽好像跟孩子有仇，盡取一些諧音名，像歐世倪從小到大的綽號就是「喔是你」，至於他雙胞胎哥哥歐世文則私底下被大家戲稱爲「喔是我」。

什麼？你問我爲什麼是私底下？

因爲歐世文本人氣場堪比閻羅王，跟歐世倪的陽光形象天差地遠，學校裡沒人敢惹歐世文，包括我。替他取名「歐買尬」，是我每次看到他，就想腳底抹油落跑的緣故。

我實在惹不起壞脾氣的人，因爲我本身就是個壞脾氣。沒聽過嗎？王不見王，一山不容二虎。嗯……只是我的脾氣在歐世文面前簡直不值一提。

「夏瑾琛，回來。」歐世文勾勾食指。

「歐買尬，你爲什麼會在這裡？」我下意識脫口而出。

「你叫我什麼？」歐世文從床上坐起，眉頭緊蹙。

「歐世文，你爲什麼會在這裡？」我不動聲色地換掉前面三個字。

「我爲什麼不能在這裡？」他反問。

也對，這是他弟的房間，我才是那個不速之客。

「我們是不是……我們有沒有……那個……」這問題眞是難以啓齒。但我推測應該是沒有，至少我的身體沒感覺到任何不適。

「沒有，我只是喜歡裸睡。」歐世文瞇眼看著我，似乎有點享受我手足無措的樣子。

「你愛裸睡就去街頭裸睡，把我也扒光做什麼！」我氣得暴青筋，伸手想拿檯燈砸他，然而手一伸，棉被就下滑幾公分，嚇得我把手縮回來。

歐世文饒有興味地盯著我的下半身看，我順著他的視線低頭，發現早晨的生理現象特別顯眼，即使有棉被遮著，也不掩事實。

我雙手遮住三角地帶，咳了一聲：「我去廁所，再見！不，永遠不見！」

歐世文在我移動步伐的同時跳下床，擋住我的去路。

「借過。」我抬頭看他。這傢伙跟簡丹一樣人高馬大，我身高一百八十二公分，在他跟前竟不夠看。

「什麼時候還？」歐世文居然幼稚地回了這麼一句。

我差點咬到舌頭，「我爽還的時候就還。」

「那你現在爽嗎？」

歐世文往前逼近，我不得不後退一步，將身上的棉被抓得死緊。

「大哥，你到底是我的幻覺還是怎樣？」我哭喪著臉，轉身想找手機，歐世文卻趁我不備時把我整個人扛起，往廁所走去。

「這是幻覺。」幻覺、幻覺、幻覺，嚇不倒我的。

歐世文在馬桶前把我放下，鎖上廁所門，靠著牆看我。

「尿啊。」他一臉流氓樣，那張跟歐世倪相似的臉孔鑲了一股戾氣。

「媽的，你尿給我看。」旁邊有人看著，最好是尿得出來！

歐世文向前一站，果真開始動作。

我尷尬地往浴室內側逃竄，關上玻璃門，把自己困在淋浴間。

歐世文沖馬桶、洗手，慢條斯理地朝我這裡走來。

「你要自己開門，還是讓我撞門？」歐世文一隻手扶著玻璃門，另一隻手在門上敲啊敲：「兩種決定有兩種不一樣的結果。」

不一樣的結果？哪裡不一樣，不管我怎麼選，你TMD都會走進來啊？有差逆？

「夏瑾琛。」見我沒反應，歐世文低聲喚我。

我雞皮疙瘩瞬間掉滿地，「我給你一千塊，你出去。」

「我給你一萬塊，你讓我進去。」歐世文冷著聲音說。

我被他咬字加重的最後那兩個字嚇壞了。我轉頭查看，發現淋浴間裡有個小氣窗，不過我絕對爬不出去。

唯一的出路，就是歐世文站的位置。

「你那顆小腦袋又在打什麼鬼主意？」歐世文敲了下門。

我沒說話，一把扯掉棉被，放在高處的置物架上，接著扭開蓮蓬頭，讓水沖溼全身。歐世文在玻璃門上的剪影微微彎曲，他倚靠著玻璃門，雙手抱胸。

我用最快的速度洗完澡，同時聽見外頭傳來我手機的鈴聲，是盼盼專屬的來電鈴聲。我假裝沒聽到，假裝自己還在洗澡，並趁歐世文走出去接手機時，迅速擦乾身體，套上架子上放的T恤、牛仔褲，打開門衝出去。

歐世文正在跟彼方的盼盼說：「他沒事。」

我趁他不注意時溜出房外，以跑百米的速度消失在他的視線裡。

「兄弟，你怎麼回事？」我在便利超商找到正在值班的歐世倪。

腎上腺素支持我進行一切高難度動作。

我單手撐上桌子，側身跳進櫃台，一把揪住歐世倪的領子：「媽的，我才要問你怎麼回事！」

「你怎麼穿著我哥的衣服？哈哈哈！」他指著我身上的衣服大笑。

這件T恤實在太大件了，我反折袖子好幾次才勉強讓自己時尚一點，牛仔褲更是悲劇一場，褲管往上折了五次，看起來還是像小孩穿大人褲子一樣滑稽。

「爲什麼他會出現在你的房間！」我朝歐世倪大吼。

我的記憶停留在跟歐世倪喝光了兩打啤酒，醉得不省人事，斷片前，我記得他睡在地上，我趴睡在電腦桌上。

但之後爲什麼會變這樣？

「我沒跟你說嗎？他最近回國，暫時住我那裡啊。」歐世倪一副事不關己，語氣有些幸災樂禍：「他說你絕對不會主動找他，住我那裡才能逮到你，這叫甕中捉鱉。」

「你信不信我現在就讓你吃鱉！」我揮舞拳頭朝他臉上招呼過去，引來一旁工讀生的驚呼。

「欸欸欸！兄弟，待會再說！你先去旁邊坐著等我，我快下班了。」歐世倪笑著擋下我的拳頭。

「我很餓，手機跟錢包都落在你家，我是冒著生命危險逃出來的。這如果是電玩遊戲，我的血只剩一格，你理不理解？」

見我怒氣高漲，他急忙從櫃台下方摸出速食店的漢堡和紅茶遞給我：「理解、理解，先吃早餐再說。」

傻子才會在這裡吃早餐。

我劫持歐世倪的機車鑰匙、錢包、手機，還有他自願給我的早餐，跨上他那台有如風中殘燭的重型機車，一路狂催油門。

結果機車騎到一半沒油，我牽著那台車走了半公里才遇到加油站。去你的歐世倪！騎車上班也不知道要加油！歐家兄弟一個個沒好貨！福無雙至，禍不單行。

歐世文在我加完油後出現在我面前，沉著臉看我。他手上拿著我的手機，螢幕定格在「定位歐世倪的手機位置」這畫面。

「夏瑾琛，為什麼你每次看到我就想跑？」他憤憤不平的語氣令人發笑。

*

歐買尬這個人除了有點陰沉，有點變態以外，還有點弱視。

國中時，社區劇場演出，飾演公主的盼盼臨時得腸胃炎，上吐下瀉，一張臉慘白得不像話，虛弱到不行。

擔任導演的媽於是對我說：「小琛，你代替妹妹出場吧，反正沒有台詞。」媽的意思是，反正沒有台詞，我只要上去轉一圈、笑一下，就可以下台了。

因此，我戴上盼盼很喜歡的公主假髮，穿上一身噁心的蕾絲澎澎裙，踩著夾腳拖到劇場報到。

你問我為什麼是夾腳拖？因為公主的哥哥穿不下高跟鞋！

我和盼盼的容貌實在是像了個十足十。盼盼基本上就是女版的我，我就是男版盼盼，所以即使我穿上盼盼的行頭登場，只要不開口說話，根本沒人會發現我是個男生。

除了住在隔壁社區的歐世倪，他媽是我媽的大學好友，我們兩家從以前就很熟。

「欸，夏瑾琛……」扮演王子的歐世倪繞著我轉了一圈，邊笑邊猛拍大腿，「正欸！你不說話，我都不知道你不是盼盼。」

歐世倪一直在我旁邊說什麼天生麗質、偽娘之類的屁話。上台前十分鐘，我終於受不了他的話癆，狠踹他一腳，殊不知這一腳過於凶猛，他倒在地上兩眼一翻，徹底昏過去。

我愣在原地，腳停在半空中收不回來。

這齣劇基本上算是開天窗了，女主角換角、男主角半死不活，媽本想直接叫停整齣劇，沒想到她把歐世倪送去醫院後，又急匆匆跑回來。

她拎著我上台，「小琛，來，我幫你找到王子了，都忘了還有世文可以用。你不要再把人家踹暈了，乖一點。」

只見歐買尬身上穿著剛從他弟弟身上扒下的戲服，臭臉瞪著我。

別說，那表情搭上他本就好看的五官，竟然有點帥。

電視上說的那句：男人不壞，女人不愛，原來經得起各種場合的考驗。

爸是那齣劇的旁白，盼盼躺在他旁邊睡覺，他老人家則拿著劇本百無聊賴地照念：「王子親吻公主……」

他一說完，在台上照著媽指示，僵硬轉著圈圈的我突然煞住腳步，驚恐地瞪向爸。

說好的只轉圈、笑一下呢？

台下觀眾看得目不轉睛。

爸看我們半天沒動作，疑惑地翻了翻劇本，又說了一遍：「王子親吻公主……」

眼前的歐買尬反應過來，走向前想抓我。

意識到他想做什麼，我立刻轉身落跑，歐買尬見狀也跟著手刀追上，兩人脫稿演出，在舞台上玩起「來追我呀，王子」的戲碼。

「王子和公主永遠在一起，過著幸福快樂的日子，哈哈哈！」

望著我們在台上的矯捷身手，爸簡直沒笑瘋，從音響傳出旁白非常不專業的笑聲，他眼睜睜看著歐買尬把我抓在懷裡，湊過來親我的嘴唇，我還來不及推開他，這個吻就結束了。

歐買尬凝視著我，低語：「盼盼，妳好可愛。」

媽的，弱視又弱智，偏偏生了副好皮囊，沒見過這麼歪的妖豔品種！

我汲著夾腳拖，用力往他的右腳踩下去，可惜我穿的不是高跟鞋，一點殺傷力都沒有，也沒見他喊痛。

只見歐買尬嘴角上揚，那笑容像滲了蜜一樣，甜得能膩死人。

我不只一次跟他聲明自己是夏瑾琛，有雞雞的那個，他說的「盼盼」是沒雞雞的那個，當天腸胃炎在休息。

他聽了幾次，終於聽進去了，卻沒如我預想的跑去追盼盼，反而像蒼蠅一樣跟在我身後。多年過去，我始終擺脫不掉他。

「我累了，我不玩了。」我倒在停車場的地上，舉雙手投降。

歐世文盤腿坐到我旁邊，伸手摸摸我的頭，把我汗溼的頭髮往後梳。

「你到底想幹麼？」我斜眼瞪他。

「你覺得我想幹麼？」歐世文面色沉靜，臉不紅、氣不喘。

「我不知道！你不去當田徑選手眞的太對不起自己了。」我邊喘氣邊朝他比中指，「走開。」我往旁邊挪動身體，試圖離他遠一點。

「不走。」他跟著我移動，雙手撐在地上，用一種比起問句，更像是斬釘截鐵的陳述句，低聲說：「你被簡丹拒絕了。」

……這王八蛋是在酸我嗎？

「我不只被他拒絕，我還被每一任女友拒絕，她們覺得我談戀愛談得很心不在焉。」我盯著天空看，有點自暴自棄地坦白，「我是個很差勁的人。」

「你一點都不差勁，我喜歡你，所以你不差勁。」歐世文趴到我面前，低沉的嗓音自喉頭滾出。

這是什麼奇怪的句子？要不是他說話太省字，就是他的邏輯已經死在路上了。

「夏瑾琛，跟我交往。」見我沒回應，他鍥而不捨，「我喜歡你，你是我的。」

「你的長頭髮呢？」我這輩子從來沒這麼哭笑不得過，「你知道我喜歡長頭髮、氣質空靈的女孩，而簡小丹只是一個相當極端的特例吧？」

歐世文竟然還眞從背包裡掏出一頂長鬈髮，疑似是我當年戴過的那頂。他把假髮隨便放到頭上，「這裡。」

「你的氣質一點都不空靈。」而且很辣眼睛。

歐世文甩了下飄逸假髮，假髮沒固定好，從頭上掉了下來。

我覺得自己好像在看什麼搞笑節目。

「你知道我前任女友長得很像劉亦菲嗎？」我雙手枕在頭後，趾高氣揚地睨著他。

「我知道。我也知道她把你甩了。」歐世文一句話就把我堵得臉紅脖子粗。

「還不都是你從中作梗！告訴你，就算你弄掉十個，我還是能再找來一百個，我會一直找，找到我進棺材爲止。我要夜夜笙歌、酒池肉林，而你只能在旁邊看！」我用力推他一下，他不動如山。

歐世文沒說話，抿著唇看我，像在思索，又像是暴風雨前的寧靜。

「衣服還我，褲子還我。」歐世文作勢就要扒我的褲子。

「靠！」我一陣緊張，雙手緊抓褲頭，往後退了一公尺，戒備地瞪著他。

他看我衣衫不整的模樣，似笑非笑地朝我伸出手：「瑾琛，讓我成爲你人生中第二個極端特例。」

*

所謂的「每一任女友」，其實是這樣的。

在我耐心等待自己傳授給簡丹的惡毒計畫開花結果時，我突然發覺自己也該擬定一個「女友計畫」，也許哪天有幸遇到一個比簡小丹還要令我痴迷的女孩，那麼這場痛苦的單戀，就能正式畫下休止符了。

前幾任女友中規中矩，相處沒幾個月即和平分手，分手原因……不外乎是對方認爲我好像在演戲，沒有眞正投入戀愛的感覺。

第六任女友是夜間部德文系的學姊，盼盼非常喜歡她，不過盼盼總是記不住別人的名字，一直叫她「那個誰」。

「那個誰」在和我交往三個月後直接挑明，問我是不是喜歡簡丹，嗆得我嘴裡那口熱茶差點沒嗆進氣管。她說我的行爲太明顯了，明明是在跟女朋友約會，目光卻老是追尋著簡丹，這叫人怎麼服氣？可她並不生氣，只感到些許無奈，甚至表示想聽聽我的故事。

我和「那個誰」之後退回朋友關係，我向她說了很多心事，她靜靜地聽，溫柔地笑著，偶爾給我一點意見。

後來「那個誰」被別人追走了。她最後一次問我，我們還有沒有可能？我對她搖頭，擁抱她，並祝福她一切順利。

第七任女友長得很像中國演員劉亦菲，因為太像了，大家乾脆都叫她劉亦菲。

劉亦菲提分手時，豪氣干雲地和我握手，說歐世文找上她，和她說了一些話，離開前她告訴我：「瑾琛，祝你和歐世文幸福，我支持婚姻平權。」

於是我在心裡開砂石車把歐世文來回碾了成千上萬遍。

我累了。

年紀愈長我愈明白，人生有很多事與願違的時刻。

就像現在，我的兒時夢想和一顆愛著簡丹的心同時碎成一地，情敵夏寧甯卻還把我視為心中男神，每天準時膜拜我。

「往好處想，以後你死了，盼盼不祭拜你，還有一個夏寧甯會拜你。啊，我要是一時興起也可以一起來祭拜你，畢竟你是我的大嫂嘛！」歐世倪嘿嘿一笑。

那天，我終於克制不住地把他的頭壓進馬桶裡。

知道我苦戀簡丹的人，除了歐世倪，就是歐買尬，但歐買尬本來話就不多，我也不會蠢到去跟他談心，因此，我最低潮的模樣只有歐世倪看過。

他老是跟我說：「見樹不見林，只有『慘』字能形容你。長那麼帥，可是每天愁眉苦臉，眞是浪費這張臉啊，兄弟！」

好幾次喝得爛醉，我總是夢見簡丹抱住我，讓我在他懷裡崩潰大哭。醒來後，我看見的卻不是簡丹，是睜著眼睛的歐買尬。

這種情況實在發生過太多次，我這才後知後覺地意識到自己被歐世倪仙人跳了。

所以有一段時間，我徹底遠離歐家兄弟，企圖讓自己過上清淨的日子。簡丹在那幾天找上我，告訴我他跟夏寧甯的事，告訴我他需要我幫忙。

我撐著頭看他，笑而不答。

這就像是一封正式的拒絕信，簡丹總算明確地拒絕我了。長大後的他夠聰明，看穿我送他那張拍立得照片的心思，知道我喜歡他。但他太過溫柔，不願像拒絕盼盼那樣把場面搞得難堪，同時他也太過殘忍，始終拖著，不願給個答覆。

今天他走到我面前，微笑請我幫忙，我彷彿看見以前的自己正遞著橄欖枝給現在的自己。

放過自己吧，夏瑾琛，遊戲結束了。

和夏寧甯完整交代了我與簡丹的黑暗史，我功成身退。

隔天清晨醒來，映入眼簾的是歐世文剛毅的臉龐。他坐在床邊凝視著我，手指輕撫我的頭髮，直到我忍不住打了個噴嚏。

他從床頭抽了一張衛生紙給我，我由被窩起身，接過那張衛生紙，擤了擤鼻子。

「你真是陰魂不散。」我皺起眉頭。

「我要是散了，你怎麼辦？」他認真問。

「老子不用你管。我交了七任女朋友，我有信心可以找到第八個。」我把用過的衛生紙塞進他衣服的口袋裡。

他抓住我欲抽回的手，將我的手抵在唇邊，「瑾琛，不准去找第八個。我在這裡，我是你的第一個男朋友，也會是最後一個，更是唯一的極端特例。雖然我短頭髮，氣質不空靈，但我會挖心掏肺地對你好，二十四小時on call。簡丹做不到的，我來做；簡丹沒辦法給你的，我來給。我會比他更好，因爲我愛你，全心全意地愛著你。」

我強迫自己和他對望，如果這是什麼見鬼的議員政見發表會，我肯定投他一票。

他另一隻手拿起我放在床頭櫃的手機，滑開螢幕。

螢幕鎖的底圖本來是我跟簡丹的合照，現在那張照片不見了，取而代之的，是當年社區公演時的劇照。螢幕上，歐世文閉起眼睛親我，一雙手緊抓著我不放。

「變態。」我抬起一隻腳，準備攻擊他。

他不疾不徐地說：「你的手機密碼太難記，我剛剛順便換掉了。」

我原本的密碼是簡丹的生日，一〇〇九，連幼稚園小班的孩子都能記起來。

歐買尬一定是故意的。

「〇六一四。」他表情沉靜，「我的生日是六月十四號。」

「媽的，干我屁事。」我用力朝他胸口踹去。

俗話說得好，近水樓台先得月。

只是我得到的這顆月亮，很畸形。

後記
自己的哥哥自己生

「我好想有一個親生哥哥，純天然不加防腐劑的那種。」這是我從小到大的願望，我每年都這樣煩母親大人。

「妳有堂哥跟表哥啊！」母親大人非常不以為然。

「那不一樣！」真的不一樣嘛！但我又說不出是哪裡不一樣。

十七歲那年，母親大人總算被我煩怕了，她指著我姊姊，淡淡地說：「叫妳姊去裝一根雞雞。」

姊姊本來坐在客廳看電視，聞言立刻跳起來，「干我屁事！妳要就自己去夢裡生一個哥哥，誰要裝雞雞啦！」

拜託，姊，我也不想看妳裝根雞雞在那裡甩來甩去，硬裝成一個四不像的哥哥好嗎！

於是，我真的自己生了哥哥，還一次生兩個：簡丹和夏瑾琛，這兩個人我都很喜歡，希望你們也喜歡。

《我和我哥，以及我們的男神》調性非常歡樂，很符合我看待人生的態度，但這篇故事，其實是在我的低潮期產出的。

當時的我正在掉眼淚，便打開筆電，在沒有大綱的情況下敲下第一個字，因為寫作可以讓我抒發情緒。彼時的我需要一點溫暖，因此我構築出夏寧甯這個角色，讓她跟我生的兩位哥哥在文字的世界裡產生奇妙的化學反應。

夏寧甯的名字其來有自，「寧」字取自我很重要的一位朋友千寧，「甯」字則取自我可愛的小姪女瑀甯，這兩個人在我眼裡就像兩顆小太陽，我希望她們永遠像夏寧甯一樣快樂，更期許小姪女未來也能成爲像夏寧甯一樣天眞單純，有時又令人哭笑不得的女孩。嗯，小姪女是水瓶座，感覺她有這個潛力。

回到故事本身，這個故事的主軸是暗戀，劇情圍繞在「當男孩喜歡上對愛情遲鈍的女孩」以及「當男孩喜歡上另一個男孩」。

由於故事是以夏寧甯作爲第一人稱視角，所以前期，簡丹的各種行爲都被錯誤解讀，身邊朋友看到一半就急得跳腳，她說：「我爲簡丹抱不平！要是女主角沒那麼笨，這個故事一萬字就可以完結了！」

偏偏我寫了十三萬字，等回過神來，已經煞不住了。對，女主角就是這麼遲鈍。

通常故事都會投射作者的部分生活事蹟，我也在此坦白，其實簡丹的心境跟過去的我一模一樣，而夏寧甯就是我當年喜歡的他。

但人生畢竟不是小說。

這場暗戀的結局有點好笑，我在畢業後的某一年因爲生病住進加護病房，才發現自己的人生有好多遺憾未塡補，其中一項就是沒能將自己的心意告訴他，即使他老是欺負我。

於是出院後，我親手寫了一封信，打算寄給對方，不過，信才投進郵筒我就後悔了，站在郵筒前發了十分鐘的呆。

我在信裡簡略告知寫信的原因，並說明住進加護病房的經歷，最後寫道：

我知道你有女朋友了，希望你們幸福。我不求你的回應，只是想告訴你，多年前我曾經喜歡過你，你是個很值得喜歡的人，你很好，雖然偶爾有點王八蛋。

之後男孩在臉書上發了一則沒人看得懂的貼文：

謝謝妳，王八蛋收到了。很感動，眞的。

那大概是我這輩子做過最瘋狂的事，沒有之一。

我老了，禁不起刺激，以後絕對不會再這麼做了。

這個故事對我而言意義非凡，它在某種程度上紀念了我的回憶。非常感謝馥蔓、尤莉和岱昀，謝謝妳們給予我寫作上的建議，讓這篇故事得以出版；非常感謝POPO原創，提供創作者優良的發文平台；非常感謝我的朋友瑜伶，thank you for everything！

也非常感謝看到這裡的你，我想給你個擁抱，願你有個美好的二〇一九年，心想事成！

二〇一八年十二月二十七日　牛牛阿南

國家圖書館出版品預行編目資料

我和我哥，以及我們的男神 / 牛牛阿南著. -- 初版.
-- 臺北市；城邦原創出版 ： 家庭傳媒城邦分
公司發行, 民 108.01
面；公分

ISBN 978-986-96968-6-9（平裝）

857.7 107023585

我和我哥，以及我們的男神

作　　者／牛牛阿南
企畫選書／楊馥蔓
責任編輯／楊馥蔓、姜岱昀

行銷業務／林政杰
總 編 輯／楊馥蔓
總 經 理／伍文翠
發 行 人／何飛鵬
法律顧問／元禾法律事務所　王子文律師
出　　版／城邦原創股份有限公司
台北市中山區民生東路二段 141 號 6 樓
電話：(02) 2509-5506　傳眞：(02) 2500-1933
E-mail：service@popo.tw
發　　行／英屬蓋曼群島商家庭傳媒股份有限公司城邦分公司
聯絡地址：台北市中山區民生東路二段 141 號 11 樓
書虫客服服務專線：(02) 25007718・(02) 25007719
24小時傳眞服務：(02) 25001990・(02) 25001991
服務時間：週一至週五09:30-12:00・13:30-17:00
郵撥帳號：19863813　戶名：書虫股份有限公司
讀者服務信箱 email：service@readingclub.com.tw
城邦讀書花園網址：www.cite.com.tw
香港發行所／城邦（香港）出版集團有限公司
地址：香港灣仔駱克道 193 號東超商業中心 1 樓
email：hkcite@biznetvigator.com
電話：(852)25086231　傳眞：(852) 25789337
馬新發行所／城邦（馬新）出版集團 Cité(M)Sdn. Bhd.
41, Jalan Radin Anum, Bandar Baru Sri Petaling,
57000 Kuala Lumpur, Malaysia.
電話：(603) 90578822　傳眞：(603) 90576622
email:cite@cite.com.my

封面設計／Gincy
電腦排版／游淑萍
印　　刷／漾格科技股份有限公司
經 銷 商／聯合發行股份有限公司
電話：(02)2917-8022　傳眞：(02)2911-0053

■ 2019 年（民 108）1月初版　Printed in Taiwan

定價 / 270元

ISBN　978-986-96968-6-9

POPO城邦原創 www.popo.tw　城邦讀書花園 www.cite.com.tw

本書如有缺頁、倒裝，請來信至service@popo.tw，會有專人協助換書事宜，謝謝！